W CIEMNOŚĆ

ERIN HUNTER

W CIEMNOŚĆ

SFORA

tom III

Z języka angielskiego przełożył
Adrian Tomczyk

nowa baśń

Tytuł oryginału:
Darkness Falls

Redaktor prowadząca
Marta Ziegler

Redakcja
Małgorzata Korbiel

Projekt typograficzny i łamanie
Grzegorz Kalisiak | *Pracownia Liternictwa i Grafiki*

Wydanie I

ISBN 978-83-65122-83-4

nowa baśń

Wydawnictwo Nowa Baśń
ul. Czechowska 10, 60-447 Poznań
telefon: 881 000 125
www.nowabasn.com

Specjalne podziękowania dla Inbali Iserles

Z dedykacją dla Isabelli Mayi

Bohaterowie
tomu trzeciego cyklu

SFORA

PSY W OBROŻACH

Bella — białozłota suczka o gęstej sierści, siostra Fuksa z jednego miotu (mieszanka owczarka szetlandzkiego i golden retrievera)

Stokrotka — mała suczka o białej sierści z brązowym ogonem (mieszanka west highland terriera i Jacka Russela)

Miki — smukły czarno-biały pies pasterski (border collie)

Marta — gigantyczna suczka o szerokim pysku, a także gęstej i grubej sierści (nowofundland)

Bruno — duży, waleczny pies o gęstej, brązowej sierści i zawadiackim spojrzeniu (mieszanka owczarka niemieckiego i chow-chow)

Promyk — mała suczka z długą, białą sierścią (maltańczyk)

DZIKA SFORA (W KOLEJNOŚCI OKREŚLONEJ PRZEZ RANGĘ)

Alfa — wielki półwilk o żółtych oczach i szaro-białej sierści

Beta — mały zwinny pies o krótkiej, szarej sierści (znana też pod imieniem Słodka)

Myśliwi

Ognisty — masywny, brązowy, kudłaty pies z długimi uszami

Fuks — białozłoty pies o gęstej sierści

Werwa — mała suczka z białą sierścią w ciemniejsze łatki

Wiosna — suczka z ciemną sierścią w czarne łatki

Psy patrolowe

Luna — czarno-biała suczka, pies farmerski (matka szczeniąt: Kręcioła o czarno-białej sierści i Kichawy, czarnej suczki)

Strzała — szczupła brązowo-biała suczka, nawykła do biegania

Tik — szybki, ciemny pies z czarnymi łatkami, który utyka

Omega — mały, czarny i dziwnie zbudowany pies z maleńkimi uszami i pomarszczonym pyskiem (znany też jako Maruda)

SAMOTNE PSY

Stary Łowca — duży i dobrze zbudowany pies z płaskim pyskiem

Prolog

W POWIETRZU COŚ TRZASNĘŁO i w oddali dał się słyszeć pomruk. Deszcz lał z nieba i wściekłymi strumieniami sunął wzdłuż przezroczystego kamienia. Japa przytulił pysk do brzucha Psiej Mamy i zaskomlał. Jego siostra, Kwik, także przycisnęła się bliżej, cała rozedrgana.

— Spokojnie, maluchy. Nie ma się czego bać — powiedziała Psia Mama i polizała uszy szczeniętom, by dodać im otuchy.

Japa uniósł pysk i poczuł się znacznie spokojniejszy, usłyszawszy jej zapewnienie. Na moment oślepił go kolejny rozbłysk, a po chwili wszystko znów okryło się czernią. Czuł, jak swędzi go sierść na karku, i słyszał, jak rodzeństwo skomli i tuli się do siebie w poszukiwaniu pocieszenia.

Psia Mama zgarnęła wszystkich do siebie swoją dużą łapą i zaczęła myć ich pewnymi pociągnięciami języka.

— Wiem, że brzmi przerażająco, ale to tylko burza. Psy Nieba i Piorun walczą dla zabawy. Dla nich to jedynie igraszka.

Piorun pomknął raz jeszcze po niebie, po nim przetoczył się grzmot, a wiatr wiał potężnie nad ich głowami. Zupełnie *nie brzmiało* to jak igraszka.

— I nie zrobią sobie w ten sposób żadnej krzywdy? — zapytał Japa, bo przypomniał sobie, jak Psia Mama ostrzegała ich, by bawili się ze sobą ostrożnie.

— Nie, nic im się nie stanie. Tak wyglądają ich wygłupy — powiedziała i trąciła po kolei wszystkie szczenięta pyskiem. — Bo, widzicie, Psy Nieba też były rodzeństwem z jednego miotu, tak samo jak i wy, a przy tym Piorun jest ich przyjacielem. A przyjaciele i rodzeństwo trzymają się bez względu na wszystko.

— Mimo to wydają się naprawdę *wściekli* — pisnął Wyjec.

— Jesteś pewna, że to tylko zabawa? — dodał Ciach.

— Tak, jestem — odpowiedziała pewnym tonem Psia Mama. — A teraz, moje psiaki, nadszedł już czas, byście odpoczęły. Psy Nieba wkrótce też udadzą się na spoczynek.

Coś w jej głosie sprawiło, że Japa zajrzał głęboko w jej brązowe oczy. Reszta rodzeństwa mościła się do snu, przysuwając się jak najbliżej kojącego bicia jej serca.

Psia Mama unikała jego spojrzenia i odwróciła się, próbując wyjrzeć przez przezroczysty kamień w kierunku, w którym wcześniej widziała Psa Księżyca, zanim zniknął pośród chmur na ciemnym, mokrym niebie. Japa dojrzał na jej pysku zwątpienie czy po prostu coś mu się przywidziało?

Słyszał, jak jego rodzeństwo sapie cichutko i pochrapuje, przez co i jego powieki stały się cięższe. Chciał zapytać jeszcze Psią Mamę o Psy Nieba, ale poczuł wszechogarniającą falę zmęczenia. Po chwili położył pysk na wyciągniętych łapach i zamknął oczy.

Gdy Japa się obudził, burza z piorunami ustąpiła, padał już tylko deszcz. Nadal trwała pora nie-słońca i reszta szczeniąt spała wokół niego w grupie miękkich, ciepłych ciałek. Japa poczuł ukłucie strachu — Psiej Mamy nie było z nimi. Powąchał powietrze, namierzył jej zapach, ale dopiero po chwili zauważył ją, jak przesuwa się pośród cieni.

Obserwowała deszcz uderzający w przezroczysty kamień i unosiła pysk do nieba, jakby trzymała nad wszystkim pieczę. Machnęła lekko ogonem, gdy zauważyła, że zbliża się Japa. Maluch tym razem był już pewien, że w jej oczach dostrzegł zmartwienie.

Podbiegł bliżej, ale zatrzymał się kilka kroków od niej.

— Mamo, to jednak nie jest tylko zabawa, prawda? Dzieje się coś jeszcze. Coś niedobrego.

Psia Mama opuściła głowę.

— Jesteś spostrzegawczy, Japo. Stanowczo za bardzo jak na szczeniaka. — Przez chwilę oboje unosili pyski i patrzyli przed siebie, ale nocne niebo było zupełnie czarne. — Widywałam już wiele burz z piorunami i ta nie powinna się niczym różnić od reszty, a jednak powietrze sprawia wrażenie... napiętego. A wycie Psów Nieba wydaje się donośniejsze. Może faktycznie tylko się bawią, ale z drugiej strony...

Japa patrzył na Psią Mamę wyczekująco, aż wreszcie podjęła wątek:

— ...z drugiej strony może są wściekłe.

Japę przeszedł dreszcz.

— Ale o co miałyby się złościć? — zastanawiał się przez moment. — I na kogo?

Psia Mama westchnęła w odpowiedzi.

— Nie mam pojęcia, Japo. Możliwe, że jakiś pies zrobił coś, by je zdenerwować, i teraz chcą nam przypomnieć, jak bardzo są potężne.

Oczy Japy rozszerzyły się ze zdziwienia.

— Co takiego musiałby zrobić pies, żeby tak bardzo zdenerwować Psy Nieba? Przecież Piorun jest przyjaźnie nastawiony do psów. On by nigdy się od nas nie odwrócił, prawda?

— Masz rację. Piorun i Psy Nieba powinny nas chronić. Może jednak chodzi o coś innego. Nikt nie ma lepszego instynktu od Psów Duchów. One mogły już wyczuć jakieś zagrożenie. Być może wkrótce spróbują nas przed czymś przestrzec swoim wyciem.

— Przestrzec? Ale przecież twierdziłaś, że wszystko jest w porządku! — Ogon zaniepokojonego Japy opadł. — W takim razie dlaczego powiedziałaś nam, że nie ma się czego bać?

— Snuję tylko domysły. A poza tym nie ma sensu się martwić, skoro może chodzić tylko o wiatr i deszcz. — Psia Mama pochyliła się nad szczeniakiem i polizała go po pysku.

Japa odsunął się i spojrzał jej w oczy.

— Ale jeśli faktycznie mamy się czego bać, to czy nie lepiej, żebyśmy wiedzieli o tym wcześniej? No bo jak inaczej będziemy mogli się obronić?

Psia Mama była jednak nieugięta.

— Strach w niczym nie pomaga psom. Niezależnie od tego, co się stanie, Psy Nieba nas ochronią.

W ciemności poza przezroczystym kamieniem wzmógł się wiatr i na ziemię ponownie spadła ściana deszczu. Japa zaskomlał i schował pysk pomiędzy przednimi łapami Psiej Mamy. Od zawsze podziwiał Pioruna, tego dzielnego, lojalnego psa, który traktował Psy Nieba jako część swojej Sfory. Ale teraz Japa poczuł ukłucie niepewności. A co, jeśli Psie Duchy były wściekłe albo nawet przerażone?

— Nie martw się, Japo. Jestem przekonana, że Psy Nieba biją się jedynie dla zabawy. I nikomu nie stanie się krzywda...

Jej słowa wydawały się teraz puste, ale Japa nie zamierzał mamie niczego zarzucać. Lepiej było uwierzyć, że są bezpieczni i że Psy Nieba wkrótce ułożą się do snu.

— Narobiły sporo hałasu podczas tej walki na niby.

Psia Mama trąciła nosem jego pyszczek.

— Ależ oczywiście, w końcu to potężne Psy Nieba. Nie sądziłeś chyba, że będą bawiły się *po cichu*, prawda?

Pchnęła lekko Japę w stronę jego rodzeństwa i zrobiła ostrożnie kółko, jak zawsze przed snem, po czym ułożyła się przy swoich szczeniętach. Japa posłał ostatnie spojrzenie na zewnątrz, gdzie woda leciała prosto z nieba. Usadowił się blisko Kwik, która pociągnęła lekko nosem, ale się nie obudziła.

Wiatr wył, tłukąc w przezroczysty kamień. Japa obnażył kły i zamknął oczy. Zadrżał ponownie, gdy przypomniało mu się, czego jeszcze obawiała się Psia Mama — że Psy Nieba wyły, by ich przestrzec.

Co takiego mogło być na tyle złe, że zaniepokoiło potężne Psy Nieba?

Rozdział 1

Fuks zamarł, a nogi pod nim zadrżały. Wśród stojących w okręgu psów zapadła cisza.

Szeroki, wilczy pysk alfy nie wyrażał żadnych emocji, gdy wspiął się na swój kamień, górujący ponad obiema sforami. Przy jego boku na trawie siedziała Słodka, zwinny pies i zarazem piękna suczka, która akurat uporczywie wpatrywała się w Fuksa. Ten jednak nie był w stanie na nią spojrzeć.

Mały Maruda stał z zadartym nosem, a z jego otwartego pyska zwisał luźno język.

— Widzicie? Miałem rację! Ten miastowy pies robił za szpiega dla psów w obrożach. I spotykał się z tamtym, który bardzo go przypomina! — Maruda odwrócił się w stronę Belli, ale ta posłała mu takie spojrzenie, że stracił zapał i odwagę. — Widziałem ich na własne oczy... — podjął jeszcze, ale urwał w pół zdania.

Fuks starał się trzymać ogon wysoko. Wiedział, że nie może pozwolić sobie na uległość, bo to równałoby się okazaniu słabości. A wtedy straciłby dużo w oczach członków Dzikiej Sfory.

Wszyscy czekali na jego wyjaśnienia, ale niby co miał im powiedzieć? Przyszedł do nich na przeszpiegi, dokładnie tak, jak to opisywał Maruda. Nigdy jednak nie podejrzewał, że Bella wykorzysta informacje, które jej przekazywał, do tego, by skoordynować atak na obóz Dzikiej Sfory.

Fuks popatrzył na pyski wszystkich psów zgromadzonych wokół.

I co ja mam teraz począć? Jeżeli okażę lojalność wobec Sfory w Obrożach, to reszta mnie zabije. A z drugiej strony nie mogę przecież teraz się od nich odwrócić. W końcu Bella to moja siostra z jednego miotu... — bił się z myślami.

Doskonale pamiętał, ile przeszedł w towarzystwie Sfory w Obrożach. Ale Dzika Sfora przyjęła go w swoje szeregi, wziął z nimi udział w Wielkim Wyciu, gdzie jego oczom ukazały się Psie Duchy. Czuł wtedy, jak silna jest między nimi więź, choć przecież nie zgadzał się ze ścisłą hierarchią, jaką narzucił alfa.

Dochodziła jeszcze kwestia Słodkiej... Rzucił okiem w jej kierunku i ich spojrzenia na chwilę się spotkały. Ujrzał w jej oczach ból i niezrozumienie, ale też nadzieję.

Po chwili suczka uniosła pysk.

— Fuks walczył bardzo dzielnie, by ocalić szczenięta przed lisami. I bez względu na to, co robił wcześniej... to nie jest pies w obroży. Teraz już należy do naszej sfory.

Jej aksamitne uszy zadrżały i odwróciła spojrzenie. Pomimo tego, co powiedziała, jej głos nie brzmiał pewnie.

Prawie jakby próbowała do tego przekonać samą siebie, pomyślał Fuks. Być może po prostu *chce* wierzyć, że nie pomyliła się co do mnie.

Przez chwilę czuł wyrzuty sumienia. W końcu jednak uświadomił sobie, że dołączył do Dzikiej Sfory wyłącznie za sprawą Belli! Poza tym to ona sprowadziła lisy na ich obozowisko! Musiała być chyba niespełna rozumu, skoro zaufała tym podstępnym stworzeniom. Zwłaszcza że zdradziły ją, jak tylko zaprowadziła je do obozu, atakując Lunę i grożąc jej szczeniętom. Dobrze pamiętał, że psy z obydwu sfor natychmiast przerwały wtedy bitwę i rzuciły się na pomoc maluchom. Z początku do walki ruszyli Stokrotka i Chochoł, a wkrótce dołączyła reszta. Połączyli swoje siły przeciwko nikczemnym lisom i przez jakiś czas pracowali jako jedna, potężna sfora...

Fuks zauważył, że Luna i Ognisty stoją kawałek za resztą grupy ze swoimi szczeniętami — tymi, które przeżyły, oraz Kręciołem i Kichawą, skulonymi pomiędzy rodzicami. Fuksa aż coś ścisnęło w piersi na wspomnienie strachu, zgiełku i szalonego ujadania, a także psów, które nie przeżyły tej batalii: małego i bezbronnego Kędziora oraz biednego Chochoła.

Wtem alfa ryknął nisko z głębi gardła:

— Fuks faktycznie służył naszej sforze przez jakiś czas, ale to nie tłumaczy jego zdrady. Co masz na swoje usprawiedliwienie, *psie z miasta*?

Fuks polizał łapę, którą poszarpał mu lis, próbując grać w ten sposób na czas. Zazwyczaj potrafił wybrnąć z każdej kiepskiej sytuacji dzięki swojemu bystremu umysłowi, ale tym razem nie znalazł zupełnie nic na swoją obronę.

Życie było o wiele prostsze, gdy byłem samotnym psem. Nie musiałem się wtedy przed nikim tłumaczyć. Tylko co, jeśli jednak nie jest mi pisany taki los?

Fuks spróbował przełknąć ślinę, ale w pysku miał sucho.

— To prawda, że pomagałem obydwu sforom — zaczął.

Z gardła Strzały, szczupłej, brązowo-białej suczki patrolowej, rozległo się warczenie, które wkrótce podjęło jej rodzeństwo z jednego miotu, Tik oraz Wiosna. Dotąd tworzyli z nim jedną sforę, ale teraz patrzyli na Fuksa wrogo z obnażonymi kłami. Ten powstrzymał się siłą woli, by nie wziąć łap za pas i uciec do lasu.

Gdyby to zrobił, nie mógłby już nigdy, ale to przenigdy wrócić. Musiał więc być odważny.

— Dzięki temu poznałem was wszystkich — kontynuował przemowę. — I tak sobie myślę... Co jeśli los chciał, bym naprawdę dołączył do Dzikiej Sfory? Pomyślcie: Pies Ziemia zawarczał, Pies Rzeki wreszcie odkrył przed nami świeżą wodę, a Pies Lasu chronił mnie w drodze do tego właśnie obozu. Praktycznie na każdym kroku trafiałem na przyjaciół... Jak choćby na Słodką w Domu Pułapce. Do tego pomagała mi moja siostra z jednego miotu, Bella... Nawet Psy Nieba i Księżyca ewidentnie prowadziły mnie do tego miejsca, w którym się teraz znalazłem.

Strzała w dalszym ciągu warczała, ale reszta grupy ucichła. Fuks wiedział, że udało mu się ich zainteresować.

— Zauważyliście, jak szybko obydwie sfory połączyły siły, by walczyć z lisami? — mówił dalej. — Pokonaliśmy je razem. Wszyscy. I to nie tylko duże psy jak Ognisty czy Marta, ale też mniejsi wojownicy jak Werwa i Stokrotka. Psy o różnej przeszłości, dzikie i w obrożach... — urwał na moment i powiódł spojrzeniem po zebranych. — Nawet się nie znacie, a mimo to rzuciliście się do walki powodowani tym samym celem. Być może Psie Duchy sprowadziły mnie tutaj właśnie po to, abym zjednoczył nasze sfory?

Alfa warknął tylko złowieszczo, ale Werwa, myśliwa Dzikiej Sfory, przybrała zmartwiony wyraz pyska. Kawałek dalej Luna i Ognisty wciąż stali przy swoich szczeniętach. Wymienili ze sobą porozumiewawcze spojrzenia, po czym Luna wystąpiła naprzód.

— Bez psów w obrożach stracilibyśmy wszystkie nasze małe, nie tylko Kędziorka.

Alfa przyglądał jej się przez chwilę, po czym ponownie zwrócił się do Fuksa. Żółte oczyska półwilka świdrowały go intensywnie.

— To jednak nie zmienia faktu, że on nas oszukał — warknął. — I to Fuks sprowadził zagrożenie i śmierć do naszego obozu — dodał i odwrócił się w stronę psów w obrożach. — Moja sfora musiała ratować tę bandę słabeuszy i to wielokrotnie w czasie tej jednej bitwy z lisami. Nie można od nas oczekiwać, że będziemy chronili dorosłe psy, jakby to były szczeniaki.

Stokrotka parsknęła na tę zniewagę, a Miki drapnął zawzięcie trawę obok rękawicy jego Długonogiego.

Ale to Bella wystąpiła naprzód jako następna.

Fuksa aż ścisnęło w klatce piersiowej. Już raz wpadła na fatalny pomysł. Jeżeli jego siostra zamierzała wezwać alfę na pojedynek, to prawdopodobnie tylko pogorszy sprawę. Półwilk może zniszczyć Fuksa i wyrzucić psy w obrożach z obozu tylko po to, by dać jej nauczkę. Ale Bella skłoniła się i zwróciła z szacunkiem do alfy. Nawet nie podniosła na niego spojrzenia.

— Przepraszam, że sprowadziłam lisy do waszego domu. Było to niezwykle niemądre, a nawet *głupie* z mojej strony. — Jej ogon opadł po tych słowach. — Ktoś sprawił, że uwierzyłam, iż lisy zachowają się honorowo. Popełniłam wielki błąd, ale to się już więcej nie powtórzy. Prawdę mówiąc, chcieliśmy jedynie mieć dostęp do tego, co znajduje się w waszym obozie. Nie zamierzaliśmy wyrządzić wam żadnej krzywdy.

Alfa warknął, słysząc te słowa, stawiając przy tym uszy na baczność i obnażając kły.

Fuks patrzył z niedowierzaniem, jak Bella opada lekko w ukłonie, okazując uległość. Następnie pisnęła cicho i obróciła się na plecy, pokazując przy tym brzuch.

— W imieniu całej mojej sfory składam ci obietnicę, alfo. Jeśli pozwolisz nam zostać, psy w obrożach będą ci wiernie służyły. Będziemy słuchali twoich rozkazów i walczyli u waszego boku. Jesteśmy znacznie lepszymi myśliwymi, niż na to wyglądamy, a do tego możemy też pomagać w innych pracach. W zamian prosimy jedynie, byście podzielili się wodą i jedzeniem, oraz żebyście oszczędzili Fuksa. On naprawdę nie chciał, żeby stała wam się jakakolwiek krzywda. Nie wiedział też, że chcemy zaatakować, przyrzekam. Poza tym dał z siebie wszystko, próbując ochronić wasze szczenięta przed atakiem lisów.

Bella spojrzała krótko na Lunę i opuściła pysk.

Luna jęknęła na zgodę. Ognisty w dalszym ciągu osłaniał dwa pozostałe szczeniaki, liżąc przy tym ich głowy.

Serce Fuksa rosło z minuty na minutę, a gniew powoli wyparował. Wiedział, jak wiele musiało kosztować Bellę poddanie się alfie przed zgromadzeniem złożonym z dwóch sfor. Był pewien, że służenie bezlitosnemu półwilkowi jest ostatnim, czego sobie życzyła. Wiedziała jednak, że musi to zrobić dla bezpieczeństwa swojej sfory, a także po to, by uratować skórę Fuksa.

Jednak mnie nie opuściła — westchnął w duchu.

Przypomniał sobie, jaka była, gdy oboje byli jedynie szczeniętami. Kwik, bo takie nosiła szczenięce imię, była bystra, przemądrzała, ciekawska i lojalna. Tak, od zawsze była lojalna.

Alfa otrząsnął się i podrapał za uchem. Następnie rozejrzał się po członkach swojej sfory, próbując ocenić ich reakcje na poddańcze przemówienie Belli. Strzała w dalszym ciągu szczerzyła zęby, ale Tik i Wiosna wydawali się bardziej rozluźnieni, a z kolei Werwa wywiesiła język i wręcz się uśmiechała. Maruda patrzył gdzieś w bok, a Luna i Ognisty stali wyprostowani i patrzyli prosto na swojego przywódcę.

Fuks wstrzymał oddech w oczekiwaniu na werdykt alfy.

— Jestem skłonny pozwolić wam do nas dołączyć — odezwał się wreszcie półwilk — ale zajmiecie niskie rangi w naszej hierarchii. Zostaniecie wyszkoleni na psy patrolowe i przydzielimy wam najbardziej męczące obowiązki. Jeżeli uznacie, że jesteście w stanie zasilić szeregi bardziej prestiżowej grupy, to jest myśliwych, będziecie musieli sobie *zasłużyć* na taki awans poprzez ciężką pracę i stoczenie honorowej walki. Takie właśnie zasady panują w mojej sforze.

Marta, Bruno i Stokrotka odruchowo zwrócili się w stronę Fuksa, przyzwyczajeni do podążania za jego radami. Fuks oblizał się odruchowo. Jaki miał wybór? Bez pozwolenia alfy nie będą mieli dostępu do jedzenia i czystej wody, jako że jedno i drugie mieściło się na terytorium Dzikiej Sfory.

Zanim jednak zdążył cokolwiek powiedzieć, alfa odezwał się ponownie:

— Wy głupie psy w obrożach, naprawdę jesteście ciekawi jego opinii? Nie wiecie, że to najniżej postawiony członek waszej nowej sfory? Nasz *omega*.

Alfa popatrzył po psach w obrożach wyzywająco, jakby tylko czekał, aż ktoś mu odpowie, ale nikt się nie odważył. Fuks dostrzegł złośliwy uśmieszek na pomarszczonym, wstrętnym pysku Marudy, jednak mimo to pochylił głowę i z honorem przełknął tę informację. Doskonale pamiętał upokorzenia, których doznawał Maruda jako najgorzej traktowany członek ich sfory.

Ale alfa jeszcze nie powiedział ostatniego słowa.

— Do tego nowy omega będzie nosił znamię, które będzie nam stale przypominało o jego zdradzie. Będzie to blizna biegnąca wzdłuż boku ciała, tak by nikt nie zapomniał o jego występku.

Fuks zaskomlał. Natychmiast pomyślał o Chochole, którego ukarano za to, że zjadł poza wyznaczoną kolejnością... A wrobili go Fuks i Maruda, żeby ten drugi przestał być omegą. Alfa rzucił się wtedy na Chochoła, drapiąc i tłukąc go niemiłosiernie. W dodatku pomogła mu jeszcze Słodka, która dotkliwie pogryzła Chochoła.

— Och, alfo — zawodziła Marta, duży pies w obroży z błonami między palcami. — Okaż mu łaskę!

U jej boku Stokrotka zaszczekała:

— Prosimy. Fuks zrobi wszystko, co mu rozkażesz, obiecujemy ci to. Nie musisz go krzywdzić.

Fuks jęknął cicho z wdzięcznością, słysząc, jak Tik i Wiosna dołączyli do chóru protestujących.

— Zgadzamy się — szczeknął Tik. — Zrobienie z niego omegi to już wystarczająco duża kara.

Ognisty przechylił głowę, jakby się nie zgadzał, i nawet Słodka nie była pewna, czy alfa postępuje dobrze, ale oboje milczeli.

Alfa zawył donośnie, by przerwać ich prośby, a jego wilcze ryknięcie gwałtownie ucięło wszelkie jęki i zawodzenie.

— Jeżeli mamy przetrwać w nowym, większym składzie, to nasza sfora będzie potrzebowała znacznie surowszych zasad! Taka będzie cena zdrady i oszustwa, których dopuścił się Fuks.

Fuks nie wyobrażał sobie, że panujące tu reguły mogą być jeszcze bardziej surowe, w końcu sfora alfy była już tak zorganizowana, miała tak konkretnie określone zasady co do polowań i jedzenia, że tworzyła system wręcz idealny. Były nawet normy regulujące, gdzie kto powinien spać!

Fuks ryzykował swoim życiem w bitwie z lisami, a mimo to przywódca Dzikiej Sfory zamierzał go zranić i upokorzyć. Czuł, jak jego noga pulsuje z bólu, a głowa ciąży straszliwie, przypominając o tamtych trudnych chwilach.

Wszystkie psy szczekały, warczały i kłóciły się ze sobą, podzielone w kwestii tego, co należy zrobić z Fuksem.

— Zaczekajcie! — rzucił Miki, pies pasterski. Stał ze swoją rękawicą Długonogich i opuszczonymi uszami, choć głowę trzymał wysoko uniesioną. — Marnujemy czas, kłócąc się między sobą. Powinniśmy raczej skupić swoją energię na tym, by przetrwać w tym dziwacznym świecie, a nie sprzeczać się, kto stoi wyżej w hierarchii — dodał, bezwiednie stukając łapą w rękawicę. — Bella i Stokrotka są dobrymi myśliwymi i sfora na pewno by na tym skorzystała. Po co mielibyśmy *czekać*, żeby wykorzystać ich umiejętności?

— Dlatego, że powinien panować jakiś porządek — powiedziała Werwa, biało-ciemny kundel z Dzikiej

Sfory. — I nieważne tu, czy ci się to *podoba*, sfora po prostu nie może istnieć bez jakiegoś narzuconego podziału. Tak to działa od dawna — wyjaśniła rozsądnym tonem, bez cienia gniewu czy złości.

Uszy Mikiego aż podskoczyły.

— Wielkie Warczenie zmieniło wszystkie zasady. Skoro psy w obrożach dołączają do sfor, to psy w sforach również powinny zmienić swoje przyzwyczajenia. Taka hierarchia naprawdę nie wydaje się już dłużej potrzebna. To tylko komplikuje sprawy.

Fuks zdał sobie sprawę, że chyba jeszcze nie słyszał, by Miki powiedział aż tak dużo.

Werwa obserwowała psa pasterskiego, jak gdyby rozważała jego słowa. Zanim jednak zdążyła znowu się odezwać, alfa skoczył w stronę Mikiego. Stanął nad skulonym czarno-białym psem i warknął:

— Wielkie Warczenie to tylko jeszcze jeden powód, by *trzymać się* ustalonych reguł i tradycji. Świat jest teraz jeszcze bardziej niebezpieczny niż do tej pory. Nasza grupa musi być zdyscyplinowana, nie potrzebujemy bandy niewytrenowanych i leniwych zwierzaków domowych — powiedział i uniósł pysk, a jego oczy błyszczały chłodem.

Większość psów opuściła głowy, nie chciała patrzeć wyzywająco na alfę. Nikt też się nie odezwał.

Alfa spojrzał po kolei po wszystkich, po czym zwrócił się do Fuksa:

— Nadszedł czas na ceremonię znaczenia. Przytrzymajcie go.

Fuks poczuł nagły przypływ paniki, nogi zatrzęsły się pod nim, a poduszki łap zrobiły się nagle wilgotne od potu. Popatrzył nerwowo po zgromadzonych, zastanawiając się, kto rzuci się na niego jako pierwszy. Kilka psów w obrożach skomlało, ale nie odważyły się już zrobić nic więcej w jego sprawie. Milczała nawet Bella, która podniosła się już i stała na wyprostowanych łapach.

Słodka wystąpiła naprzód, a Fuks jęczał rozpaczliwie, gdy skoczyła mu na plecy i przybiła do ziemi. Jego ramiona uderzyły o podłoże i poczuł promieniujący ból w zranionej nodze. Całe jego ciało było obolałe, a do tego poczuł przemożną panikę. Słodka była teraz znacznie silniejsza, niż kiedy uwolnili się razem z Domu Pułapki. Werwa dołączyła do Słodkiej, pomagając jej przytrzymać go przy ziemi. W końcu Fuks zaskomlał, czując, jak zęby Słodkiej zatapiają się w jego karku.

— Uspokój się — wyszeptała, gdy tak wiercił się pod nią. — Zobaczysz, że będzie ci łatwiej, jeśli nie będziesz się tak rzucał.

Serce Fuksa biło teraz szybciej, ale na moment zamarł ze strachu i zdziwienia. Kątem oka spostrzegł, że psy w obrożach kulą się ze strachu. Promyk w końcu zaczęła poszczekiwać swoim cienkim głosikiem. Marta odwróciła wzrok, zawodząc przy tym smutno.

W końcu Bella znowu przemówiła:

— Puśćcie go, proszę was. To niesprawiedliwe! Poza tym okaleczanie go, tak że nie będzie mógł polować ani bronić nas w czasie walki, jest bez sensu! Co w ten sposób osiągniemy?

Alfie powoli kończyła się cierpliwość.

— Obowiązki alfy z założenia nie przynoszą zaszczytu. Poza tym nie wyrządzę mu żadnej większej krzywdy. — Obnażył zęby, podchodząc do Fuksa, który znowu zaczął się rzucać pod ciężarem Słodkiej i Werwy. — Tylko trochę go dziabnę. Tak, że już nigdy tego nie zapomni.

Otaczające ich psy szczekały dziko ze strachu i ekscytacji, a alfa szedł naprzód. W końcu górował nad Fuksem.

Po chwili warknął do niego:

— Okaż trochę odwagi, zdrajco. Nadszedł czas, byś wycierpiał należną karę.

Jego żółte oczy zalśniły, gdy się oblizywał.

Nie! Nie pozwolę ci na to! — pomyślał Fuks gniewnie. — Nawet mnie nie dotkniesz!

Otrząsnął się i wygramolił spod Słodkiej, która puściła jego kark. Następnie uderzył ją przednimi łapami, aż zaskoczona upadła do tyłu, po czym okręcił się szybko, zrzucając z grzbietu Werwę. Wreszcie stanął na wyprostowanych łapach i przepchnął się przez zebrane w okręgu psy.

W końcu obejrzał się zdyszany przez ramię. Półwilk najwyraźniej nie był przygotowany na taki rozwój wydarzeń. Zaszczekał z wściekłości, gdy Fuks mijał Bellę i Stokrotkę, ale one nie wykonały żadnego ruchu, by go zatrzymać. Słodka wyglądała na zaskoczoną, a nawet smutną.

Wybacz mi, Słodka. Po prostu nie mogę tu zostać! — rozpaczał w myślach Fuks.

Przystanął jednak na chwilę i zawahał się, co wykorzystała Werwa i rzuciła się na niego po raz drugi. Już miał ją z siebie zrzucić, ale poczuł, jak przygniata go ogromny ciężar. Jego oczy przysłoniła na moment gruba, brązowa sierść z czarnymi plamkami, aż w końcu uniósł wzrok i dostrzegł pysk Brunona. Jego ciężkie, potężne ciało przyciskało Fuksa do ziemi i ten aż jęknął na ten widok, choć bardziej z zaskoczenia niż bólu.

Bruno? Ale przecież to pies w obroży! Fuks nie mógł uwierzyć w to, co widzi. Chwilę później dołączyła do nich Słodka, przyciskając przednimi łapami kark Fuksa. Przytrzymywały go teraz już trzy psy i nie było mowy, żeby udało mu się wyrwać.

Psy stojące dookoła niego szczekały szaleńczo. Promyk, suczka o długich, białych włosach, podskakiwała i biegała w panice dookoła, a Miki wziął w pysk swoją rękawicę, jakby chciał ją chronić, po czym cofnął się o kilka kroków.

Złowrogi cień padł wreszcie na Fuksa, gdy półwilk zbliżał się powoli, wysuwając swoje błyszczące kły.

— Pośród nas znajduje się zdrajca — podjął alfa. — I wedle tradycji musimy go naznaczyć, aby wszyscy wiedzieli, czego się dopuścił. Obowiązek naznaczenia go należy do mnie jako alfy tej grupy.

Fuks zamknął oczy. Obiecał sobie, że niezależnie od natężenia bólu nie da po sobie poznać, jak cierpi. Nie zaskomli, nie piśnie ani nie zawyje, gdy zęby alfy zanurzą się w jego boku. Nie da mu tej satysfakcji.

Alfa zbliżył pysk do ucha Fuksa i warknął cicho:

— Możesz zapomnieć o życiu na wolności. Przez resztę swojego istnienia będziesz powszechnie znany jako zdrajca. Żadna sfora już nigdy ci nie zaufa.

Półwilk opuścił głowę, gotów zanurzyć kły w ciele Fuksa.

Jednak po chwili usłyszeli wysoki odgłos, jakby coś tłukło przezroczysty kamień. Powietrze nagle zrobiło się chłodniejsze.

Alfa zamarł. Dźwięk stawał się coraz głośniejszy i wkrótce był już niemal nieznośnie wyraźny, aż wgryzł się głęboko w mózg Fuksa i zmroził mu krew w żyłach. Czuł, jak serce przyciśniętej do niego Słodkiej wali jak młotem, i słyszał, jak Werwa kwili ze strachu. Nawet Bruno jęknął niepewnie.

Oczy Fuksa wzniosły się do nieba. Zmrużył je i zobaczył jedynie blady błękit. Po chwili kolejne ryknięcie przecięło ciszę. Dochodziło ono od strony miasta i brzmiało trochę jak grom, było jednak dłuższe, głośniejsze i bardziej złowrogie. Pośród psów poniosła się fala niespokojnych jęków.

— Idzie burza! — szczeknęła Słodka, a jej serce nadal biło bardzo blisko serca Fuksa.

Kolejne wysokie dźwięki sprawiły, że Fuks znowu zadrżał. Brzmiało to tak, jakby niebo miało spaść prosto na ich głowy! Chwilę później coś w powietrzu zawyło tak doniośle i przeszywająco, że zagłuszyło to nawet najdziksze szczekanie.

Fuksowi zrobiło się aż niedobrze z przerażenia, żołądek mu się skurczył, a boki unosiły się szybko. Z niebem działo się coś złego i miało się wrażenie, że coś wyje nad nimi tak desperacko jak pies pogrążony w wielkim bólu.

Wszyscy byli jednak pewni, że unoszące się w powietrzu wycie nie ma *absolutnie nic* wspólnego z Psami Nieba.

Rozdział 2

Słodka puściła wreszcie Fuksa i cofnęła się niepewnie, a Werwa i Bruno poszli za jej śladem. Potworne jęknięcie nadal wisiało w powietrzu. Fuks otrząsnął się z ulgą, czując przy tym, jak pulsują mu noga i kark.

— Idzie burza, prawda? — zaskomlała ponownie Słodka.

Ale Fuks wiedział, że to nieprawda. Niebo nad jego głową w dalszym ciągu było jasnoniebieskie, ale przy tym czuł, jak wąsy drżą mu z niepokoju. Nie padał deszcz i wcale nie wyczuwał, by ten się zbliżał.

— Wydaje mi się, że ma to raczej coś wspólnego z Wielkim Warczeniem.

Fuks nie chciał jej wystraszyć, ale nie mógł też kłamać. Ten niski ryk bardzo przypominał dźwięk, który słyszeli w Domu Pułapce, gdy wszystko wokół nich się waliło. Teraz jednak był on znacznie donośniejszy i dalece bardziej przerażający.

Stojące wokół psy posłały mu nerwowe spojrzenia. Kolejny ryk tego nie-gromu sprawił, że kilka z nich aż podskoczyło. Stokrotka pisnęła zszokowana, podczas gdy Fuks węszył i usiłował skupić wszystkie zmysły. Udało mu się wychwycić jedynie nietypowy zapach unoszący się na wietrze, jakby nutkę gryzącej, ziemistej woni i cuchnącej cieczy. Przypomniało mu to zatrutą rzekę i jej połyskliwe, zielone wody. Postąpił naprzód, otworzył lekko pysk, wyciągnął mocno szyję i postawił uszy.

Po chwili Bella stanęła u jego boku.

— Kiepsko to pachnie.

— To prawda — zgodził się Fuks. Zapach zgnilizny kłuł go w nos.

Wkrótce ten zapach wyczuły także inne psy. Młodsze zaczęły szczekać i kręcić się w kółko. Łapy Fuksa aż zadrżały z chęci ucieczki, lecz nie wiedział, dokąd miałby się udać. Nie był nawet pewien, skąd dobiegają te hałasy i paskudne zapachy.

Słabe popiskiwanie innych psów stało się teraz głośniejsze i zagłuszyło cichnący ryk z oddali, a Fuks odwrócił się do alfy i rozmyślał, czy ten uciszy wreszcie grupę. Półwilk jednak zamarł w miejscu i wpatrywał się w niebo.

— Co to takiego? — pisnął Miki.

Fuks odwrócił się i ujrzał ciemną smugę zachodzącą nad lasem. Oddech uwiązł mu w gardle. Przypominało to chmurę burzową, ale było jeszcze ciemniejsze, przez co przywodziło na myśl chmurę dymu, którą widział pewnego razu nad miastem, po tym jak banda hałaskrzyń zaatakowała drugą bandę pośrodku drogi, w wyniku czego spłonęły.

Zrozumiał, że to stamtąd dochodził paskudny zapach. Właśnie z miasta. Czyżby ziemia pękła po raz kolejny, podobnie jak podczas Wielkiego Warczenia? Ale przecież nie poczuli, by ziemia się trzęsła...

Jeden po drugim psy milkły, wpatrując się w ciemną chmurę.

Miki położył po sobie spiczaste uszy.

— Czy to nas może jakoś zranić?

Bella przestąpiła z łapy na łapę.

— Teraz z pewnością jest na to za daleko.

— Nie ma co ryzykować — szczeknęła Promyk. — Powinniśmy stąd odejść.

— I dokąd się udamy? — zapytała Werwa i wskazała spojrzeniem na Lunę i jej potomstwo. — Przenoszenie teraz obozu byłoby mało praktyczne, prawda?

— No, tak, ale z drugiej strony zostawanie tutaj nie będzie bezpieczne — narzekał Miki, a jego czarne oczy wpatrywały się bez przerwy w ciemną smugę, która rosła w oddali.

Wiosna, długoucha suczka o ciemnej sierści, warknęła na niego:

— A idź, gdzie chcesz, psie w obroży! To nasze terytorium i nie zamierzamy go opuszczać!

— Nie boję się żadnej chmurki! — szczeknęła brązowo-biała Strzała, ale jej głos zadrżał, a przy tym ogon miała nisko położony.

Słodka poruszyła się niepewnie, jakby nie mogła się zdecydować, co zrobić.

— Nigdy dotąd nie widziałam niczego podobnego. Alfo, co o tym myślisz? — zapytała, odrywając spojrzenie od ciemnej chmury, by popatrzeć na przywódcę Dzikiej Sfory.

Alfa nadal stał bez ruchu w tym samym miejscu z luźno zwieszonym ogonem. Boki jego ciała unosiły się szybko. Fuks obserwował półwilka przez dłuższą chwilę i był zdumiony jego nagłą przemianą.

On po prostu nie ma pojęcia, co robić — zdał sobie sprawę Fuks. — I w tej sytuacji jakiś pies musi w końcu przejąć dowodzenie.

Odwrócił się w stronę nieba. Smugi czarnego dymu wzbijały się od strony odległych lasów. Ciemna chmura rozrastała się, rozdmuchiwana przez wiatr, i wyglądało na to, że zmierza prosto w ich stronę. Wciąż znajdowała się bardzo daleko, ale Fuks czuł już, ile w niej brudu — nawet z takiej odległości ten zjełczały zapach szczypał go w nos, przez co musiał wkładać więcej wysiłku w oddychanie. Co się stanie, kiedy chmura tu dotrze? Czy to w ogóle *możliwe*, żeby coś takiego zagrażało ich życiu? Fuks nigdy dotąd nie zastanawiał się nad podobnymi sprawami, ale kiedyś nie słyszał również o trującej wodzie, a czyż Bruno nie rozchorował się właśnie z powodu kąpieli w trującej rzece? Tak naprawdę każdego dnia dowiadywali się czegoś nowego.

— Musimy się stąd wynosić — powiedział do Słodkiej. Kilka psów usłyszało, co mówi, i zwróciło się w jego stronę.

Tik warknął z uporem:

— To jest nasz obóz. I nie powinniśmy go opuszczać!

— Obozy można założyć wszędzie — odrzekł Fuks. — A Miki ma rację. Tutaj nie jest bezpiecznie.

— A co on tam wie? — rzuciła Strzała i obnażyła zęby w stronę Fuksa, po czym odwróciła się w stronę swojej sfory. — To zdrajca. A przecież to *nasz* obóz. Nie będzie nam mówił, że przy pierwszej oznace nadciągających kłopotów mamy stąd odejść!

Po tych słowach zwróciła się w stronę alfy z nadzieją, że ją poprze, ale ten nadal trwał nieruchomo, w milczeniu wpatrując się w chmurę.

Bella zwróciła się w tym czasie do Strzały i Tika:

— Skoro Fuks uważa, że powinniśmy stąd odejść, to ja się z nim zgadzam.

— Ale on nie jest naszym alfą — jęknął Tik — i ty też nie.

Fuks obserwował, jak czarny dym wiruje w powietrzu, i skrzywił się, poczuwszy odór, który palił go z każdym oddechem coraz bardziej.

— Ale Fuks ma bardzo dobry instynkt — powiedziała Słodka. Obserwowała ich bez słowa i zerkała to na chmurę, to na alfę, to na Fuksa. Teraz natomiast przemówiła tonem pełnym autorytetu i skierowała te słowa do wszystkich obecnych: — Pamiętam to... jeszcze z innych czasów. Jeżeli sądzi, że niebezpiecznie jest zostać, to ja mu wierzę.

Fuksowi z wdzięczności aż uniósł się ogon. Chwilę później odwrócił się do reszty i sam spróbował ich przekonać:

— Tiku, Wiosno, wy macie najlepszy węch spośród wszystkich. Nie wydaje wam się, że ta chmura to coś paskudnego?

Psy odwróciły się do swoich towarzyszy, czekając na ich odpowiedź. Alfa zawinął pogardliwie górną wargę, ale oprócz tego ani drgnął. Otworzył jedynie szeroko oczy; jego łapy drżały.

Tik powąchał powietrze. Stojąca obok niego Wiosna zrobiła to samo, po czym odetchnęła głęboko i zamrugała.

— No tak, paskudnie to śmierdzi. Ty na pewno też to czujesz, no nie? To na pewno nie jest naturalny zapach.

Tik powąchał ponownie, tym razem trzepocząc uszami.

— Masz rację — zgodził się. — To musi być coś niebezpiecznego.

Stwierdzenie to sprawiło, że zebranym psom przeszedł po karku dreszcz. Fuks szybko szczeknął, by przerwać narastającą panikę:

— Musimy szybko wybrać nowe miejsce na obóz i to położone daleko stąd. Znajdziemy jakieś lepsze schronienie, może nawet z zadaszeniem, na wypadek gdyby chmura nadciągnęła aż tutaj. Powinniśmy wyruszyć już teraz!

Tym razem wszyscy się z nim zgodzili, nawet Tik. Fuks zauważył przy tym, że żaden pies nie zwrócił się do alfy, by zapytać go o jego zdanie.

Doskonale wiedzą, że ich przywódca stchórzył — pomyślał Fuks. Myśl ta jednak nie sprawiła mu żadnej radości. Wiedział tylko, że ta ich nowa sfora musi jakoś przetrwać. Nie przychodzi mi na myśl żadne miejsce, w które moglibyśmy się udać, jestem jednak przekonany, że nie powinniśmy kierować się w stronę miasta. Zerknął na porośnięte drzewami wzgórze wyrastające po przeciwnej stronie miejsca, z którego dochodziły te straszliwe dźwięki. Wiedział, że będą bezpieczniejsi w schronieniu, jakie tworzyły tamtejsze konary i gałęzie.

— Chodźcie za mną! Pospieszcie się! — rzucił Fuks i skierował się w stronę wzgórza, z dala od pękającej w oddali powierzchni ziemi i czarnych wyziewów, które wznosiły się za ich plecami. Słodka biegła za nim, a Wiosna i Werwa mknęły tuż obok. Luna niosła w pysku Kręcioła, a Ognisty Kichawę. Psy w obrożach również ruszyły z miejsca, podążając za Bellą. Fuks obejrzał się za siebie, by sprawdzić, czy alfa zostanie na swoim miejscu, ale z ulgą dostrzegł, że półwilk podąża za sforą, choć trzyma się na dystans.

Fuks przemknął przez rząd wysokich drzew i wyskoczył na kamienisty grunt, ślizgając się na małych kamyczkach, które pokrywały ziemię. Po lewej stronie ziemia zniżała się, tworząc głęboki wąwóz. Zadrżał, widząc na jego dnie jedynie pokruszoną skałę oraz pojedynczy przekrzywiony konar. Chwilę później Fuks usłyszał lekkie łapy Słodkiej, gdy gwałtownie wyhamowała kawałek za nim.

— Biegnijmy dalej — zawołał do swoich towarzyszy — na wzgórze. Tylko nie patrzcie w dół!

Teren pochylał się mocno w prawo i Fuks poczuł pod łapami, że podłoże staje się coraz bardziej miękkie. Na zwisających nisko gałęziach widział ostre kolce, zatem musiał się schylać, by nie go poraniły. Na tak dużej wysokości łatwiej mu się biegało, a jego pazury z łatwością znajdowały przyczepność na trawiastej glebie i na mchu.

W końcu wbiegli na płaskowyż. Fuks widział dalszą część lasu i czuł zapach grubych leśnych liści. Szczeknął z podekscytowaniem i zauważył, że wprawdzie

Słodka i Bella siedziały mu na ogonie, ale reszta psów była daleko w tyle. Fuks podbiegł kawałek z powrotem stromym zboczem i dostrzegł, że Promyk ześlizguje się po skalistym podłożu. Niektóre psy z Dzikiej Sfory również z trudem sobie radziły, zwłaszcza te mniejsze, jak Maruda o płaskim pyszczku, i wszyscy ranni, jak Tik z rozszarpaną nogą. Fuks pomknął w dół zbocza i minął alfę, który w milczeniu biegł przed siebie z oczyma skupionymi przed sobą i położonymi po sobie uszami.

W końcu Fuks dotarł do Promyka, która ślizgała się w miejscu. Jej małe łapy drapały po ziemi i suczka nie mogła znaleźć oparcia. Duży kamień pod jej łapkami obsunął się i stoczył po zboczu, aż wreszcie runął do rozpadliny. Promyk pisnęła ze strachu i odsunęła się od krawędzi. Otrząsnęła się i spróbowała ponownie, niezdarnie wspinając się po zboczu. W końcu Fuks delikatnie chwycił ją zębami za skórę na karku i przeniósł ją ponad skałami. Gdy wreszcie wypuścił suczkę, otrząsnęła się z godnością.

— Dziękuję ci, Fuksie — mruknęła. — Dałabym radę sama i to bez problemu, tak sądzę, no ale... Miło, że mi pomogłeś.

— Nie ma sprawy — odpowiedział Fuks, a Promyk dotknęła go swoim pyszczkiem i pomknęła dalej w stronę reszty. Bardzo dojrzała od czasu tamtego Wielkiego Warczenia — pomyślał.

Błysk oczu Tika odradzał podnoszenie go za skórę na karku, więc zamiast tego Fuks okrążył długouchego psa i popychał go pod górkę. Na widok pomagającego Fuksa Ognisty odstawił Kichawę i Luna przysunęła się do niej ze swoim szczeniakiem, który patrzył na tę scenę z szeroko otwartymi oczyma.

— Co on takiego wyprawia? — zapytał Kręcioł.

Luna polizała mu uszy.

— On im pomaga.

Ognisty bez trudu przepchnął Marudę przez najgorsze kamieniste fragmenty. Pies z płaskim pyskiem i krótkimi nóżkami wymamrotał podziękowania i podjął swoją niezgrabną wspinaczkę pod górę, sapiąc intensywnie.

Ognisty szczeknął na Fuksa i wrócił do Kichawy, którą natychmiast wziął z powrotem do pyska, po czym ruszył z Luną trzymającą Kręcioła w dalszą drogę.

Fuks spojrzał za siebie na ciemną chmurę, która nadlatywała już nad położony niżej obóz. Miał teraz punkt widzenia na całą dolinę. Chmura wisiała nisko nad ziemią nieopodal miasta, a nie wysoko na niebie, jak to zwykle chmury miały w zwyczaju. Pies spostrzegł jednak z zadowoleniem, że wraz ze swoją sforą ucieka w przeciwną stronę i wkrótce znajdą się daleko poza jej zasięgiem, gdzie założą sobie nowy obóz.

Gdy odwrócił się z powrotem, zobaczył ostatnie znikające na górze psy i usłyszał przerażone wycie.

To była Stokrotka! Suczka znajdowała się blisko miejsca, gdzie zbocze opadało stromo w prawo. Fuks natychmiast rzucił się w jej stronę.

— Miki ma kłopoty! — pisnęła.

Okazało się, że czarno-biały pies pośliznął się niedaleko szczytu wzniesienia. Tylna noga zsunęła mu się niebezpiecznie nad krawędź rozpadliny, a druga trzymała się już tylko koniuszkiem pazurów.

Stokrotka zaszczekała znowu słabo:

— No dalej, Miki! Dasz radę! Wystarczy, że wejdziesz z powrotem na wzgórze!

Miki trzymał się rozpaczliwie przednimi łapami jakiegoś wystającego pnia. Zaczął w końcu rozluźniać uścisk, a spod ziemi u podstawy drzewa wzbił się pył. Wyglądało na to, że drzewo odchodzi od gleby wraz z korzeniami! Pies odwrócił od tego widoku rozszalałe spojrzenie. Nawet w takiej dramatycznej chwili nie wypuścił ani na moment trzymanej w pysku rękawicy.

Fuks dobiegł do Mikiego, akurat gdy druga tylna łapa czarno-białego psa ześlizgnęła się z krawędzi zbocza. Strzała i Wiosna odwróciły się, by zobaczyć, dokąd biegnie ich przewodnik, i pisnęły obydwie w panice, gdy zobaczyły Mikiego.

Fuks usiłował się uspokoić. W końcu wziął w pysk obrożę Mikiego i ciągnął ostrożnie, starając się nie zrzucić przyjaciela ze wzgórza ani nie oderwać go gwałtownie od pnia, którego się trzymał. Fuks zebrał w sobie ostatki sił i wciągnął Mikiego z powrotem na zbocze. Po raz pierwszy był wdzięczny losowi za to, że ten czarno-biały pies uparł się, by pozostać w swojej obroży, był bowiem o wiele za duży, żeby Fuks wciągnął go za sam kark jak w przypadku Promyka. Obaj upadli na ziemiste zbocze. Fuks podciągnął Mikiego jeszcze kawałek, by zapewnić im bezpieczeństwo.

Miki upuścił rękawicę obok siebie i polizał Fuksa po twarzy.

— A myślałem, że już po mnie — mruknął pies pasterski. Fuks czuł, jak całe ciało jego kompana drży, dlatego szturchnął go w kark i poczekał, aż ten się pozbiera. W końcu podniósł się na nogi.

— Chodźmy — powiedział takim tonem, jakby nic się przed chwilą nie wydarzyło. — Musimy dogonić resztę.

Fuks wbiegł ponownie na szczyt wzniesienia i ujrzał, że Werwa pomaga Marcie wyplątać gałąź, która zaczepiła się o jej ogon. Musiała tam utknąć, gdy wodołazka przechodziła przez ostre zagięcie zbocza. Gdy Marta była już oswobodzona, obniżyła swój duży, łagodny pysk i polizała Werwę po nosie, a następnie pospieszyła dalej przez las.

Alfy nigdzie nie było widać. Musiał pobiec naprzód — pomyślał Fuks. — Ale dlaczego nie zatrzymał się, by pomóc reszcie psów?

Miki rzucił się w ich stronę pomiędzy wysokimi drzewami i Fuks podążył w ślad za nim, zatapiając się w słodkich woniach lasu. Usłyszał, jak w oddali ciemna chmura brzęczy, unosząc się nad ziemią. Po chwili doszło do jego uszu kolejne trzaśnięcie, wyprzedził Mikiego, a następnie wbiegł pod korony drzew. Fuks mknął zygzakiem pomiędzy pniami za zapachem pozostałych psów, aż przed nim zarysowało się coś w rodzaju ścieżki. Minął Lunę i Ognistego, którzy narzucili sobie wolniejsze tempo, jako że nieśli w pyskach szczenięta. Na ich wysokości biegły też Bella i Słodka, rozglądając się dookoła za potencjalnymi zagrożeniami takimi jak lisy i Ostre Pazury. Fuks zwolnił, by na nich popatrzeć, i uderzyło go, jak szybko potrafili odłożyć na bok animozje, by chronić delikatne szczeniaki.

Miki minął Fuksa, a za nim pomknęła Stokrotka. Większość pozostałych psów biegła naprzód, ale Fuks zwolnił, przypomniawszy sobie trudności, jakie mniejsze psy miały na skałach. Chciał być pewien, że nikt nie zostanie pominięty. Cofnął się po swoich śladach w stronę skraju lasu. Tam natrafił na Strzałę, brązowo-białą suczkę z Dzikiej Sfory. Kuliła się pod drzewem, patrząc przed siebie nieprzytomnym wzrokiem.

Fuks podszedł do niej powoli.

— Strzało, tędy. Chodź, dogonimy resztę sfory.

Strzała drgnęła i cofnęła się, po czym zerknęła w stronę dziwnej, ciemnej chmury.

— Nasz obóz — jęknęła.

Fuks spróbował ponownie:

— Założymy sobie nowy obóz. I to lepszy, z czystym powietrzem i pyszną wodą. Zaufaj mi.

Postawiła nieśmiało uszy i powoli postąpiła krok w jego stronę.

— Jesteś pewien, że będziemy tu bezpieczni? Słyszałam to i owo na temat tego lasu. — Jej oczy przebiegły po zacienionych konarach. — Moja Psia Mama opowiadała mi wiele historii o gigakudłaczach dziesięciokrotnie większych od psów, ze szponami długimi jak gałęzie i ostrymi jak u Ostrych Pazurów.

Fuks wzdrygnął się niezauważalnie, ale spróbował włożyć w kolejne słowa wiele pewności siebie.

— Niczego takiego tutaj nie ma. Trzymaj się swojej sfory, a będziesz bezpieczna.

Wyglądało na to, że Strzała zgodziła się z jego tokiem rozumowania, i podniosła się z miejsca. Jej ogon zamerdał nawet lekko, gdy nabierała głęboko powietrza i kierowała się w głąb lasu, szczekając głośno, gdy doganiała Tika, z którym zajmowała się patrolowaniem terenu.

Fuks miał już do nich dołączyć, gdy zauważył cień alfy przemykającego nieopodal przy wysokich brzozach. Półwilk poruszał się chaotycznie, przeskakiwał kawałek i zamierał z położonymi po sobie uszami, wyraźnie się trzęsąc. Do tego, ilekroć przystawał, oglądał się za siebie w stronę doliny.

Wtem Fuks usłyszał za sobą czyjeś kroki i od razu rozpoznał zapach swojej siostry z miotu.

— Zachodzę w głowę, gdzie się podzia... — Bella nie dokończyła zdania, widząc, na kogo patrzy się jej brat. Ten nie mógł uwierzyć, że nieustraszony przywódca Dzikiej Sfory zmienił się w tchórzliwe zwierzątko. Czy coś go bolało? Co się z nim stało?

Sprawia teraz wrażenie takiego słabego...

Fuks musiał się upomnieć — przed oczyma miał przecież tego samego bezlitosnego psa, który zdegradował go do funkcji omegi i zagroził, że okaleczy go na stałe.

W pewnym momencie spostrzegł, że półwilk utkwił spojrzenie w ciemnej chmurze. Zatrzymał się natychmiast i wpatrywał z niedowierzaniem, jak chmura nadęła się i jakby skręcała w powietrzu.

Czy mi się to śni?

Z dziwacznego ciemnego kłębu wyrosło coś na kształt czterech długich kończyn, a po nich kark i gruby, czarny ogon. W końcu kark przeszedł w głowę, na której wyrosły spiczaste, czarne uszy. Przez chwilę miał wrażenie, że wstrętna chmura przybiera kształt psa z popiołu.

Alfa odezwał się niskim, ochrypłym głosem, i zwrócił się jakby do siebie:

— To pewien Pies Nieba. *Zły* Pies Nieba...

Bella podeszła bliżej i zmrużyła oczy, patrząc w kierunku chmury.

— Wydawało mi się, że wszystkie Psy Nieba są dobre z natury.

— Podobnie mówili o Psie Ziemi — jęknął alfa. — Twierdzili, że jest ona dobra, hojna. I że zawsze będzie się o nas troszczyła, opiekowała nami. A jednak to nie powstrzymało Wielkiego Warczenia — dokończył i zwiesił kudłaty ogon między nogami.

Bezradność alfy zupełnie zbiła z tropu Fuksa. Nie wiedział, co powiedzieć. Zerknął raz jeszcze na niebo, ale chmura już się odmieniła i przestała przypominać psa. Ponownie przybrała formę ciemnej smugi unoszącej się na horyzoncie.

— Wyobraźnia płata nam figla. To tylko chmura — powiedział im. — I nie musimy już się nią martwić. Nie ma żadnego większego znaczenia. Powinniśmy biec już za resztą, musimy...

Wtem głośne wycie poniosło się ponad lasem. Był to krzyk psa, który czuje ogromny ból. Cała trójka odwróciła się jak na komendę. Bella popędziła w stronę, z której dobiegał dźwięk, a Fuks i alfa byli tuż za nią. Po chwili seria wysokich szczeknięć rozdarła powietrze. Fuks, Bella i alfa wypadli spomiędzy drzew, doganiając obydwie sfory, a następnie przebiegli bokiem wokół grupy psów i wybiegli na jej przód.

W końcu stanęli jak wryci. Tik chwiał się na boki na polanie pomiędzy wysokimi sosnami i wył w agonii. Zdeformowaną łapę trzymał blisko ciała i skomlał, a przy tym co chwila potykał się i próbował stanąć prosto. Wiosna, jego siostra z miotu, szczekała, ale reszta psów obserwowała całe zajście w niemej grozie.

— Co się stało? — zapytał Fuks.

Podeszła do niego Słodka.

— Przed nami są jakieś bagna, miękka podmokła ziemia, na którą trudno wejść. Tik próbował ją przekroczyć, ale utknęła mu gdzieś przednia łapa, potknął się i ją skręcił.

Boki Tika unosiły się gwałtownie i Fuks martwił się, że stało się coś znacznie gorszego. Uniósł spojrzenie i dostrzegł, że Słodka wciąż na niego patrzy, kładąc przy tym nisko uszy. Odsunęła się od innych w stronę schronienia, jakie dawały niższe gałęzie, a Fuks poszedł za nią.

— Ta łapa została już wcześniej zraniona — zauważył cicho Fuks. — A Tik przywykł do poruszania się w trudnych okolicznościach. Nic mu nie będzie, prawda?

Suczka rzuciła spojrzenie na Tika, który akurat zajęczał żałośnie.

— Nie wydaje mi się, żeby miał się z tego wykaraskać. Nie mam pewności, ale wydaje mi się, że słyszałam trzask łamiącej się kości.

Po jej słowach Tik przewrócił się na bok, wciąż trzymając wysoko zranioną łapę. Polizał ją, a całe ciało drżało mu nieprzerwanie.

Fuks popatrzył za siebie w kierunku doliny. Nie było jej widać z powodu rosnących wokół drzew, ponad którymi na niebie sunęła ciemna chmura. Najwyraźniej rozciągała się i rozpadała, ale zupełnie go to nie pocieszało.

A co, jeśli alfa ma rację? Co jeżeli ta czarna chmura to wściekły Pies Nieba? I czy mógł on spowodować również ranę Tika? — zamartwiał się.

Dotąd Fuks pocieszał się tym, że Psie Duchy na pewno czuwały nad ich sforami i chroniły ich przed różnymi zagrożeniami. Teraz już nie był tego taki pewien.

Nagle zaczął mieć wrażenie, że Psie Duchy zwróciły się przeciwko nim.

Rozdział 3

Psy truchtały przez las, a gałęzie i zeschłe liście chrzęściły pod ich łapami. Tempo było teraz wolniejsze, tak by Tik mógł za nimi nadążyć. Zraniony pies kulał za resztą w milczeniu, trzymając chorą łapę blisko klatki piersiowej. Wiosna, jego siostra, zaoferowała, że będzie go wspierała, ale tylko warknął „Daj mi spokój!" i odsunęła się od niego na bezpieczną odległość.

Fuks przesunął się na tył grupy i przez jakiś czas obserwował Tika kątem oka. Nie był przekonany, czy pies o kłapciatych uszach w ogóle zdoła dotrzeć do nowego obozu, ani też nie był pewien, jak przetrwa, jeśli mu się to w ogóle uda. Jego zraniona wcześniej łapa już dawniej stanowiła niedogodność, a teraz będzie mu jeszcze trudniej. Fuks czuł, że jego własne rany po walce z lisami nadal mocno piekły i jeśli tylko opierał zbyt duży ciężar na zranionej nodze, ból stawał się trudny do zniesienia. Jak w takim razie czuł się Tik?

Bella przyhamowała nieco, by móc pobiec u boku Fuksa. Ona również rzuciła Tikowi zaniepokojone spojrzenie i Fuks natychmiast pojął, że i ona myśli to samo. Cała sfora posuwała się jednak naprzód bez słowa. Pies Słońce przesuwał się stopniowo po niebie, natomiast wiszące nad nimi gałęzie wycinały cienie w strugach światła.

Fuks spróbował dojrzeć coś w ciemnych zakątkach lasu. Miał niejasne przeczucie, że w mroku coś się na nich czai.

To miejsce po prostu tak na mnie działa. Wszystkie te cienie sprawiają, że zaczynam wyobrażać sobie coś, czego tam nie ma — starał przemówić sobie do rozsądku.

Kawałek dalej reszta sfory przystanęła, a Fuks i Bella dołączyli do nich, by sprawdzić, o co może chodzić.

Na czele grupy stał Bruno i niemal w tym samym miejscu kończyła się linia drzew. Okazało się, że obiegli jezioro i znaleźli się po jego drugiej stronie. Fuks widział stąd poniżej rozłożoną połać ziemi, która okrążała połyskliwe wody, i dużą formację skalną.

— I dokąd teraz powinniśmy się udać? — zapytał Bruno.

Nagle Fuks poczuł poirytowanie.

I o to pyta mnie pies, który pomógł mnie przytrzymać, żeby alfa naznaczył mnie jako zdrajcę?! Gdyby wtedy nie pojawiła się czarna chmura, zapewne byłbym już okaleczony do końca mojego życia. A teraz ma czelność zachowywać się, jak gdyby nic się nie stało? Teraz nagle prosi *właśnie mnie* o pomoc?

— A co ty myślisz, alfo? — zapytała Werwa.

Fuks odwrócił się w stronę półwilka. Stał on oddalony kawałek od reszty i patrzył z powrotem na las, w kierunku czarnej chmury.

— A może pobiegnijmy w to miejsce, gdzie woda styka się z wielkimi głazami? — szczeknęła Bella. — Nawet jeśli tamta chmura tutaj dotrze, skały zapewnią nam odpowiednie schronienie.

— Tylko że to tak daleko — jęknęła Promyk. Jej długie białe włoski zmatowiały już zupełnie, a ogon opadł do ziemi. Do tego bez skutku próbowała wyciągnąć z poduszki łapy cierń, który tam utkwił podczas podróży. Cała ta wymiana zdań przypomniała Fuksowi ten pierwszy raz, kiedy opuścili miasto i musiał co rusz nakłaniać te psy do tego, by wysiliły się trochę bardziej.

Tylko nie znowu to samo! Nie po wszystkim, przez co przeszliśmy.

— Może zatrzymamy się tutaj na noc? — dorzucił Maruda. — Drzewa dadzą nam schronienie, na wypadek gdyby pogoda się zepsuła, a do tego czarna chmura na pewno nam tutaj nie zagrozi. Do tamtych skał faktycznie jest za daleko.

— A przy tym nie możemy iść w nieskończoność, musimy pamiętać o Tiku — dodała Promyk.

Zraniony pies dokuśtykał w końcu do reszty grupy.

— Z pewnością jestem w stanie nadążać za resztą sfory — fuknął dumnym tonem.

Słodka zmrużyła oczy, próbując dostrzec coś między koronami drzew.

— Uważam, że powinniśmy biec dalej. W głębokim lesie żyją różne stworzenia, które nocą wychodzą z ukrycia... Przed zapadnięciem nie-słońca musimy opuścić to miejsce.

Było niemal tak, jakby czytała Fuksowi w myślach. Spojrzał w górę i poczuł, jak włosy na grzbiecie stają mu dęba. Niebo ponad ich głowami miało już kolor granatowy, a słońce nurkowało coraz niżej.

— Wkrótce będzie ciemno.

Bella postąpiła krok naprzód.

— W takim razie nie mamy ani chwili do stracenia.

Pies Słońce zanurzał się już w jeziorze, gdy sfora dotarła wreszcie na szczyt skalistego przewieszenia. Bella i Fuks pobiegli w dół zbocza, ślizgając się przy tym na małych kamieniach. Ziemia była wilgotna i czuli, że jej drobinki przyklejają im się do sierści. Werwa prędko ruszyła za nimi. Szczekała zachęcająco w stronę reszty, bo tylko ona jedna zachowała dobry humor pomimo trudów podróży.

W końcu nadeszła kolej na Martę. Z zaskakującą gracją jak na psa jej rozmiarów zsunęła się na błoniastych łapach po kamieniach niemal tak, jak gdyby płynęła z prądem rzecznym. Pozostałe duże psy miały z tym większe problemy, choć po prawdzie schodzenie po kamienistym zboczu nie było aż tak trudne, jak wspinanie się na nie. Tak czy owak większość z nich z trudem zachowywała równowagę przy zejściu.

Bruno na wpół zeskakiwał i staczał się po kamykach, gramoląc się z mozołem po mokrym gruncie. Ognistemu raz Kichawa prawie wypadła z pyska, co sprawiło, że Luna obszczekała go porządnie, czekając na nich już na dole z Kręciołem. W końcu podeszła i odprowadziła Kichawę z dala od Ognistego, w stronę drugiego szczenięcia.

Fuks popatrzył przed siebie.

— Woda wygląda na świeżą.

Następnie poprowadził psy w stronę jeziora, gdzie wszyscy łapczywie zaspokoili pragnienie.

Gdy już orzeźwiła ich chłodna woda, wyczerpane psy wycofały się na teren osłonięty przez nawisy skalne. Wszyscy członkowie sfory byli w podłych nastrojach. Fuks miał kark sztywny od wysiłku, a noga nadal pulsowała mu z bólu, ale cieszył się, że może wreszcie ją trochę odciążyć.

Wiosna polizała rozcięcie na ogonie i posłała Marcie wściekłe spojrzenie.

— To *twoja* zasługa — warknęła, na co nowofundlandka zwiesiła potulnie głowę i usiadła obok Stokrotki. Choć poszarpane skały nad ich głowami mogły ochronić ich przed najgorszym wiatrem czy deszczem, to miejsca, w którym się znaleźli, nie można było nazwać wygodnym. Ziemia wokół nich była wilgotna i piaszczysta. Tik dokuśtykał po jakimś czasie do krawędzi ich nowego obozu i zajął się swoją zranioną łapą.

— Za nami trudna podróż, ale to miejsce chwilowo się sprawdzi — powiedziała Słodka, stąpając po wilgotnym podłożu.

Rozgoryczona Wiosna nie wytrzymała i krzyknęła:

— Byłoby znacznie łatwiej, gdybyśmy nie musieli ciągnąć za sobą niepotrzebnego bagażu. — Spojrzała oskarżycielsko na Promyka i Marudę, którzy akurat stanęli obok siebie. — Tych dwoje jest zbyt małych, by polować i walczyć. Jaki jest z nich pożytek dla sfory? Trzeba było ich zostawić. Są dla nas jedynie ciężarem.

— Nikogo nie zostawimy! — warknęła Słodka. — Wszystkie psy mają jakąś rolę do odegrania.

Poparła ją Werwa.

— Nie wszyscy muszą polować czy walczyć. Promyk i Maruda mogą służyć naszej sforze jako oczy i uszy.

— Promyk ma doskonały węch — lojalnie zauważył Miki. — Byłaby znakomitym psem patrolowym. Potrafi wywąchać zagrożenie z ogromnej odległości.

— Zgoda — uznała Słodka. — Mogą czuwać nad obozem, podczas gdy reszta psów będzie udawała się na patrol.

Wiosna jednak zwęziła oczy w szparki. Maruda rozejrzał się strachliwie, a krótki ogon nadal trzymał zwieszony między nogami.

Promyka jednak nie udało się tak łatwo uciszyć.

— A kim ty jesteś, żeby nazywać mnie ciężarem, co? — warknęła, mierząc wzrokiem Wiosnę. — Jakoś nie rzuciło mi się w oczy, żebyś była szczególnie waleczna podczas ataku lisów. Dużo szczekasz i robisz wiele hałasu, ale jak już przyjdzie co do czego...

— Jak śmiesz? — zawyła Wiosna i skoczyła w stronę Promyka z obnażonymi zębami.

Słodka przesunęła się, by ją zasłonić.

— Dość tego! Obydwie macie przestać i to natychmiast! — warknęła.

Wiosna cofnęła się i choć nadal szczerzyła kły, to głowę opuściła.

— Wybacz mi, beto — mruknęła, nie chciała bowiem kwestionować decyzji drugiego najważniejszego psa w sforze. W końcu sam alfa wyłonił się spomiędzy cieni rzucanych przez skały i przeszedł w ich stronę, zerkając na Wiosnę.

— Sprzeczki. Nic tylko bezsensowne sprzeczki — powiedział i odwrócił się, machając przy tym lekceważąco ogonem.

Fuks wpatrywał się w niego ponownie zdumiony zmianą, jaka w nim zaszła.

Jakby nic takiego się nie wydarzyło.

Promyk przełknęła szczeknięcie i nadal wbijała wzrok w Wiosnę, ale siostra Tika patrzyła już w innym kierunku.

— A ten dokąd zwiewa? — szczeknęła głośno.

Wszystkie psy odwróciły się akurat w chwili, gdy Maruda usiłował wymknąć się z obozu. Zatrzymał się jednak i odwrócił w ich stronę z widocznym poczuciem winy.

— Próbowałeś stąd uciec, co? — oskarżyła go Wiosna. — Co za tchórz!

— Cykor! Tchórz! — szczeknęło kilka innych psów, a ich wyczerpanie przerodziło się z łatwością we frustrację.

Bruno kłapnął zębami na przechodzącego obok Marudę, lekko zahaczając o jego bok. Ugryzienie nie było głębokie, ale Maruda jęczał i zawodził, kuląc się do ściany.

— Masz natychmiast przestać! — szczeknęła Bella do Brunona, który posłusznie cofnął się od małego psa o płaskim pyszczku.

Fuks obserwował to zajście z oklapniętymi uszami. Jeszcze niedawno, gdy psy były zmuszone desperacko uciekać przed chmurą zatrutego powietrza, odstawiono na bok hierarchię i wszelkie uprzedzenia. Teraz jednak wszyscy raz jeszcze zwracali się przeciw sobie, zapominając, jak dobrze im się współpracowało, gdy tworzyli jedną sforę.

Tik trzymał się z dala od innych i zajmował swoją chorą łapą, a jego ogon zwisał bezwładnie. Fuks dostrzegł, że Strzała rozmawia ze Słodką i że obydwie wyglądają na zaniepokojone, nie słyszał jednak, o czym dyskutują. Po chwili Słodka uniosła wzrok i jej spojrzenie skrzyżowało się ze spojrzeniem Fuksa. Zauważył, że była jednocześnie zmęczona i niepewna, przechylił więc zaciekawiony głowę na bok.

Czy Słodka wybaczy mi kiedykolwiek to, że pomogłem psom w obrożach?

Luna doglądała szczeniąt, a Ognisty stał obok niej i pilnował, by sprzeczające się psy nie podchodziły zbyt blisko. W pewnym momencie pomiędzy nich przyszedł alfa.

— Uspokójcie się wszyscy! Wasze marudzenie robi się już męczące. — Alfa skierował polecenie w stronę Brunona i kilku innych psów stojących obok niego, ale Ognisty się zjeżył.

Kichawa przestraszyła się donośnego głosu alfy i zaczęła się trząść i popiskiwać. Obydwa szczeniaki przestały ssać mleko, mimo że Luna próbowała je delikatnie do tego zachęcić. Jej ciemne oczy, szerokie teraz ze zdenerwowania, skierowały się nagle w stronę Ognistego.

Fuks dostrzegł, że wymieniają znaczące spojrzenia, aż w końcu Ognisty zwrócił się do alfy:

— Ostrożnie — warknął do niego. — Niepokoisz nasze szczenięta i będą miały problemy z karmieniem.

Półwilk zarzucił gwałtownie głową w stronę Ognistego i spojrzał mu prosto w oczy. Masywny brązowy pies podniósł się z ziemi i wyprostował, uszy skierował do przodu, a jego ogon napiął się. Wyglądał tak, jakby chciał wyzwać swojego przywódcę na pojedynek.

Fuksa aż zapiekło w brzuchu z niepokoju, była to bowiem niebezpieczna sytuacja. Jakikolwiek konflikt pomiędzy alfą a drugim psem, zwłaszcza tak potężnym jak Ognisty, który znajdował się w hierarchii niemal tuż pod samym alfą, mógł sprawić, że w sforze zapanuje chaos.

Zerwą się sojusze, dojdzie do walk i rozlewu krwi...

Alfa i Ognisty mierzyli się spojrzeniami przez kilka chwil, a reszta obserwowała ich z niepokojem. W końcu Ognisty odwrócił wzrok i opuścił głowę. Alfa warknął na niego ostrzegawczo i Ognisty cofnął się o kilka kroków. Przywódca sfory uniósł pysk nie bez satysfakcji i popatrzył wyzywająco po zgromadzonych wokół niego psach. Nikt jednak nie śmiał spojrzeć mu w oczy.

Stokrotka przysiadła się do Fuksa.

— Dlaczego wszystko musi być takie trudne? Ilekroć gdzieś się zatrzymamy, dzieje się coś, przez co musimy ruszać dalej. W dodatku jest tu zimno, a my nie jedliśmy już od bardzo dawna. — Patrzyła na niego smutno, a uszy jej oklapły.

Fuks polizał ją po uszach i spróbował powiedzieć coś pokrzepiającego.

— Wytrzymaj tutaj trochę — zasugerował. — Wiem, że to miejsce sprawia nieprzyjazne wrażenie, ale będziemy tutaj bezpieczni, bo nie zagraża nam tamta chmura, a do tego jest tu pyszna, czysta woda. A jutro czeka nas lepszy dzień.

Miki podsłuchał ich rozmowę i jęknął ze smutkiem:

— Na zmianę tylko uciekamy i się chowamy. Zakładamy obozy, a potem musimy je opuszczać. Przy tym musimy mieć oczy z tyłu głowy, żeby nie zaskoczyło nas jakieś niebezpieczeństwo. W mieście żyło się inaczej.

— Ale miasto jest teraz najniebezpieczniejszym miejscem ze wszystkich — pisnęła smutno Stokrotka.

— Teraz może już tam być bezpiecznie — odezwał się Miki i klepnął kilka razy swoją rękawicę. — Przyjrzeliście się tej ciemnej chmurze? W pewnym momencie przybrała pewien konkretny kształt.

Uszy Fuksa uniosły się. Czy Miki również dostrzegł postać na niebie?

— Nie zauważyliście w niej niczego nietypowego? — Ogon Mikiego zaczął się poruszać. — Przecież to był kształt ogromnego Długonogiego. Tak jakby czyjaś pańska łapa nam coś *wskazywała*!

Kilka z psów w obrożach podeszło do niego bliżej, słuchając z uwagą. Fuksowi ta chmura nie wyglądała na Długonogiego, ale nie przerywał wywodu kolegi.

— To podobna sprawa jak z tamtymi jaskiniami nad brzegiem rzeki — uznał Miki. — Powinniśmy potraktować to jako znak. Nasi Długonodzy wysyłają nas *z powrotem* w stronę miasta. — W jego głosie pobrzmiewało podekscytowanie, a ogon ciął powietrze. — Chcą, żebyśmy wrócili do domu. Może i oni są tam już z powrotem!

Alfa przepchnął się pomiędzy psami i wyszedł na czoło grupy. Fuks obserwował go podejrzliwie. Gdzie podziała się ta jego pewność siebie, gdy była najbardziej potrzebna? Przypomniał sobie, jak półwilk zupełnie stchórzył w obliczu czarnej chmury, a teraz kroczył przy nich dumnie niczym paw, co najmniej jakby przez cały ten czas miał wszystko pod kontrolą.

— Długonodzy, Długonodzy i jeszcze raz Długonodzy. Psy w obrożach chyba o niczym innym ze sobą nie rozmawiają, co? Macie w ogóle pojęcie, jak niedorzecznie to brzmi? Zwłaszcza w twoim przypadku, psie pasterski — powiedział, patrząc ze wstrętem na

Mikiego. — Po co ciągle nosisz ze sobą ten dziwaczny przedmiot, należący niegdyś do Długonogich? Czy nie przyszła już pora, by się tego pozbyć? — Alfa obwąchał rękawicę, a Miki natychmiast wziął ją do pyska i cofnął się. Alfa obnażył zębiska i warknął: — Jeśli tak bardzo ci zależy, żeby wrócić do swoich panów, dlaczego nie pobiegniesz z powrotem do miasta? Psy w obrożach nie są nam tutaj do niczego potrzebne.

Miki upuścił rękawicę na ziemię.

— To świetny pomysł! — odpowiedział i odwrócił się do innych psów w obrożach. — Uważam, że czas już wrócić do miasta i odnaleźć naszych Długonogich. Kto idzie ze mną? — Miki posłał spojrzenia po całej grupie i choć kilku członków Sfory w Obrożach zaskomlało, to nikt nawet nie odwzajemnił jego spojrzenia. Marta zaczęła lizać swój kudłaty ogon i wyciągać z niego przeoczone wcześniej ciernie. Stokrotka spoglądała ponad przewieszenie, w stronę spokojnego jeziora. Nikt nie przerywał milczenia, a Fuks wpatrywał się we własne łapy, nie wiedząc, co powiedzieć.

Uszy Mikiego położyły się do tyłu.

— Nie obchodzi mnie, co myślicie. Wiem, że oni powrócili. Jeśli trzeba, to pójdę sam! — Podniósł rękawicę i ruszył wzdłuż brzegu jeziora w stronę miejsca, gdzie Pies Słońce chował się już za horyzontem. Było tam niemal zupełnie ciemno.

Fuks stanął mu na drodze.

— Nie rób tego — jęknął. — Dopiero co uciekliśmy przed wszystkimi zagrożeniami, a ty chcesz teraz wrócić po śladach do miasta? Nawet podróżując całą sforą, ledwo stamtąd uciekliśmy. — Fuks pomyślał ze smutkiem o Alfiku, który prawie zginął pod zawalonym domem Długonogich... A później został zabity w walce pomiędzy dwoma sforami. I zabił go sam alfa.

Wtem podbiegła do nich Stokrotka.

— Proszę cię, nie odchodź — zaskomlała.

Miki jednak był stanowczy.

— Nie pasuję do tej grupy. Nie podobają mi się te wszystkie kłótnie i problemy, które wiążą się z życiem w sforze. Muszę odejść. Mój Długonogi czeka na mnie, czuję to.

Fuks warknął, słysząc te słowa.

— Niebezpiecznie jest podróżować samemu. Nie zgadzam się na to! — postawił się czarno-białemu psu.

— Nie uda ci się mnie powstrzymać — stwierdził Miki. Przeszedł obok Fuksa, a ten tylko odprowadził go wzrokiem i opuścił ogon z bezsilności. Po chwili Miki stanął i odwrócił się. Twarz miał teraz łagodniejszą, a z oczu biło ciepło.

Ogon Fuksa zawachlował radośnie.

Zmienił zdanie!

Miki upuścił na chwilę rękawicę, po czym podszedł i polizał Fuksa po pysku. Następnie odwrócił się do Marty i Stokrotki i zrobił to samo.

Mała Promyk piszczała, podskakując po skalistym przewieszeniu.

Miki opuścił głowę i polizał jej białe uszy.

— Nie zapomniałem o tobie — mruknął do niej.

Ogon Fuksa opadł bezwładnie.

— Mimo wszystko od nas odchodzisz?

Miki odwrócił się w jego stronę.

— Tak, muszę to zrobić.

Tym razem Fuks nie próbował go już zatrzymać. Stanął pomiędzy Martą a Stokrotką i patrzył, jak Miki bierze w pysk rękawicę i raz jeszcze rusza w stronę miasta.

Już stamtąd nie wróci — pomyślał Fuks, a smutek ranił go niczym ostry szpon.

Sylwetka psa pasterskiego wkrótce została wchłonięta przez wszechogarniającą ciemność. Kilka psów w obrożach stało tam jeszcze przez jakiś czas, ale Fuks wkrótce wrócił do obozu pod skałami, położył się na ziemi i nasłuchiwał kroków swoich przyjaciół. Chrzęst kamyków na drodze ucichł, gdy Miki zniknął za załomem. W końcu słychać było już tylko wodę pobliskiego jeziora i wiatr wiejący pośród chłodnej nocy.

Rozdział 4

Psy warczały, pluły śliną jeden na drugiego i skakały sobie do gardeł, a nad nimi górowało czarne niebo.

Nie była to jednak uczciwa walka psiej sfory przeciw drugiej sforze. Tym razem rodzeństwo z jednego miotu zwracało się przeciw sobie, a psy, które dotąd walczyły u swego boku, próbowały bezlitośnie pozbyć się swoich dotychczasowych towarzyszy.

Czy właśnie tak będzie wyglądała Nawałnica Psów? Sfory porozrywają się nawzajem na strzępy?

Zdesperowany Fuks zaszczekał, prosząc cienie psów, by przestały ze sobą walczyć.

Musimy trzymać się razem!

Ale walczący nie przerywali swoich starań do czasu, aż pole bitwy spłynęło krwią wrogów i nieprzyjaciół...

Odgłosy wściekłych warknięć obudziły Fuksa. Rozejrzał się i dopiero po chwili przypomniał sobie, gdzie się znajduje. Pies Słońce wznosił się właśnie nad doliną, złocąc wody jeziora swoim blaskiem.

Pod skałami było jeszcze ciemno i chłodno. Większość psów w dalszym ciągu spała, zwinięta razem, próbując w ten sposób się ogrzać. Fuks podniósł się, ziewnął i przeciągnął, ale nadal był zesztywniały i zmęczony. Głowa i tylne łapy zaś wciąż bolały go po starciu z lisami.

Wtem ponownie usłyszał warczenie. Niedaleko za skałami ujrzał Bellę i Słodką. Nie słyszał, o czym dokładnie rozmawiają, ale mowa ich ciała wskazywała na to, że zdążyły wykopać topór wojenny. W końcu wstał i w porannym świetle ruszył w ich stronę pomiędzy śpiącymi psami.

Gdy Fuks się zbliżył, Słodka akurat warczała na Bellę:

— Od kiedy wparowaliście nieproszeni na nasze terytorium, twoja sfora sprowadziła na nas wyłącznie kłopoty. Wynoście się stąd, zanim wszystko zepsujecie!

Bella jednak jej nie ustępowała:

— To nie moja wina ani mojej sfory, że Tik postanowił stąd odejść. Poza tym musieliśmy przecież zwalniać z jego powodu. Próbowaliśmy mu przecież pomóc. A poza tym był z wami, kiedy go zraniono.

Słodka warknęła wściekle, słysząc jej słowa, ale Fuks wtrącił się natychmiast:

— Co się stało z Tikiem?

Słodka odwróciła się w jego stronę i przywitała go chłodnym spojrzeniem.

— Zapadł się pod ziemię w środku nocy. Nikt nie wie, dokąd się udał.

Reszta psów zaczęła się powoli wybudzać. Fuks przyjął wiadomość z dreszczem strachu. Oczami wyobraźni ujrzał samotnego i nieszczęśliwego psa ze zranioną łapą. Ubiegłego wieczoru Tik ledwo poruszał się w drodze przez las i ostatkiem sił dał radę okrążyć z nimi jezioro. Jak w takim razie poradzi sobie samotnie w dziczy, gdzie grasowały lisy i inne stworzenia? Jak będzie polował? I jakim cudem miałby tam przeżyć?

Z rozmyślań wytrąciła go Słodka, która znowu przemówiła do Belli:

— Nie wiemy, dokąd poszedł Tik — szczeknęła i zbliżyła się do niej odrobinę. Jej szczupłe ciało napięło się, a do tego obnażyła kły. — Ale można powiedzieć, że w pewnym sensie pokazał nam, co sami powinniśmy zrobić. Rozejrzyj się. Wokół brakuje zwierzyny. Najwięcej jest piachu, trawy i wilgoci. Nie znajdziemy tutaj wystarczająco dużo zwierzyny dla wszystkich psów. — Spojrzała oskarżycielsko na Stokrotkę i Martę, które z opuszczonymi ogonami dołączyły do psów Dzikiej Sfory i razem z nimi obserwowały z daleka wymianę zdań. — Być może w naszym dawnym obozie faktycznie moglibyśmy zaoferować wam jakieś schronienie, ale obecnie sfora jest zbyt duża jak na to miejsce — zwróciła się z powrotem do Belli. — Nadszedł już czas, by psy w obrożach zatroszczyły się o siebie same. Załóżcie sobie własny obóz i to najlepiej *gdzieś indziej*.

Stokrotka i Marta zerknęły na siebie zaniepokojone. Z kolei stojący za nimi Bruno, Werwa i Ognisty jedynie ostrożnie przysłuchiwali się wymianie zdań.

Bella jednak nie zwracała na nich uwagi. Nie zamierzała dać się zastraszyć.

— Czy ty sobie ze mnie kpisz, beto? Przecież to *Fuks* dostrzegł tamtą czarną chmurę i pomógł przenieść się wszystkim w bezpieczne miejsce. A w razie gdybyś nie pamiętała, on jest jednym z nas. A więc *potrzebujecie* psów w obrożach.

Skóra Fuksa zaswędziała nieprzyjemnie. Bella nie powinna go w to znowu mieszać. Poza tym nie chciał, żeby ktokolwiek przypominał Słodkiej o jego zdradzie!

Alfa wyłonił się zza kamieni. Rzucił się w ich stronę i wylądował między Bellą a Słodką, które spojrzały na niego zaskoczone.

— Kłótnie nikomu teraz nie pomogą — powiedział, chodząc w tę i z powrotem pomiędzy Bellą i Słodką z wysoko uniesioną głową. Fuks spodziewał się raczej, że alfa weźmie stronę Słodkiej, ale głos półwilka był spokojny. — W większej sforze jest teraz jeszcze więcej poddenerwowanych psów. Okazywanie agresji przez silniejszych z nas raczej nie sprawi, że staną się odważniejsi.

Fuks starał się, by nikt nie zobaczył, jaki jest zdumiony. I ty masz czelność mówić o odwadze? Po tym, jak sam się ostatnio zachowałeś? — jego myśli wręcz krzyczały.

— Musicie pamiętać — ciągnął alfa — że inne psy traktują was jako autorytety. Jesteś moją betą. Nasza sfora darzy cię szacunkiem — powiedział do Słodkiej, po czym skierował spojrzenie na Bellę. — I jak mniemam, twoi towarzysze słuchają się ciebie. Obie musicie udowodnić, że jesteście odważne i rozsądne. I że nie narazicie bezpieczeństwa reszty jakimiś samolubnymi albo lekkomyślnymi działaniami... Tak jak zrobił to *omega*.

Fuks zamarł i poczuł, jak jego ogon sztywnieje. Co to właściwie znaczy?

Alfa usiadł prosto, a w jego żółtych oczach widać było pewność siebie.

— Wszystkie nieszczęścia, które przytrafiły się członkom mojej sfory, wydarzyły się po tym, jak do jej szeregów dołączył omega. — Półwilk popatrzył w stronę Fuksa i oskarżycielsko zmrużył oczy. — Razem będziemy silniejsi, ale pod warunkiem, że *pies z miasta* będzie się trzymał z dala od nas.

— Ale przecież ta chmura nie pojawiła się z winy Fuksa — zauważyła rozsądnie Bella.

Alfa natychmiast odwrócił się do niej.

— Masz zwracać się do niego, używając odpowiedniego tytułu — warknął. — I niezależnie od tego, czy omega faktycznie sprowadził ciemną chmurę, przyjęła ona kształt Psa Nieba. Co do tego nie mam wątpliwości. Sami też to widzieliście!

Słodka wbiła spojrzenie w alfę.

— Pies Nieba? Co masz na myśli?

Nie było jej przy nim, Fuksie i Belli, gdy dokonali tego odkrycia i chmura przybrała formę psa. Nie była też świadkiem ataku paniki alfy ani nie słyszała, jak nabiera on pewności, że za wszystkie ich nieszczęścia powinni winić jakiegoś podłego Psa Nieba.

— Czarna chmura to Pies Nieba — szczeknął alfa. — Nie zdziwiłbym się, gdyby jego gniew wynikał z tego, że omega pewnej sfory zajmował się oszukiwaniem i napuszczaniem na siebie psów.

Fuks poczuł, jak cała krew odpływa mu z pyska. Musiał uspokoić oddech. Słyszał kiedyś, że Psie Duchy mogą zwrócić się przeciwko jakiemuś psu, jeśli są wściekłe. Czy nie tak właśnie mówiła mu jego Psia Mama, gdy jeszcze był szczeniakiem?

Czy to wszystko stało się z mojej winy? Oczy Fuksa skierowały się ku niebu, gdzie czarna chmura skrywała się ponad drzewami.

Psy spod skalistego przewieszenia również spojrzały w tym kierunku, po czym podeszły do przodu, pragnąc zrozumieć, co się dzieje. Alfa z kolei odwrócił się w ich stronę.

— Podjąłem już decyzję — powiedział. — Podtrzymuję słowo i nie zmuszę psów w obrożach do tego, by odeszły. Nadal mogą odegrać swoją rolę w życiu tej sfory. Żyjemy w niebezpiecznym i słabo nam znanym świecie, dlatego będziemy bezpieczniejsi, trzymając się razem. — Przemawiał delikatnym głosem z dużą dozą autorytetu, jak spokojny Psi Tata, który udziela bezbronnym szczeniętom bezcennej rady. — Ale Fuks nie może być częścią tej sfory nawet jako omega. Przypomnijcie sobie, jakie problemy co chwila powoduje. Konflikty ciągną się za nim jak drugi ogon.

Alfa odwrócił się z powrotem w stronę Słodkiej i Belli, celowo ignorując kontakt wzrokowy, jaki próbował nawiązać z nim Fuks.

— Obie przemawiałyście na rzecz omegi, zupełnie jakby był waszym sojusznikiem. A przecież ściągnął na was jedynie ciągłe kłótnie. To on znajduje się w centrum wszystkich kłopotów, jakie dotknęły obydwie nasze sfory.

Fuks przeżywał przed chwilą moment zwątpienia, ale ten właśnie pękł jak bańka mydlana. Na pewno nie był odpowiedzialny za czarną chmurę. Najwyraźniej była ona częścią tej nowej rzeczywistości powstałej po Wielkim Warczeniu.

Alfa najzwyczajniej w świecie wykorzystuje to jako wymówkę, by się mnie pozbyć!

Poczuł ciepło rozchodzące się po ciele. Jego oddech przyspieszył, a uszy płonęły od gniewu. Wokół niego zrobiło się tłoczniej. Tym razem jednak poza alfy nie wystarczyła. Wszyscy z pewnością widzieli, jak ich tak zwany przywódca załamał się, gdy nadeszła czarna chmura. Pomimo śmiercionośnych szponów i talentu oratorskiego półwilk był zwyczajnym tchórzem. I w obliczu prawdziwego zagrożenia nie miał bladego pojęcia, jak postąpić, żeby przetrwać. Gdyby pozostawić jemu opiekę nad sforami, to zostaliby w starym obozie i nie uciekliby w porę. Wszyscy skończyliby jako...

— Dla dobra naszej sfory pies z miasta musi odejść — szczeknął ponownie alfa.

— Gdyby nie ja, to żadne z was nie wydostałoby się z tego lasu żywe — warknął Fuks, próbując kontrolować swój gniew. — To *ja* znalazłem odpowiednią ścieżkę ze starego obozu. To *ja* poprowadziłem nas w górę tamtego zbocza. Ten tak zwany Pies Nieba, którego zobaczyłeś, alfo, był tak naprawdę trującą chmurą, i na sam jej widok mało nie narobiłeś pod siebie! Nie kiwnąłeś łapą, by pomóc swojej sforze w ucieczce.

Alfa natychmiast odwrócił się w jego stronę i zawarczał.

— Pogódź się z tym wreszcie, zdrajco, że wiecznie powodujesz kłopoty. Twoje imię to jakiś okrutny żart. Ty i twój pech nie jesteście tutaj mile widziani.

Stokrotka pisnęła i pobiegła, by stanąć u boku Fuksa.

Duża, spokojna Marta również postąpiła o krok naprzód.

— Fuks jest dla nas dobrym przyjacielem — powiedziała. — Zawsze bardzo się starał, żeby nam pomagać. I nigdy nas nie zawiódł.

— W naszej sforze też dawał radę — wtrąciła życzliwa z natury Werwa. — A do tego pomagał mniejszym psom wspinać się po wzgórzu i poprowadził nas przez las.

Nawet Maruda jęknął z poparciem:

— Werwa ma rację, powinniśmy być wdzięczni omedze. — Nieduży pies nerwowo grzebał łapą w ziemi, żeby nie sprawiać wrażenia zbyt gorliwego. Ewidentnie wymagało to od niego odwagi, by sprzeciwić się woli straszliwego półwilka. — Nie zaszlibyśmy tak daleko, gdyby nie on. Alfo, przemyśl to raz jeszcze, proszę cię.

Fuks westchnął. Maruda jeszcze nigdy dotąd nie miał na jego temat do powiedzenia nic miłego i wątpił, by teraz miało się coś zmienić. Zdaniem Fuksa obawiał się po prostu, że jak zniknie, to Maruda z powrotem będzie najniższy rangą, a przecież nie po to oszukiwał i szantażował przed bitwą z lisami, żeby to wszystko poszło na marne.

Chodziło oczywiście o pozycję omegi.

Alfa warknął na Marudę, który umknął, piszcząc przy tym żałośnie. Następnie półwilk błysnął zębami na Werwę i Martę, które natychmiast pochyliły poddańczo głowy.

Fuks obserwował to z niedowierzaniem. Zamierzają się go słuchać i to po tym wszystkim, co zrobił!

Pozwolą mu wyrzucić mnie ze sfory!

Alfa postąpił krok naprzód i wyprostował się, dumnie wypinając pierś. Górował teraz nad Fuksem.

— Czy muszę przypominać ci o twojej zaległej karze, zdrajco?

Fuks popatrzył na niego, ale nic nie odpowiedział. Był teraz tak wściekły, że nie ufał nawet własnemu głosowi. Nikt już nie protestował.

Alfa odwrócił się do reszty sfory i przemówił delikatnym, racjonalnym tonem:

— Zważywszy jednak na to, co przeszliśmy, oraz wziąwszy pod uwagę fakt, że nasz omega wykazał się względną odwagą, gdy opuszczaliśmy stary obóz, jestem gotów odpuścić mu okaleczenia, na które zasługuje, i zgodzić się na ograniczenie kary do wygnania.

— Alfa ma rację. Omega powinien po prostu odejść — wtrąciła Słodka. Spojrzała prosto na Fuksa swoimi wielkimi brązowymi oczami. Wyczuł, że ją zranił. Mrugnął do niej przepraszająco, żałując, że ją zawiódł. Czy będzie mogła mu kiedykolwiek wybaczyć? A jednak coś w jego twarzy musiało rozzłościć Słodką, ponieważ obnażyła kły. — Zdradziłeś obydwie sfory. — Jej lodowaty ton zmroził Fuksa. — Jak niby mielibyśmy zaufać komuś po czymś takim?

Fuks wzdrygnął się. Nie mógł już dłużej patrzeć Słodkiej w oczy. Zamiast tego odwrócił się do Belli. To przecież był jej pomysł, żeby szpiegował Dziką Sforę, Fuks jedynie posłuchał prośby, sądząc naiwnie, że znajdzie sposób, by wreszcie wszyscy współdzielili terytorium. Nie chciał tego robić, ale jego siostra z jednego miotu nalegała na to, by w ten sposób pomógł psom w obrożach.

Bella jednak popatrzyła na niego bez wyrazu. I nie odezwała się ani słowem.

— Bello? — zaskomlał w jej kierunku, więc natychmiast spuściła wzrok. Co ona wyprawiała?

Reszta psów stała obok i wpatrywała się we własne łapy. Nawet mała Stokrotka nie śmiała spojrzeć na Fuksa, choć przecież popiskiwała tuż u jego boku.

Wszyscy zamierzają posłuchać alfy... Nawet psy w obrożach! — nie dowierzał.

Brak ich poparcia bardzo zabolał Fuksa. Po tym wszystkim, co dla nich zrobił, spodziewał się odrobiny lojalności. Srogo się jednak przeliczył.

Wymienił z Bellą szybkie ukradkowe spojrzenia. Wyglądała na smutną, ale zdecydowaną. W końcu odwrócił się od psów bez słowa, wspiął po kamieniach i ruszył w stronę lasu.

Wkrótce mógł odkryć jakąś ścieżkę albo też kolejne pole. Zamierzał gonić króliki, pić wodę ze strumieni i znaleźć jakieś suche i ciepłe miejsce na nocleg.

Znowu będę wolny — pomyślał i spróbował zmusić się do zamerdania ogonem. Zamiast tego ogon natychmiast opadł jeszcze niżej.

Przecież to wolności zawsze pragnąłem najmocniej — próbował się przekonywać.

Już wcześniej miał podobne przemyślenia i głęboko w nie wierzył, ale teraz słowa te odbiły się jedynie echem w jego myślach. Stał się psem, który pragnie takich samych rzeczy jak psy w obrożach. Chciał towarzystwa, przyjaciół i... sfory?

Wykluczone. Właśnie tak miało być, tylko ja i żadnej sfory, bo tylko by mnie spowalniała. Jestem prawdziwym samotnym psem.

Fuks zaskomlał i wspiął się w stronę wysokich drzew, świadom, że te myśli nie mają zbyt wiele wspólnego z rzeczywistością.

Nie był już samotnym psem. A przynajmniej nie do końca.

Teraz był po prostu wyrzutkiem.

Rozdział 5

Gdy Fuks wchodził ponownie do lasu, słońce stało wysoko na niebie. Strzeliste drzewa górowały nad nim, a łagodny wiatr kołysał gałęziami. W miarę jak szedł, teren łagodnie się wznosił ponad brzeg jeziora. Słyszał uderzenia łap o poszycie leśne i szczebiot ptaków nad głową. W jego żołądku przewróciło się z głodu. Wiedział, że nie ma szans na złapanie latającej przekąski. Małe zwierzątka żyjące w niższych warstwach lasu również były dla niego za szybkie, a do tego ukryte pod kamuflażem z liści i pędów. Będzie musiał zaczekać, aż wyjdzie na otwarty teren, gdzie uda mu się wziąć odpowiedni rozpęd.

Psie Lasu, proszę, ześlij na mnie spryt, który pozwoli mi znaleźć coś do jedzenia, a także mądrość, bym bezpiecznie trafił do...

Fuks jęknął i zadał sobie samemu pytanie: — No właśnie, dokąd bezpiecznie trafić? Przecież nie mam dokąd iść.

Odszedł od tamtych psów, nie wiedząc właściwie, gdzie się kieruje. Próbował wmówić sobie, że w gruncie rzeczy jest samotnym psem, ale zdał sobie teraz sprawę, że bycie kimś takim w lesie bardzo się różni od życia samotnego psa w mieście. Tam miał wybór. Zawsze był w stanie znaleźć sobie jakieś schronienie, a Długonodzy ciągle uzupełniali metalowe pudła resztkami jedzenia. Z kolei tutaj, w lesie, było zupełnie inaczej. Jedyne schronienie dawały drzewa, a do tego w pobliżu nie było żadnych pudeł z pożywieniem.

W mieście taki samotny pies mógł wiecznie kręcić się w kółko i mimo to przetrwałby bez problemu, w lesie było to jednak niemożliwe. Fuks zjeżył sierść z wściekłości, gdy zdał sobie sprawę, że nigdzie nie ma dla niego miejsca.

Wszedł jeszcze głębiej do lasu i kroczył pomiędzy drzewami, wyczuwając przy tym różne zapachy i szum wody. Przepchnął się w końcu przez poszycie leśne i wyszedł na brzegu rzeki, którą Sfora w Obrożach musiała przekroczyć, by wejść na terytorium Dzikiej Sfory. Postąpił jeszcze krok dalej i odetchnął wilgotnym powietrzem. Było słodkie i ziemiste. Nie wyczuł woni zielonej mazi, od której rozchorował się Bruno. Głęboko w nurcie rzeki przepłynęła szybko srebrna ryba. Kusiło go, by ją złapać, ale była poza jego zasięgiem.

Woda była chłodna i czysta. Spragniony Fuks zanurzył w niej pysk. Kiedy już napił się, ile mógł, usiadł na brzegu, polizał łapy i usiłował przemyśleć swoją sytuację.

Miki był pewien, że Długonodzy wrócili. Jeżeli miał rację, to by oznaczało, że Fuks mógłby szukać jedzenia w ten sam sposób co kiedyś. Koniec z ganianiem za królikami w wysokiej trawie!

Fuks dobrze znał miejskie życie. Gdyby się pospieszył, mógłby nawet dogonić Mikiego. Ta myśl dodała mu zapału i skupił się na planowaniu. Jedna droga do miasta prowadziła przez wzgórze, przez stary obóz Dzikiej Sfory. Musiałby jednak przejść przez teren, nad którym górowała czarna chmura. Wprawdzie była teraz schowana za drzewami, ale w dalszym ciągu czuł tę woń, która osiadła mu na wąsach i szczypała w nozdrza.

Druga trasa do miasta wiodła przez rzekę. Fuks obserwował wodę opływającą wartko kamienie, a także pieniące się biało wiry. Pomyślał o Marcie i jej dobrych relacjach z Psem Rzeki. Coś ścisnęło go w klatce piersiowej, a do tego ogon zupełnie mu opadł. Zrobiło mu się przykro, że nie ma jej przy nim. Tęsknił za nią, a także za resztą członków sfory. Zaskomlał na samą myśl o nich, a dźwięk ten poniósł się po całym lesie.

Jak mogli mnie zdradzić po tym wszystkim, co razem przeszliśmy?

W końcu zmusił się, by nie myśleć o swojej samotności. Wstał i podszedł do rzeki, a następnie zanurzył w niej łapę. Nurt natychmiast wytrącił go z równowagi. Wyrwał łapę z wody i cofnął się o krok, zrozumiawszy, że nie jest w stanie bezpiecznie przeprawić się na drugą stronę i że będzie musiał jakoś obejść rzekę.

Fuksowi przypomniało się, że Sforze w Obrożach udało się przeciąć rzekę w jej wyższym punkcie. Poszedł więc w górę, szukając miejsca, gdzie nurt będzie spokojniejszy, a woda płytsza. Czuł się teraz znacznie lepiej, gdy już zaspokoił pragnienie, ale głód wciąż bezlitośnie ściskał jego żołądek.

Jakaś mucha przeleciała blisko jego wąsów i musiał się powstrzymać, by nie kłapnąć zębami w jej kierunku. W końcu nie było jeszcze *aż tak* źle. Wsunął pysk w stertę liści opadłych na ściółkę leśną. Wziął kilka do pyska i przeżuwał je przez chwilę. Ich kwaśny zapach piekł go w gardło i wiedział, że na dłuższą metę nie pomoże mu to w kwestii głodu, ale przynajmniej przez chwilę nie myślał o jedzeniu.

Skrzeczenie kruka sprawiło, że Fuks aż podskoczył ze strachu, a jego głowa uniosła się ku niebu. Przypomniał sobie tamtego kruka, który nawiedził go podczas pory nie-słońca w obozie Dzikiej Sfory. Lśniące pióra zniknęły ponad gałęziami i spojrzenie Fuksa przeniosło się na inny element. Trująca chmura dryfowała coraz bliżej niego, połyskując niczym kałuża czarnej krwi. Poczuł cierpki smród i skojarzył go z innym zapachem, który pamiętał jeszcze z miasta. Uderzyło go to ponownie — była to woń hałaskrzyni. Tak, to bardzo przypominało odór, który unosił się ze zranionej hałaskrzyni krwawiącej prosto na ziemię, zaraz po jednej z ich zaciekłych walk. Po takich właśnie walkach w powietrze unosiła się czarna chmura. Sam zapach sprawił, że aż ścisnęło go w żołądku. Bolało go to, jak bardzo chmura ta była nienaturalna. Na pewno nie powstała ona jednak podczas walki hałaskrzyń — była na to stanowczo zbyt wielka.

Chmura najwyraźniej wciąż się zbliżała. Fuks ściągnął wargi i warknął, ale w końcu oderwał od niej wzrok i pognał dalej lasem. Wiedział, że im szybciej wybiegnie na otwarty teren, tym szybciej ucieknie przed tą dziwaczną chmurą. Opuścił pysk i powąchał ziemię, aby pozbyć się przykrego zapachu. Zaciągnął się wonią wilgotnych liści, mchu i trawy, dzięki czemu udało mu się odprężyć.

Aż końcu poczuł zupełnie nieoczekiwany zapach innego psa!

Fuks zamarł i ponownie wciągnął głęboko powietrze.

Tik! — ucieszył się w duchu.

Fuks z postawionymi uszami i prostym ogonem podążył za znajomym zapachem. Jakiś czas później zajrzał za zasłonę utworzoną z ciężkich winorośli i przerośniętej trawy, a za nią dostrzegł Tika. Zraniony pies kulał pomiędzy drzewami. W końcu zniknął za grubym pniem drzewa i wyszedł po drugiej stronie, kontynuując swoją powolną wędrówkę.

Fuks poczuł cień współczucia. Tamten biedny pies opuścił sforę jeszcze przed nim i w tym czasie powinien przebyć dwukrotnie większy dystans, ale z pewnością potrzebował znacznie dłuższego odpoczynku, by zregenerować siły. Być może nawet chwilami ból był tak dojmujący, że musiał się po prostu zatrzymywać. W tym tempie zapewne czekał go kolejny dzień podróży, zanim wyrwie się z lasu.

Dokąd on zmierza?

Fuks wyglądał spomiędzy dwóch krzewów i obserwował psa o oklapniętych uszach. Przez chwilę myślał, czy nie szczeknąć, żeby dać o sobie znać, ale co jeśli Tik zdenerwuje się tym, że ktoś go znalazł? W końcu opuścił teren obozu w nocy, kiedy wszyscy spali, więc pewnie chciał być sam.

Fuksa dopadło zwątpienie. Wiedział, że psy, które coś bolało, potrafią być bardzo niebezpieczne. Tik jednak był słaby i najwyraźniej potrzebował pomocy. W końcu Fuks z ociąganiem zaczął śledzić psa patrolowego, starając się przy tym nie podchodzić zbyt blisko. Obserwował, jak Tik kulał, stąpając po opadłych liściach, aż w końcu stanął.

Fuks również się zatrzymał. Musiał wyczuć mój zapach — przestraszył się. Zaczekał na rozwój wypadków, ale Tik nadal się nie ruszał, a z tej odległości nie było widać emocji malujących się na jego pysku.

Być może będzie lepiej, jeśli zajdę go od boku. Podchodząc do niego od tyłu, ryzykuję, że poczuje się zagrożony.

Fuks przeszedł szerokim łukiem pomiędzy drzewami, aż znalazł się po lewej stronie Tika. Ranny pies podszedł kawałek w prawo i przyjął postawę obronną. W jego klatce piersiowej rozbrzmiało ciche warczenie.

Najwyraźniej chce, żeby zostawiono go w spokoju. Czy Tik naprawdę nie rozumiał, że ich świat nie jest odpowiednim miejscem dla psa z chorą nogą? I że nie przetrwa w dziczy bez drugiego psa, który by go pilnował?

Fuks postąpił krok naprzód, ale Tik tylko pokręcił głową i odwrócił się, znikając w lesie tak szybko, jak tylko jego zraniona łapa mu na to pozwoliła. Fuks myślał o tym, żeby za nim pójść, ale co by to dało? Nie mógł przecież zmusić Tika, by ten ruszył z nim w podróż. Jeżeli ranny pies podjął taką decyzję, to Fuks powinien ją uszanować, nawet jeśli miała ona oznaczać śmierć Tika.

Przygnębiony Fuks opuścił ogon, odwrócił się i zrezygnowany pobiegł naprzód, a liście szeleściły pod jego łapami. Pies Słońce przesuwał się po horyzoncie i zostawiał za sobą ślad w postaci ciemniejącego nieba. Białe chmury kłębiły się na niebie, a powietrze było wilgotne. Pomiędzy nimi znajdowała się czarna chmura, która przypominała mroczne jezioro zawieszone pośrodku nieba. Fuks machnął ogonem i zaskomlał cicho.

Psie Lasu, wiem, że tutaj jesteś i obserwujesz mnie tak samo jak wszystko inne na swoim terenie. Proszę, opiekuj się mną, kiedy Pies Słońce uda się na spoczynek.

Fuks podniósł łeb, by spojrzeć na ciemniejące niebo, i poczuł na nosie kroplę deszczu, a po chwili kolejna wpadła mu do oka. Pomknął pośród drzew w poszukiwaniu schronienia, aż wreszcie dotarł do wysokiego drzewa o szerokiej koronie i o dużej sieci poplątanych korzeni, które przypominały gniazdo węży. Fuks wsunął się pomiędzy nie i umościł się najwygodniej, jak to było możliwe.

Deszcz przybrał na sile i wkrótce spomiędzy gałęzi i liści zaczęła przesączać się woda.

Dlaczego moje życie uległo takiej zmianie? — pomyślał żałośnie. Po chwili zaskowytał z poczucia samotności i opuścił głowę na ziemię.

W pewnym momencie na jego czoło tuż nad oczami upadła duża kropla i w przeciwieństwie do innych ta nie spłynęła. Fuks poczuł ciepłe łaskotanie rozchodzące się po ciele. Szczeknął i próbował się otrząsnąć, żeby zniwelować to dziwne uczucie. Uniósł głowę w samą porę, by ujrzeć, jak ciemny płatek upada prosto na jeden z wyżej położonych korzeni. Był ciężki i wilgotny, a w powietrzu ponad nim unosiła się para.

Fuks obserwował, jak kolejne płatki opadały na runo leśne. Pod nimi trawa zdawała się więdnąć i pochylać. Fuks podniósł się w końcu, czując, jak jego serce wyrywa się z klatki piersiowej.

Z nieba pada czarny śnieg! Co to może oznaczać?

W końcu uświadomił sobie, że czuje intensywny swąd płomieni, jak gdyby niewidzialny ogień zajął mu nos. Oczy zaczęły mu łzawić. Można było odnieść wrażenie, że czuć tę woń od każdego drzewa rosnącego w lesie. Najwidoczniej rzęsisty deszcz maskował z początku ten zapach, ale teraz już nie ulegało wątpliwości, co to takiego.

Zapach czarnej chmury bombardował go niczym zabójczy wróg.

Fuks odsunął się, by uniknąć kontaktu z płatkami, a następnie wskoczył pod gałęzie. Pisnął i otrząsnął się, żałując, że nie jest gdzieś na otwartym terenie.

Wstrętne płatki nie spadały na ziemię równomiernie jak krople deszczu. Przybierały formę czarnych, gorących zlepków, które wirowały i wplątywały się w gałęzie, a następnie płonęły powoli na leśnym poszyciu.

Fuks zaskowytał z przerażenia.

Czarna chmura spada na ziemię! Z nieba wytoczyły się kłęby popiołu. Wyglądało to jak ciemne, brudne chmury, które Długonodzy tworzyli, przygotowując posiłki na dworze w ogniskach. Jedzenie to pachniało wybornie, ale z ogniskami zawsze coś było nie tak, zapach ognia był niezwykle ostry i nienaturalny.

Czy tę czarną chmurę również spowodował ogień?

Fuks wpatrywał się w czarne płatki. Wyobrażał sobie, że taki ogień musiałby być niewyobrażalnie wielki. W takim razie gdzie on płonął? I skąd ostatecznie wzięła się ta czarna chmura?

Wtem przypomniał sobie przekonanie Mikiego, że chmura przybrała kształt Długonogiego i wskazywała psom kierunek, w którym powinny się udać. Alfa natomiast był pewien, że chmura przybrała kształt wściekłego Psa Nieba. Fuks był już teraz pewien, że obaj się mylili.

Czarną chmurę należało łączyć z Wielkim Warczeniem. Miała ona także związek z rozpadającą się ziemią, ciemniejącym niebem, zatrutą wodą i przykrymi zapachami. Jeżeli faktycznie stanowiła jakiś znak, musiało chodzić o to, że nic nie ulegało poprawie. Świat od czasu Wielkiego Warczenia w dalszym ciągu był ogromnie niebezpieczny.

W końcu dotarło do niego znaczenie tego wszystkiego.

Długonodzy wcale nie wrócili. A w mieście nic się nie zmieniło. Nadal jest opuszczone.

Pomyślał o Mikim, który odszedł z szeroko otwartymi oczyma, nadzieją w sercu i rękawicą swojego Długonogiego w pysku. Czy dotarł już do miasta? I co zamierzał zrobić, kiedy w końcu się tam znajdzie? Może spróbuje wejść z powrotem do nory swoich Długonogich, tak jak kiedyś Alfik? Bardzo możliwe, że zginie z powodu trujących wyziewów albo że zawali się na niego ściana. A nawet jeśli nie zginie na miejscu, to czy uda mu się dalej przetrwać? Nie będzie tam przecież żadnego jedzenia ani czystej wody. A poza tym, Fuks aż zadrżał na samą myśl, co stało się z tymi wszystkimi Długonogimi i zwierzętami, które zginęły w tamtym miejscu, a których nikt przecież nie miał nawet okazji pogrzebać?

Biedny Miki, który ciągle niesie tę rękawicę i dba o nią jak o nic na świecie. Jest tak lojalny wobec swojego Długonogiego. Dla Sfory w Obrożach również był wspaniałym przyjacielem, a przy tym zawsze stał u boku Fuksa. Nie miał też nic wspólnego z wygnaniem, w sumie to nie miał nawet o nim bladego pojęcia...

Nie mogę zostawić go samego z tym wszystkim.

Fuks pobiegł pomiędzy drzewami, omijając czarne płatki. Biegł najszybciej, jak potrafił, a jego łapy uderzały w mokrą leśną ściółkę. Brązowe strumyki błota oblepiły jego boki, sierść po krótkim czasie nasiąkła deszczem, a mimo to Fuks poszczekiwał radośnie po drodze. Miał teraz cel w życiu, misję, powód, by opuścić las i dotrzeć do miasta. Nareszcie miał dokąd się udać.

Musiał znaleźć Mikiego najszybciej, jak to było możliwe.

Rozdział 6

Fuks przełknął resztkę króliczego mięsa i ziewnął z satysfakcją. Jego pełen brzuch zamruczał z wdzięczności, w końcu się najadł. Psie Lasu, ty zawsze nade mną czuwałeś. A królik był wyborny — dziękował w duchu.

Nie spodziewał się, że złapie cokolwiek, jeszcze zanim uda mu się dotrzeć na otwarte pola, ale znalazł niewielką polanę pomiędzy drzewami i dostrzegł zwierzątko patrzące się jak zahipnotyzowane na niebo. Być może powinien podziękować czarnej chmurze za udane polowanie.

Fuks oblizał usta i przypomniał sobie, że nie może liczyć, iż uda mu się złapać kolejne króliki. Musiał też przyznać, że samotne polowanie było znacznie trudniejsze, zwłaszcza na terenie, gdzie korzenie drzew i gałęzie zakrywały ścieżkę. Małe zwierzęta miały tam ogrom kryjówek do pomocy.

Przynajmniej przestało już padać. Czarna chmura rozczepiła się na kilka mniejszych chmurek unoszącego się popiołu. Fuks nie mógł się doczekać, aż wreszcie opuści las.

Przecisnął się między drzewami i ruszył w górę zbocza, widząc, jak światło zaczyna gasnąć, a Pies Słońce zstępuje powoli z nieba. W końcu podejście zrobiło się płaskie i Fuks ucieszył się, ponieważ oznaczało to, że zbliża się do miasta, gdzie znajdzie Mikiego.

Mimo to pewien niepokój sprawiał, że sierść aż jeżyła mu się na karku. Wydawało mu się, że zna to miejsce, w którym się znalazł, a jednocześnie nie pamiętał dokładnie jak i skąd. Cierpka woń popiołu drażniła jego zmysły i budziła wspomnienia. Próbował zignorować dreszcz, który przebiegł mu po grzbiecie. Stwierdził, że musi się pospieszyć i biec dalej, nawet już po tym, jak Pies Słońce ułoży się do snu. Przedzierał się w stronę rzeki, przeskakując nad zwalonymi pniami drzew.

Przed nim wznosił się duży kopiec czarnego popiołu i Fuksa natychmiast uderzył jego ostry zapach. Pisnął i odwrócił się od niego, chcąc uciec, ale poślizgnął się na opadłych liściach i uderzył się o długą, niską gałąź, która oderwała się z wysokiego kopca i sunęła po ziemi, tworząc istną lawinę okropnych zapachów i czarnego śniegu.

Fuks otrząsnął się i ruszył niezgrabnie w przeciwnym kierunku. Wiedział, że będzie musiał znaleźć jeszcze inną drogę prowadzącą na drugą stronę rzeki.

Wspiął się na wzgórze i poczuł, jak znowu sierść staje mu dęba. Ogon mu zesztywniał, a uszy instynktownie się podniosły. Mógł niemal poczuć coś nowego, coś znajomego. I niebezpiecznego...

Przeklął pod nosem czarne płatki, które swoim intensywnym odorem skutecznie maskowały inne zapachy. Poszedł dalej w górę zbocza i uderzyło go to, gdzie się znajduje. W gmatwaninie różnych woni, widoków i wspomnień rozpoznał wreszcie wzgórze i dolinę znajdującą się poniżej. Dojmujący strach wstrząsnął jego ciałem. Zdał sobie sprawę, że był teraz bardzo blisko obozu psów bojowych. Znacznie bliżej, niż by sobie tego życzył. Doskonale pamiętał jeszcze oddział brutalnych psów, ich masywne, umięśnione ciała, szpiczaste uszy i błyszczącą, czarną sierść. Ukrywał się przed nimi w dziwacznym Psim Ogrodzie, przyglądał się, jak patrolują swoje terytorium i choć udało mu się je przechytrzyć i im uciec, to nie chciałby już nigdy mieć z nimi do czynienia.

Fuks usłyszał szczekanie w oddali, dźwięk głęboki i złowrogi. Opuścił pysk i powąchał ziemię, próbując wyprzeć zapach popiołu. W końcu poczuł woń krwi.

Z całej siły powstrzymał odruch ucieczki. Musiał się dowiedzieć, co się tutaj dzieje. Nie mógł tak po prostu pobiec dalej. Fuks spojrzał przez ramię. Co jeśli psy bojowe znalazły tamtą dziurę w ogrodzeniu, przez którą uciekł? Co jeżeli wypuściły patrole wokół swojego terytorium, które zapuszczały się aż do zalesionych wzgórz? A może kilka z nich czaiło się teraz w mroku i obserwowało każdy jego ruch?

W dolinie rozległo się przeszywające wycie i Fuks pisnął ze strachu. Był ostrożny i pamiętał, by stać pod wiatr. Podszedł bliżej obozu psów bojowych, licząc na to, że zapach popiołu zamaskuje jego przybycie.

Dotarcie do ogrodzenia Psiego Ogrodu zajęło mu kilka minut i w tym czasie wszelkie głosy ucichły. W końcu jednak usłyszał je ponownie i to dużo wyraźniej. Dobiegały z przeciwległego końca obozu. Było to desperackie wycie jakiegoś torturowanego psa, który skomlał i błagał o litość. Fuks wiedział, że powinien trzymać się stamtąd z daleka, w końcu zraniony pies bojowy mógł być jeszcze niebezpieczniejszy.

Fuks szedł wzdłuż muru z postawionymi uszami. Po jakimś czasie wyczuł zapach innych psów. Przecież musiały słyszeć wrzaski jednego ze swoich i albo ich to nie obchodziło, albo też chcieli, by działa mu się krzywda. Tak czy owak z pewnością nie ucieszyliby się na widok Fuksa.

W pewnym momencie niedaleko trzasnęła gałązka i Fuks wypatrzył stojącego niedaleko w cieniu psa bojowego. Był duży i dobrze zbudowany, a do tego miał gruby kark i szpiczasty pysk. Obwąchiwał ziemię i rozglądał się to w lewo, to w prawo.

On stoi na zewnątrz ogrodzenia! — przestraszył się Fuks. A więc psy bojowe przedarły się w końcu na drugą stronę. Czy ten konkretny osobnik poluje teraz na zwierzynę czy wypatruje intruzów?

Fuks wstrzymał oddech. Muszę uciekać! Zanim mnie zobaczy i podniesie alarm!

Dla tamtego rannego psa nie mógł już nic zrobić, tak przynajmniej siebie przekonywał. Wycofał się najciszej, jak tylko potrafił, i wrócił przez las po swoich śladach. Poruszał się ostrożnie, tak by nie pokruszyć żadnych liści. Jedynie niemądry pies czekałby tutaj na rozwój wypadków i to, że go znajdą. Gdyby psy bojowe rozpoznały jego zapach, to z pewnością by go rozszarpały.

Trzeba biec do miasta. Muszę pomóc Mikiemu. Jego życie uda się jeszcze uratować.

Z obozu psów bojowych dał się słyszeć kolejny skowyt. Fuks ruszył z powrotem w stronę miasta i poczuł ukłucie wyrzutów sumienia. Nawiedziło go wspomnienie z czasów szczenięctwa. Jego Psia Mama opowiadała mu kiedyś o różnicach między psami i wilkami. Jej zdaniem wilki były przebiegłe i podstępne. Natomiast psy były szlachetne. I dlatego pies nigdy by nie zostawił drugiego psa na pewną śmierć.

Przepraszam cię, Psie Lasu. Chciałbym jakoś pomóc, ale nie potrafię... Zaopiekuj się proszę tamtym psem bojowym.

Nigdy się nie spodziewał, że dożyje takiej chwili.

Fuks otrząsnął się energicznie. Szedł przez całą porę nie-słońca i przekroczył rzekę w jej najpłytszym miejscu. Pies Rzeki złagodził ból w jego karku i nodze, którą pogryzły lisy. Obmył bolące miejsca zdecydowanymi ruchami schłodzonego uprzednio języka. Dotyk zimnej wody zaskoczył jego zmęczone mięśnie i zapewnił więcej siły i energii. Nie chciał się teraz zatrzymywać, musiał iść dalej, aż do miasta, zwłaszcza że Miki mógł być już na miejscu. Fuks wyobrażał sobie, jak jego przyjaciel powoli umiera z głodu, ale nie chce odejść i czeka na Długonogich, którzy nigdy nie wrócą.

Podróż była męcząca, pełna dziur i zagłębień w miejscach, gdzie wysokie drzewa przylgnęły do ziemi. W końcu Fuks dotarł do najwyższego punktu w lesie, stanął i rozejrzał się. Pies Słońce wychynął zza horyzontu, łagodnie sygnalizując nadejście poranka. Białe chmury sunęły po niebie, a powietrze było wilgotne i czyste.

Kawałek dalej, przysłonięte przez wysokie drzewa, lśniło jezioro. Bliższy jego koniec znajdował się na opuszczonym terytorium Dzikiej Sfory. Na drugim końcu, przy ostrych kamieniach, zapewne byli teraz jego przyjaciele, od których odszedł. Pomyślał o Belli, swojej siostrze z miotu, a także o reszcie psów w obrożach. Zastanawiał się, jak sobie radzą w większej sforze, i miał nadzieję, że alfa nie jest dla nich zbyt przykry. W końcu wyobraził sobie Słodką i jej duże, czarne oczy. Ścisnęło go w żołądku na samą myśl o niej, zwłaszcza gdy przypomniał sobie, jaką miała minę, gdy dowiedziała się o jego zdradzie...

Odwrócił się w stronę polany i malujących się w dole pól. Było to pierwsze terytorium Sfory w Obrożach, gdzie musieli nauczyć się polować i pracować zespołowo. Mimo wszystko czuł dumę na myśl o swoich przyjaciołach. Przeszli długą drogę od czasu, gdy opuścili miasto.

Z nową energią ruszył biegiem, przemykając pomiędzy drzewami, przez pola i trawy, aż w końcu dostrzegł poszarpane kontury domów Długonogich, które wznosiły się ku niebu. Wyrastały wokół niego niczym chwasty, gdy tak przechodził z miękkiej, błotnistej trawy na twardą, popękaną powierzchnię ulic miasta.

Fuks zwolnił tempo, gdy wreszcie wbiegł na teren zabudowany. Węszył, spodziewając się oznak zatrutego powietrza, i nasłuchiwał znajomego turkotu hałaskrzyń. Powitała go jednak wyłącznie cisza. Hałaskrzynie stały bez życia pomiędzy stertami zbitego, przezroczystego kamienia. Pod ich potłuczonymi pyskami znajdowały się kałuże z soku, którym za życia karmili je Długonodzy.

Hałaskrzynie krwawiły...

Drogi były popękane i Fuks musiał niekiedy przeskakiwać cuchnące strumyki. Woda lśniła oleiście, odbijając światło Psa Słońce, który wspinał się już wysoko nad jego głową.

Miasto w dalszym ciągu było opuszczone. Długonodzy nie powrócili.

Dziwnie było tutaj wrócić i poczuć pod łapami te twarde kamienie. Ku swemu zaskoczeniu Fuks uświadomił sobie, że zdążył już przywyknąć do trawy pod łapami. Nagle zatęsknił za swoim starym życiem spędzonym na wędrówkach, wyszukiwaniu jedzenia i odpoczywaniu w towarzystwie przyjaciół, kiedy to nie musiał na nikim polegać. Nie dało się jednak zaprzeczyć, że tamta część jego życia odeszła w zapomnienie i to być może już na dobre.

Miasto, które zostawił za sobą, nie wróciło do normalności. Wiedział, że już nigdy nie będzie mógł tu zamieszkać.

Fuks szedł cichymi ulicami, szukając domów psów w obrożach. Budynki wyglądały znajomo, choć uległy zmianie. Trawniki były już niemal tak wysokie jak on sam, a po ścianach wspinały się pnącza, których nie miał teraz kto przycinać. Wszystko wokół sprawiało wrażenie zmęczonego i opuszczonego.

W końcu dotarł do końca ulicy, na której przed Wielkim Warczeniem mieszkały psy w obrożach. Ich dawne siedziby, podobnie jak reszta budynków, wyglądały na zniszczone, a ich podwórka na zaniedbane. Fuks obejrzał je z zewnątrz i obwąchał dokładnie powietrze, zastanawiając się przy tym, dokąd udał się Miki. Spodziewał się, że przyjaciel powita go gdzieś tutaj z radością, ale psa pasterskiego nigdzie nie było widać.

Jeśli nie ma go tutaj, to gdzie się podział? — zastanawiał się.

Fuks poczuł się zupełnie bezradny. Co powinien teraz zrobić? Przeszukać całe miasto? Wykluczone, nie miał tu żadnej innej sprawy do załatwienia. Nie zamierzał nawet szukać resztek jedzenia, którymi niegdyś się żywił.

Fuks otrząsnął się, wziął głęboki oddech i zaczął znowu węszyć. W końcu coś poczuł i nabrał pewności. Miki! — ucieszył się, czując gdzieś blisko zapach przyjaciela. — Tylko dlaczego nigdzie go nie widzę?

Fuks ruszył za tropem zapachu ponad popękaną ziemią, a jego wąsy drżały. W końcu dostrzegł mignięcie czarno-białej sierści gdzieś w cieniu zepsutej hałaskrzyni. Miki przykucnął tam, jak gdyby się ukrywał, a coś w jego postawie zaniepokoiło Fuksa. Podchodząc do przyjaciela, trzymał się nisko i dołożył starań, by go nie wystraszyć.

— Miki? To ja, Fuks. Wszędzie cię szukam.

Mikiemu drgnęło ucho, ale spojrzenie nadal miał utkwione w ulicy położonej za Fuksem.

Fuks na moment przystanął.

— Coś nie tak? Przed kim się chowasz?

— Ja się nie chowam — warknął Miki. — *Czekam*. Sam zobacz.

Fuks popatrzył tam, gdzie przyjaciel. Po drugiej stronie ulicy dostrzegł jakiś ruch. Dwóch Długonogich wychodziło akurat z narożnego budynku.

W przeciwieństwie do osobników, których widział na polach za miastem, ci nie mieli czarnych twarzy pozbawionych ust i żółtych ciał. Zamiast tego ich futro wierzchnie wyglądało trochę jak u podstarzałych Długonogich, ale przy tym było trochę podarte, a skóra pod nim cała brudna. Obserwował, jak wywlekają ze środka duży, płaski obiekt wykonany z wysuszonego drzewa, posiadający cztery nogi bez łap.

Instynkt kazał Fuksowi schować się za stojące obok hałaskrzynie. Ci Długonodzy przypominali Fuksowi innych, których spotykał na krótko przed Wielkim Warczeniem, przemierzając ulice miasta. Wyglądało na to, że w przeciwieństwie do większości ci nie żyli w sforach. Mieszkali na marginesie społeczeństwa i poruszali się w luźnych, poszarpanych futrach. Pachniało od nich ognistym sokiem i nieustannie się ze sobą sprzeczali, a kiedy podchodzili do przeciętnego Długonogiego, ten zazwyczaj ich odganiał.

Jednak teraz widać było tylko ich.

Fuks i Miki patrzyli uważnie, jak ci lekko obdarci Długonodzy wynoszą kolejne przedmioty z budynku i ustawiają je w wysokiej trawie. Kiedy odstawili ostatni przedmiot, jeden z Długonogich pochylił się i splunął na chodnik. Nawet z tej odległości Fuks widział, że jego ślina ma kolor żółty, a wokół ust zbiera mu się równie żółta piana. Twarz włamywacza była chuda i ziemista, a do tego Fuks dostrzegł, że u podstawy jego karku wystają kości. Wiedział, że głód doprowadza Długonogich do szaleństwa, ale nigdy dotąd nie widział takich, którzy byliby aż tak rozpaczliwie głodni.

Będą musieli trzymać się od nich z dala.

Długonodzy ciągle się przemieszczali, włamywali się do kolejnych domów i przeszukiwali ich zawartość. Fuks bardzo wyraźnie słyszał odgłosy darcia i tłuczenia przedmiotów.

Miki warknął pod nosem, opuścił pysk i położył płasko uszy, obserwując całe zajście po cichu.

— Co za wstrętni, obrzydliwi Długonodzy — warknął i poprawił pozycję, siedząc ciągle blisko hałaskrzyni. — Mam nadzieję, że będą się trzymać z dala od domu moich Długonogich. Nawet niech nie myślą o tym, by tam zaglądać!

Fuks nie był pewien, co takiego myślą sobie Długonodzy. Na pewno nie mogli znaleźć żadnego jedzenia, nie po takim czasie. Miał oko na Mikiego, podczas gdy

Długonodzy nie przerywali swojego buszowania i co jakiś czas wychodzili z kolejnych budynków z nowymi znaleziskami.

Stopniowo zbliżali się do starego domu Mikiego.

Wyglądali przy tym na znacznie bardziej... *dzikich* od reszty Długonogich. Pomyślał o psach w obrożach i o tym, jakie problemy czekały ich w nowej sforze. Tych, którzy nie nauczą się przetrwania w tym nowym, dziwnym świecie, z pewnością czeka śmierć głodowa. Podobnie musiało być z Długonogimi, o których wszyscy zapomnieli, opuszczając miasto, tak samo jak zapomnieli o psach w obrożach.

Miki wstał i wyprostował się, czując przy okazji, jak bardzo zesztywniały jego tylne łapy. Warczał cicho na widok Długonogich, którzy przystanęli przed jego starym domem, po czym szczeknęli do siebie bardzo głośno. Potem jeden z nich pochylił się do przodu i zakaszlał, podczas gdy drugi oparł się o mur.

— Miki, tutaj nie jest bezpiecznie — powiedział delikatnie Fuks. — Ci Długonodzy wyglądają na groźnych. Nie wiadomo, co mogą zrobić.

Miki odwrócił się szybko w jego stronę.

— Muszę pilnować domu moich Długonogich. — Uszy mu drgnęły i zmrużył powieki. — Nie zrozumiesz tego, przecież jeszcze przed Wielkim Warczeniem byłeś samotnym psem. Co ty tu zresztą robisz? Wydawało mi się, że jesteś już częścią tamtej sfory.

Fuks poczuł się dotknięty, ale nie odpuszczał.

— Przecież twoi Długonodzy odeszli stąd dawno temu!

— Ale to nadal jest ich dom — warknął Miki. — I *mój* również. Przez całe życie wpajano mi, że mam go bronić. I teraz muszę powstrzymać tych rabusiów!

Odwrócił się w stronę Długonogich i zaszczekał wściekle z uszami położonymi płasko. Fuks wzdrygnął się, ale tamci zignorowali Mikiego i nadal sprzeczali się przed domem.

Jeden z nich otworzył drzwi na oścież kopniakiem, po czym obaj zniknęli w środku. Miki posłał Fuksowi zrozpaczone spojrzenie.

Fuks od razu zauważył, jak wiele to znaczy dla przyjaciela.

— W porządku, chodź za mną i rób to samo co ja — polecił mu. Następnie ściągnął wargi i odsłonił zęby, a Miki postąpił identycznie. Warcząc, wszedł do budynku, słysząc, jak Długonodzy przeszukują pokoje. Jeden z nich spojrzał na niego, ale nie przerwał poszukiwań.

Miki zaczął znowu szczekać.

— Ignorują nas! Powinniśmy się na nich rzucić!

— Zaufaj mi — namawiał go Fuks. Pamiętał pewnego małego, szorstkowłosego psa ze spiczastym nosem, który również mieszkał w mieście przed Wielkim Warczeniem. Ten niewielki piesek potrafił siać przerażenie pośród Długonogich i to pomimo niewielkich rozmiarów. Osiągał podobny efekt nie poprzez szczekanie czy podskakiwanie, ale dzięki temu, że stał bez ruchu i warczał złowieszczo. Cała sztuczka udawała się właśnie dlatego, że sprawiał wrażenie pewnego siebie.

Długonodzy nie mają pojęcia, co tak naprawdę sobie myślimy. I to ich przeraża, zwykł mawiać.

Miki posłuchał Fuksa i bardzo dobrze go naśladował — ściągnął wargi i warczał. Oba psy weszły nieco głębiej do domu i ruszyły w stronę mniejszego pokoju, w którym włamywacze gromadzili jakieś przedmioty. Psy stanęły w drzwiach niemal bez ruchu, nie przerywając warczenia.

Długonodzy spojrzeli na psy ponownie i tym razem przestali się poruszać. Jeden z nich wyrzucił dłonie w powietrze i zaczął coś szczekać w ich stronę. Fuks ani drgnął, a Miki nadal kopiował jego postawę, stojąc z łapami mocno przytwierdzonymi do podłogi i warcząc.

Długonodzy pisnęli coś do siebie. Z bliska Fuks jeszcze lepiej widział żółtą ślinę wokół ich ust, które były zabarwione z lekka na zielono, co przypominało Fuksowi kolor tamtej rzecznej wody, którą zatruł się Bruno. Osobnik, który usiłował ich odgonić, miał też na szczęce wściekle różowe strupy. Cofnął się o krok, a drugi z nich chwycił głębokie naczynie z przezroczystego kamienia i machnął nim przed pyskiem Fuksa.

Ten zjeżył sierść i poczuł strach, a poduszki jego łap zwilgotniały od potu. Mimo to stał niewzruszony. Długonogi rzucił więc w niego naczyniem, które przeleciało obok głowy psa i rozbiło się o ścianę. Fuks drgnął, ale w dalszym ciągu warczał, a Miki rozwścieczył się jeszcze bardziej.

W pewnym momencie Fuks usłyszał głębokie stęknięcie. Dom przemówił! Całe jego ciało się spięło z niepewności. Czyżby budynek się przemieszczał? A może zaraz się zawali?

Długonogi, który przed chwilą rzucił naczyniem, pospiesznie chwycił kilka kolejnych przedmiotów, którymi chciał rzucić w psy. Fuks wyczuł, jak Miki sztywnieje, przygotowując się do ataku, ale pies pasterski nawet nie pisnął, gdy ciężki przedmiot zahaczył o jego ucho. Fuks był pod wrażeniem.

— Świetnie sobie radzisz! — pochwalił Mikiego. — Zupełnie ich wystraszyłeś!

Dostrzegł, że przyjaciel machnął z zadowoleniem ogonem, poprawił pozycję i wzmocnił warczenie.

Fuks widział, że Długonodzy wymieniają wystraszone spojrzenia i cofają się w stronę ściany maleńkiego pokoju. W końcu budynek stęknął raz jeszcze i na ich głowy posypał się pył. Jeden z włamywaczy zaczął kaszleć i Fuks wrzasnął wreszcie:

— Wynoście się stąd! To nie wasz dom! Wynocha albo zaraz was wyrzucę!

Jego szczekanie odbiło się echem w niewielkim pokoju i sprawiło, że od ścian oderwała się kolejna chmura białego pyłu.

Długonodzy przylgnęli plecami do ściany, a Fuks poczuł przypływ satysfakcji na widok ich strachu. Wiedział, że nie będą próbowali się bronić przed ich atakiem i uciekną przy pierwszej okazji. Odwrócił się, by szczeknąć coś do Mikiego, ale ziemia zadrżała im pod łapami i dom zgrzytnął po raz kolejny, a po chwili jęknął i wzdłuż ściany powstała duża rana, krwawiąca gruzem i pyłem.

Włamywacze pisnęli strachliwie, puścili zgromadzone przedmioty i zaczęli przepychać się do wyjścia. Pokasłując, przebiegli obok psów i wypadli na otwarty teren.

Fuks trącił nagle Mikiego.

— Musimy się stąd wynosić! — szczeknął.

Oczy Mikiego otworzyły się szeroko i rozejrzały po pomieszczeniu.

— Ale moi Długonodzy...

— Natychmiast! — warknął Fuks.

Chwilę później z przeszywającym pęknięciem bok pokoju zaczął się zapadać, a sufit osuwać na ziemię.

Dom wali się nam na głowy! — zdążył jeszcze pomyśleć Fuks.

Rozdział 7

Fuks i Miki wydostali się na zewnątrz i ledwo dysząc, padli na trawnik przed innym domem po drugiej stronie drogi. Odwrócili się akurat w odpowiedniej chwili, by zobaczyć, jak ściana dawnego domu Mikiego się zapada. Budynek wypluł przez szpary swoje wnętrzności i opryskał nimi trawnik. Dało się słyszeć dźwięk rozrywania i pękania. Boczna ściana zapadła się do środka i zmiażdżyła wszystko, co tam jeszcze pozostało. Miki krążył w miejscu, drżąc i skomląc z rozpaczy.

Fuks w porę zrozumiał desperackie spojrzenie przyjaciela.

— Nie! — szczeknął. — Zostań, gdzie jesteś! Twoi Długonodzy są daleko stąd.

Miki opadł na ziemię, oddychając przy tym ciężko.

— Wiem — jęknął. — Ale... Muszę bronić tego domu, zrozum!

Fuks polizał przyjaciela po nosie.

— Nie ma już czego bronić — powiedział uspokajającym tonem. — Twoich Długonogich już od dawna w nim nie ma.

Po chwili usłyszeli kolejne pęknięcie i drzwi frontowe wypadły z futryny. Przez otwór wysypał się gruz, który zablokował wejście do budynku.

— Gdybyś został tam choćby chwilę dłużej, to już byś po prostu nie żył. Obaj byśmy zginęli.

Miki jęknął ze zrozumieniem. Oba psy kucnęły zasapane w trawie. Odgłosy walącego domu wkrótce ucichły i w końcu słychać było jedynie okazjonalne uderzenia wzbijające kolejne chmury białego pyłu wokół budynku.

W pewnym momencie Miki bez ostrzeżenia zerwał się na równe łapy, odchylił do tyłu głowę i zawył:

— Wszyscy porządni Długonodzy już odeszli! Nie ma ich! Zostali tylko sami beznadziejni!

Następnie Miki przeszedł kilka kroków i zawył ponownie, tym razem zwracając się do swoich ukochanych Długonogich, którzy odeszli:

— Jak mogliście tak po prostu sobie pójść? Ja bym was nigdy nie zostawił! Dlaczego to zrobiliście?

Fuks nadal milczał. Niech to z siebie wyrzuci — pomyślał.

Wycie Mikiego stawało się coraz głośniejsze.

— Przecież pozwalaliście mi wchodzić do siebie na piętro, dawaliście mi różne przysmaki... Zabieraliście mnie do dużego ogrodu, gdzie razem się bawiliśmy... Czekałem na was nawet wtedy, gdy byłem w domu już sam... I przez cały ten czas myślałem tylko o was. Dlaczego nie zabraliście mnie ze sobą?

Po jakimś czasie czarno-biały pies ucichł. Opadł na trawę, położył pysk na ziemi i wbił smutne spojrzenie w swój dawny dom.

— Naprawdę myślałem, że wrócą — jęknął po jakimś czasie, a jego uszy drgnęły. — Tamci Długonodzy, ci źli... Stawiliśmy im czoła, postraszyliśmy, warcząc i szczerząc zęby. Czułem zapach ich strachu. Ale nie tak powinno być. Jeszcze nigdy dotąd nie groziłem żadnemu Długonogiemu.

— Nasz świat bardzo się zmienił po Wielkim Warczeniu — przyznał Fuks.

— I w tym właśnie rzecz. Nie tylko sama ziemia się zmieniła — jęczał żałośnie Miki. — Tamten kataklizm zmienił też psy, które po niej chodzą — dodał i powąchał grunt pod łapami. — Psie Ziemio, co się z tobą stało? — Uderzył łapą w ziemię i westchnął, a następnie zwrócił swoje lśniące, ciemne oczy ku Fuksowi. — Nie powinienem był opuszczać sfory ani tutaj wracać. Teraz nareszcie widzę, że mamy już tylko siebie. — Miki przechylił głowę na bok. — Fuksie, przepraszam cię, że byłem tak wrogo nastawiony, gdy się tutaj pojawiłeś. To przez tych paskudnych Długonogich, a na domiar złego bardzo mnie zaskoczyłeś, nic więcej. Bardzo się cieszę, że cię widzę, ale powiedz... Co ty tutaj robisz? Ty też opuściłeś sforę?

Fuks odwrócił wzrok i popatrzył gdzieś ponad głową przyjaciela w stronę pyłu wznoszącego się ponad zawalonym budynkiem.

— Tak naprawdę musiałem odejść. — Aż zadrżał na samą myśl o tym, jak alfa go wyrzucił. A przy tym żaden z psów nie postawił się półwilkowi, nawet spośród psów w obrożach. Nie chciał teraz o tym rozmawiać.

— No wiem, wiem, jesteś tym całym samotnym psem — szczeknął Miki. — Ale jakby na to nie patrzeć, byłeś tak samo zależny od Długonogich jak my. A skoro ich zabrakło, to może już nie ma miejsca dla samotnych psów? Teraz sfora jest naszą rodziną. Fuksie, musimy do nich wrócić. I przyznać się, że popełniliśmy błąd.

Fuks przełknął ślinę, poczuwszy nagle, że ma suche gardło. Cieszyło go, że Miki był w końcu gotów opuścić to miejsce pełne śmierci i zepsucia. Wiedział jednak, że tamte psy nie pozwolą Fuksowi wrócić. Poczuł, że przytłacza go ciężar smutku.

— Masz rację, to miejsce nie nadaje się już dla żadnego psa — przyznał. Miasto było zatrute i *nic* już nie było w stanie tutaj przetrwać.

Miki spoglądał w jego stronę, a w oczach coś mu zalśniło, po czym uderzył ogonem o ziemię.

— Fuksie, w sumie to nie tak daleko stąd. Obaj przybiegliśmy tu dość szybko, no nie? Jeśli się pospieszymy, to może nawet uda nam się tam wrócić przed kolejnym nie-słońcem. — Podniósł się z powrotem na łapy, dysząc przy tym.

Na jego pysku było widać szczerą radość i Fuks nie pamiętał, kiedy po raz ostatni widział go w takim stanie. Bardzo się cieszy, bo nareszcie przestał czuć się zagubiony. Nareszcie zaakceptował fakt, że jego Długonogich już nie ma.

I jak ja mam mu powiedzieć, że nasza sfora mnie wyrzuciła? Nie, jeszcze nie — przekonywał się w myślach.

Fuks podniósł się na równe łapy.

— Jeżeli tak bardzo zależy ci na tym, by tam wrócić... No cóż, mogę ci potowarzyszyć przynajmniej przez jakiś czas.

Miki zaszczekał radośnie i polizał Fuksa po uszach.

— Co nie zmienia faktu, że nie mogę dołączyć ponownie do sfory — dodał szybko.

Miki jednak zaczął podskakiwać i dokazywać.

— Nie możesz czy nie chcesz, co? Kiedy wreszcie przestaniesz udawać, że lepiej sobie radzisz na własną łapę? Przecież wiem, że z nami jesteś bezpieczniejszy i szczęśliwszy. I sam też dobrze o tym wiesz! — powiedział i skubnął dla żartu ucho Fuksa. — Ewidentnie powinieneś przebywać z innymi psami. A przy tym nasza sfora cię potrzebuje. Nie zaszlibyśmy tak daleko bez twojej pomocy.

Fuks nie odpowiedział, ale skinął głową do dobrodusznego przyjaciela szczęśliwy, że wrócił mu humor. Nie spodziewał się, że tak szybko mu się poprawi.

Przebyłem całą tę drogę, by zadbać o jego bezpieczeństwo i powinienem dopilnować, żeby włos nie spadł mu z głowy także podczas drogi powrotnej — postanowił.

— Ruszajmy — powiedział, a ogon wbrew niemu zaczął się poruszać na boki.

Miki mruknął radośnie i szturchnął Fuksa, po czym oba psy zaczęły ze sobą walczyć dla zabawy w wysokiej trawie. W końcu Fuks przerwał wygłupy i zaczął biec wzdłuż drogi prowadzącej na zewnątrz miasta.

— Zaczekaj! — szczeknął Miki.

Fuks odwrócił się i postawił uszy.

— Coś się stało?

— Nie. Po prostu muszę coś jeszcze zrobić...

Fuks obserwował, jak Miki znika za hałaskrzynią, tą samą, przy której wcześniej dostrzegł swojego czatującego przyjaciela. Chwilę później Miki zjawił się ponownie i tym razem trzymał w pysku rękawicę Długonogich. Była znoszona i brudna, a z rozdarcia materiału wystawała wyściółka, a mimo to Miki niósł ją, jakby to było coś najcenniejszego na świecie. Nie machał już ogonem, tylko szedł uroczyście w stronę domu. Fuks miał go już powstrzymać, ale Miki stanął przed trawnikiem pokrytym teraz białym pyłem.

Stał tak przez dłuższą chwilę w milczeniu i patrzył na ruiny domu. W końcu przebiegł powoli przez trawnik, wzbijając przy tym chmury pyłu. Odłożył rękawicę na popękany stopień w miejscu, gdzie kiedyś były drzwi. Polizał ją ostrożnie, czyszcząc tym samym z kurzu i brudu. W końcu cofnął się o krok.

Rękawica lśniła czystością i przypominała małe stworzonko pośród sterty śmieci. Miki przemówił w końcu i wyglądało na to, że kieruje swoje słowa bezpośrednio do niej:

— Teraz odchodzę. Muszę was zostawić i ruszyć w dzicz, aby zamieszkać z moją sforą. Wszystko się teraz zmieniło i w nowym świecie, już bez Długonogich, psy muszą same o siebie zadbać.

Miki zerknął na Fuksa, który z szacunkiem opuścił pysk. Nie rozumiał tego, co przeżywa pies pasterski. Nigdy nie zdążył nawiązać tak silnej więzi z żadnym Długonogim. Ale jeśli Miki był wobec nich aż tak lojalny, że bronił ich domu nawet po zniknięciu lokatorów… No cóż, w takim razie nie mogli być całkiem źli.

Miki ciągnął dalej:

— Jeśli kiedykolwiek tu wrócicie, z pewnością odnajdziecie tę rękawicę, którą sami mi zostawiliście. Była to moja ulubiona zabawka i ilekroć się nią cieszyłem, myślałem o was. Zostawiam ją tutaj w dowód tego, że wróciłem, by was znaleźć. Nigdy was nie zapomnę ani nie przestanę kochać.

Następnie Miki odwrócił się od miejsca, które niegdyś nazywał domem. Fuks był pewien, że już nigdy tu nie powrócą.

Fuks poprowadził ich pośród szerokich, zasypanych liśćmi ulic, wzdłuż których stały śpiące hałaskrzynie, a Miki biegł obok. Trzymali się środka jezdni, tak by znajdować się jak najdalej od poprzechylanych domostw, które stękały i trzeszczały. Fuks obawiał się, że któreś z nich może się w każdej chwili zawalić, tak samo jak dom Długonogich Mikiego. Musimy się stąd wynieść najszybciej, jak to tylko możliwe — pomyślał.

Postawił uszy i przysłuchiwał się przez jakiś czas stęknięciom i trzeszczeniu otaczających go budynków. Zaskoczyło go, gdy w pewnym momencie usłyszał w oddali dźwięk. Dobiegał on nie od strony ulic czy z poziomu ziemi, lecz z jakiegoś miejsca ponad nimi. Niebo było błękitne i przejrzyste, a powietrze ciepłe po ostatnim deszczu. Nawet czarna chmura zniknęła już zupełnie, a jej trucizna spadła, tworząc ciemne kałuże albo oblepiając drzewa w lesie. Mimo to w powietrzu rozlegały sie pomruki i świsty, które niepokoiły Fuksa i Mikiego.

— To Piorun! — szczeknął Miki z obawą odmalowaną na twarzy. — Psy Nieba znowu się złoszczą!

Fuks chciał, by Miki się uspokoił. Powąchał powietrze i poczuł, że jest ono suche.

— Nie sądzę, żeby to było to...

Sierść na grzbiecie stanęła mu dęba, po czym ponownie postawił uszy, próbując wyłapać, skąd dobiegają pomruki.

Ogon Mikiego zatrzymał się w pół ruchu.

— Co to takiego?

Fuks natychmiast się odwrócił. Wysoko ponad nierównym horyzontem, nad linią budynków, dostrzegł coś dużego, rozmiarów hałaskrzyni, poruszającego się w powietrzu. Czyżby to był jakiś ptak? Obserwował to razem z Mikim i po pewnym czasie dostrzegli drugi podobny obiekt, frunący niżej, ponad dachami budynków, poruszający się agresywnymi, rwanymi ruchami. Wielkie skrzydła poruszały się nad ich głowami, tnąc powietrze z dźwiękiem przypominającym grom.

— To mi się nie podoba — jęknął Miki i spojrzał zalękniony na drugą stronę drogi. — Powinniśmy się stąd wynosić.

— Zaczekaj no — powiedział Fuks. Olbrzymie ptaki przeleciały ponad nimi dalej, szybując z wiatrem, który zrywał liście z drzew i sprawiał, że psy zamierały ze strachu. Fuks zaskomlał przerażony, dostrzegł w nich bowiem coś dziwnego. Ich ciała błyszczały, były gładkie i w obu bokach miały głębokie dziury, skąd na zewnątrz wystawały im wnętrzności.

Fuks mógł się przyjrzeć temu, co miały w brzuchach! Wyciągnął mocno szyję. W środku poruszało się coś żółtego. A ten kolor... coś mu przypominał.

To Długonodzy!

Długonodzy utknęli wewnątrz tych ptaków! Był to tak przedziwny widok, że Fuks nie mógł uwierzyć w to, na co patrzy. Teraz był pewien, że dobrze zobaczył: wewnątrz wielkiego ptaka poruszali się dwaj wrogo nastawieni Długonodzy w żółtych, lśniących skórach, których widzieli jakiś czas temu podczas patrolu w lesie.

Miki najwyraźniej dostrzegł ich w tej samej chwili.

— Długonodzy! — rzucił. — Co oni robią?

Długonogi w pierwszym ptaku zmierzał w stronę dziury w jego boku. Wychylił się na zewnątrz i zawisł w powietrzu. Ptak najwyraźniej próbował mu pomóc, przechylając się na bok, tak by Długonogi miał dostęp do stojących pod spodem podniszczonych domów, na które wskazywał, a potem szczekał coś z powrotem do ptaka.

Fuks zadrżał z niepewności.

— Wydaje mi się... Oni czegoś szukają.

— Ale czego? — zapytał Miki.

Teraz była ich trójka. Trzy duże furkoczące ptaki ze skrzydłami wirującymi im nad głowami. Jeden z nich podleciał bliżej, a z jego boku wciąż zwisał Długonogi.

Dwa pozostałe ptaszydła rozproszyły się gdzieś nad miastem. Fuks dostrzegł, jak w środku inni pokryci żółtą skórą Długonodzy wyglądają przez przezroczyste brzuchy.

Psy kucnęły, a wiatr wzbity przez skrzydła ptaków przycisnął ich sierść do ciała i sprawił, że musiały one mrużyć oczy. Jedno ze stworzeń pozostało nad ich głowami, krążąc i polując. Ale czego tak naprawdę szukało?

W końcu wszystkie trzy ptaszydła ruszyły nagle w stronę linii drzew. Po chwili obniżyły swój lot i wkrótce zniknęły im z oczu.

— Zamierzają wylądować gdzieś w lesie! — szczeknął Fuks głośno, chcąc przebić się przez hałas powodowany przez ich skrzydła. — Powinniśmy pobiec za nimi i sprawdzić, co zamierzają!

Miki wydawał się jednak niechętny temu pomysłowi.

— A co, jeśli nas zobaczą? Wewnątrz tych ptaszydeł siedzieli ci paskudni Długonodzy o żółtej skórze. Fuksie, przecież oni są niebezpieczni.

— Utrzymamy bezpieczną odległość.

— Zapomniałeś już, jak na nas krzyczeli? Albo jak kopnęli Stokrotkę?

Fuks jednak pamiętał. Patrzył na sylwetki ptaków, aż te nie zniknęły za budynkami.

— Nie zbliżymy się do tych Długonogich ani nawet do ich ptaków — szczeknął. — Ale nie powinniśmy ich ignorować. Musimy się dowiedzieć, czego tutaj szukają oraz czy stanowią dla nas jakieś zagrożenie. Być może dzięki temu poznamy odpowiedź na pytanie, gdzie podziali się wszyscy Długonodzy. Jest to ryzyko, które powinniśmy podjąć.

Oczy Mikiego otworzyły się szerzej, a uszy położył po sobie.

— Skoro jesteś tego pewien...

Fuks obserwował jeszcze przez chwilę niebo, choć nie widział już tamtych wielkich ptaszydeł.

— Musimy to zrobić. Dowiedzmy się, co takiego oni kombinują!

Pomknął drogą, a Miki trzymał się blisko niego. Ich łapy uderzały w twarde podłoże ulicy, aż w końcu wybiegli w stronę lasu.

Rozdział 8

Ciernie i długa trawa ocierały się o brzuch Fuksa, gdy na ugiętych nogach przedzierał się przez poszycie leśne. Słyszał mruczenie ptaszysk, nie widział ich jednak nad gęstym listowiem.

— Ciągle nie mam pewności, czy aby na pewno to jest dobry pomysł — jęknął Miki.

Fuks był wykończony po długiej podróży podczas pory nie-słońca i ucieczce z zawalonego domu Długonogich. Nie miał już jednak siły się kłócić, posłał więc Mikiemu ostre spojrzenie i czarno-biały pies opuścił tylko głowę i szedł dalej posłusznie.

Łatwo im było namierzyć wielkie ptaki, nawet gdy zeszły one poniżej linii drzew. Generowały tak wiele hałasu, że wszystkie leśne zwierzęta uciekały przed nimi tak szybko, jak tylko to było możliwe.

Fuks poprowadził Mikiego pod prąd lęcących szpaków, które umykały w przerażeniu. Gdy w końcu wyszli na polanę, ujrzeli trzy metalowe ptaki siedzące na trawie. Ich skrzydła kręciły się i ścięły gałęzie okolicznych drzew, wzbijając przy tym zamieć z liści. Fuks i Miki schylili się i zmrużyli oczy, żeby uchronić je przed wiatrem i piaskiem. Po jakimś czasie skrzydła zaczęły zwalniać.

— Jak myślisz, co tu jest grane? — szczeknął Miki.

Psy obserwowały całą scenę skulone za krzewem. Przerażający Długonodzy z żółtym futrem wytoczyli się z brzuchów ptaszysk i pobiegli do lasu, niosąc między sobą dziwaczne, sztywne płachty.

— Przypomina mi to trochę łóżka Długonogich — jęknął Miki. — Tylko nie ma na nich tych wygodnych futer. Do czego to może służyć?

W odpowiedzi Fuks pokręcił tylko głową. Sam nie miał pojęcia, co to może oznaczać.

Ptaszyska odpoczywały, a ich skrzydła obracały się teraz powoli, przez co okolica stawała się coraz spokojniejsza. Głośne szczeknięcia Długonogich przecinały powietrze i Miki aż jęknął. Dwoje z nich wróciło z lasu, niosąc trzeciego na legowisku trzymanym pomiędzy nimi.

Nawet z tej odległości Fuks widział, że z trzecim osobnikiem jest coś nie tak. Był mocno przekręcony na bok. Podobnie jak inni Długonodzy miał żółte futro, ale w przeciwieństwie do nich jego twarz była odsłonięta. Z ust toczył żółtą pianę, a skórę miał bladą i woskową. Fuks poczuł unoszący się w powietrzu metaliczny zapach krwi.

— On jest ranny — powiedział Mikiemu.

Patrzyli dalej zza krzaka, jak Długonodzy włożyli rannego członka swojej sfory do pierwszego ptaka.

Miki jęknął ze strachu.

— Jakie to straszne! — pisnął. — Ta bestia jest tak wielka i zachłanna, że zjadła Długonogiego w całości!

— Sam nie wiem... Chyba nie dzieje mu się żadna krzywda. — Ogon Fuksa drgnął i pies poruszył wąsem. Długonodzy o żółtym futrze wspięli się do brzucha ptaszyska.

Z własnej woli wsiedli z powrotem do brzucha tej bestii! — pomyślał Fuks. — Nie mam pojęcia, co się tu wyprawia — przyznał. — Może powinniśmy po prostu pójść dalej.

— Jasne, chodźmy — zgodził się z ulgą Miki.

Fuks jeszcze przez chwilę wpatrywał się w ptaszyska. Żałował, że nie jest w stanie zrozumieć ich działań. Dlaczego ci Długonodzy są dla niego ciągle taką zagadką?

Postawił uszy i obrócił się, gdy usłyszał głośny szelest niedaleko za nimi. Chwilę później dostrzegł błysk czegoś żółtego.

— To Długonodzy! — pisnął tak cicho, jak tylko potrafił, nie chcąc ściągać na siebie uwagi. — Ci sami, którzy wyszli z drugiego ptaszyska.

Sunęli powoli przez wysoką trawę i pochylali się raz po raz, jak gdyby czegoś szukali. I byli coraz bliżej.

Stojący obok Fuksa Miki padł na ziemię, rozglądając się z przerażeniem.

— Wynośmy się stąd — błagał przyjaciela.

Fuks skinął krótko głową. Trzymając się blisko ziemi, weszli pomiędzy krzewy i dalej w głąb lasu. Fuks pamiętał, że w pobliżu kręciła się jeszcze dwójka Długonogich o żółtych futrach, dlatego musieli być z Mikim ostrożni.

Oba psy ostrożnie przebijały się przez gęste poszycie, przechodząc ponad sztywnymi krzewami i kępami bluszczu. Kiedy już Fuks stwierdził, że Długonodzy o żółtych futrach zostali w tyle, zaczął zwiększać tempo wędrówki. Chciał tym razem ominąć sterty cuchnącego popiołu, które mijał poprzednio, dlatego skręcił w inną stronę, miedzy drzewa, i obrał nowy kierunek, obchodząc nieciekawe tereny i idąc w stronę spokojniejszego odcinka rzeki. Czuł już jej wilgotny, ziemisty zapach. Wkrótce będą mogli przejść na drugą stronę strumienia, dzięki czemu odsuną się na bezpieczną odległość od tych dziwacznych Długonogich.

Gdy byli już blisko brzegu rzeki, przerażający łopot metalowych ptaków rozległ się na nowo. Ptaszyska były teraz znacznie dalej, a mimo to psy poczuły gwałtowne poruszenie powietrza i ujrzały, że wiatr szarpie gałęziami. Chwilę później ptaszyska wzbiły się w powietrze i uniosły groźnie ponad las, a następnie pomknęły w stronę miasta.

Miki jęknął.

— Szkoda, że nie wiemy, dokąd się kierują. I czy czasem tu nie wrócą...

Obaj stali tak przez chwilę i obserwowali metalowe ptaki, dopóki nie zniknęły im z oczu.

Miki odwrócił się do Fuksa, gdy w końcu ruszyli dalej przez las.

— Od czasu Wielkiego Warczenia wszystko, co dotąd znałem, zmieniło się i to na zawsze.

Fuksowi pozostało jedynie szczeknąć na znak, że rozumie. Sam próbował pojąć scenę, której był przed chwilą świadkiem.

Co to za wielkie stalowe ptaszyska i dlaczego wylądowały akurat na terenie lasu? Ci Długonodzy ewidentnie czegoś szukali.

Fuks obrócił się i spróbował dojrzeć ptaszyska na niebie za nimi.

Wszyscy mieli na sobie to straszne żółte futro. Jak gdyby pochodzili z jednej sfory. Ale przecież jest ich wszystkich tak... wielu. Sfory Długonogich zazwyczaj są niewielkie, czwórka czy najwyżej piątka osobników.

Kto wie, być może po Wielkim Warczeniu także i oni zmienili zasady panujące w sforach.

Na samą myśl zrobiło mu się niedobrze, choć Fuks sam nie był pewien, dlaczego.

Miki mówił dalej:

— Dobrzy Długonodzy już stąd odeszli i zostali tylko ci straszni, z żółtymi futrami. Są jeszcze ci poszarpani, złośliwi, którzy szczekają i plują — dodał i uszy opadły mu smutno. — Wcześniej żaden z psów w obrożach nawet nie wyobrażał sobie, że kiedyś dołączy do sfory. A teraz tylko to zdaje się mieć sens.

Fuks domyślił się już, do czego zmierza pies pasterski.

— Miki, ale ja już stamtąd odszedłem — odpowiedział mu cicho. — I nie mogę wrócić.

— Czemu nie? — jęknął Miki. — Przecież ja też ich zostawiłem. Jak pogadamy z Bellą, to wszystko się jakoś...

— Tylko że to nie o Bellę powinniśmy się tutaj martwić.

Fuks stłumił warknięcie na myśl o alfie. Choć z jednej strony miał ochotę skonfrontować się z aroganckim półwilkiem, to wiedział, że nie ma z nim szans w walce bezpośredniej. Alfa może i okazał się tchórzem w obliczu jakiejś nieznanej siły, ale wiedział, jak walczyć i zabijać.

— Alfa nam wybaczy, że odeszliśmy — spierał się Miki. — Obaj dobrze polujemy. Możemy też patrolować teren. W końcu naprawdę świetnie węszysz... No i... — Miki urwał na chwilę. — Chyba tęsknisz za resztą, co?

Fuks odwrócił się z powrotem w stronę ścieżki, którą blokowała powalona kłoda. Pomyślał o dwóch sforach, które połączyły się w jedną. Było tam wiele psów, za którymi tęsknił. Na samą myśl o tym ogon smutno mu opadł.

— Miki, możesz tam wrócić. Alfa się na to zgodzi. Ale ja nie mogę...

Czarno-biały pies zaszczekał z irytacją w głosie:

— Ale ty jesteś uparty, Fuks! Kiedy wreszcie przyznasz, że nie jesteś już samotnym psem? Należysz teraz do sfory, jak my wszyscy. Potrzebujesz nas, a my potrzebujemy ciebie!

Może po prostu przyznam się, że alfa wyrzucił mnie ze sfory? I że nikt nie opowiedział się po mojej stronie, ani nawet nie spróbował go od tego odwieść?

A jednak Fuks nie potrafił zdobyć się na to, żeby wydusić z siebie te słowa. Spuścił smętnie ogon, a jego samego dopadło poczucie wstydu. Nie chciał, by ten pies pasterski wiedział, że reszta psów się od niego odwróciła.

Miki to mój przyjaciel — tłumaczył sobie Fuks. — Nie będzie mnie przecież oceniał. Zrozumie wszystko, jeśli tylko wyjaśnię mu, co się stało.

Uniósł głowę, by opowiedzieć Mikiemu swoją historię, gdy podchwycił nowy wyraźny zapach.

Sierść... i skóra.

To jakiś pies!

Fuks aż zesztywniał i obnażył kły. Czy był to Tik? Może jego również uda się namówić na to, by dołączył ponownie do sfory. Mógł nawet zabrać się z Fuksem i Mikim... Ale wiatr powiał w drugą stronę i nowy zapach zniknął. Być może była to jakaś stara, częściowo zwietrzała woń.

— Dlaczego się zatrzymujesz? Poczułeś jakiś zapach? — zapytał Miki.

— Nie — szczeknął Fuks, przeskakując powaloną kłodę. Następnie przebiegł resztę dystansu do rzeki. — Chyba nie.

Gdy wreszcie dotarli do brzegu, obaj ciężko dyszeli. Rzeka lśniła srebrzyście w promieniach Psa Słońca. Woda była tutaj świeża i czysta, tak więc psy piły z niej radośnie.

Miki pisnął:

— To najpyszniejsza woda, jaką kiedykolwiek piłem! Najlepsza z najlepszych! — Skoczył na Fuksa i potoczyli się po suchych liściach. Fuks z ulgą przyjął zmianę nastrojów na lżejsze. Chciał chociaż przez chwilę nie myśleć o niczym — ani o mieście, ani też o dziwnych metalowych ptaszyskach, które napotkali. Miki szczypnął Fuksa delikatnie w skórę na karku. — Ble, cały jesteś w piachu!

Fuks obrócił się i przednimi łapami przyszpilił Mikiego do ziemi.

— Co ty nie powiesz? — szczeknął. — Naprawdę dziwi cię to po tym, jak uciekaliśmy z walącego się budynku Długonogich? Wydaje ci się, że jesteś ode mnie czystszy?

Pochylił się w jego stronę, niby chcąc ugryźć Mikiego, ale zamiast tego polizał go po pysku.

— Niczego nam tak nie potrzeba, jak porządnej kąpieli! Mam nadzieję, że ta woda przyda nam się nie tylko do picia.

Miki zerwał się na równe łapy.

— Jestem gotów! — zawył.

Proszę cię, Psie Rzeki — pomyślał Fuks. — Ponieś nas bezpiecznie na drugi brzeg.

Zanurzył się w wodzie, a błoto i brud z jego sierści powoli się wypłukiwało. Zamachał łapami, wyciągnął mocno szyję i przepłynął na drugą stronę rzeki, czując się wspaniale w chłodnej wodzie. Obok płynął Miki, dysząc z radością.

W końcu obaj wspięli się na przeciwległy brzeg, próbując złapać oddech. Fuks otrząsnął się energicznie z wody. Nie pamiętał już, kiedy po raz ostatni czuł się tak czysty jak teraz. Miki poszedł w jego ślady i gdy woda prysnęła Fuksowi w oczy, ten szczeknął wesoło. Zimna rzeka usunęła nie tylko brud z ich sierści, ale też pozbawiła ich wszelkich oznak zmęczenia. Fuks trącił przyjaciela, gotów ganiać się z nim i dokazywać całą drogę przez las. Po raz pierwszy od wygnania go ze sfory poczuł się lekki i wolny.

Dwa psy biegły i zaczepiały się, aż wreszcie dotarły do krzaczastych paproci. Fuks przystanął obok i zaczął węszyć w powietrzu. W końcu odwrócił się do Mikiego.

— Jeżeli pójdziemy dalej tą drogą, przejdziemy dość blisko obozu psów bojowych.

Oczy Mikiego otworzyły się nieco szerzej.

— A musimy iść właśnie tędy? Wcześniej szedłem inną drogą i udało mi się obejść ich terytorium.

— Tylko że tędy będzie najszybciej — stwierdził Fuks. — Wybrałem tę drogę do miasta i nikt mnie nie zaczepił. Będzie dobrze. Musimy jednak poruszać się szybko, cicho i bardzo ostrożnie. Przynajmniej przez jakiś czas.

Miki zadrżał i położył uszy po sobie.

— Myślisz, że nadal mieszkają tam jakieś psy? — przechylił głowę w zamyśleniu. — Dobrze, że mieliśmy okazję się przepłynąć. Woda pewnie zmyła trochę nasze zapachy.

Fuks nie był przekonany, czy to prawda. Miał wrażenie, że Miki pachniał jeszcze intensywniej po tym, jak się zamoczył.

Poszli dalej w milczeniu, stąpając ostrożnie. Unikali wszelkich gałązek i szeleszczących liści. Fuks przypomniał sobie, jak niedawno przechodził obok tego legowiska. Starał się nie myśleć o okrzykach bólu, które wtedy słyszał. Pies, który je wydawał, był już wtedy z pewnością mocno ranny. Teraz na pewno nie żył.

Ale Miki nie musi o tym wiedzieć...

Gdy omijali Psi Ogród, Fuks ostrożnie pokierował ich ścieżką pod wiatr z nadzieją, że dzięki temu ukryją swoje zapachy. Ale akurat gdy znajdowali się blisko ogrodzenia, Fuks usłyszał przenikliwy wrzask. Zamarł i serce podskoczyło mu do gardła. Jedynie pies mógł wydobyć z siebie taki dźwięk. Posłał Mikiemu ostrzegawcze spojrzenie i obaj zamarli bez ruchu, nastawiając przy tym uszy.

I jeszcze raz! Wysoki krzyk, a po nim żałosne skomlenie. Nie był to dźwięk wydawany przez przerażonego psa, tylko raczej przez szczególnie bezbronnego.

— To jakiś szczeniak — wyszeptał Miki. — Może nawet więcej niż jeden...

Miał rację. To nie był zresztą ten sam pies, którego Fuks słyszał poprzednim razem. Sądził, że rozpoznaje co najmniej dwa różne głosiki, które skomlą i jęczą ze strachu. Nie docierał do niego żaden głos dorosłego psa ani też nic nie świadczyło o tym, że w pobliżu może się znajdować jakaś Psia Mama.

Ze współczucia aż ścisnęło go w piersi. Pragnął pomóc jakoś tym cierpiącym maluchom. Gdzie się podziali ich rodzice? I dlaczego psy bojowe nie reagowały na ich skowyt? Zadrżał na samo wspomnienie desperackich wrzasków, które słyszał, mijając Psi Ogród w drodze do miasta. Tych samych, które zignorował. Poczuł wyrzuty sumienia i uznał, że ewidentnie zapomniał lekcji, jakie wpoiła mu jego własna Psia Mama, skoro pozwolił jakiemuś psu cierpieć.

Och, Psie Lasu, daj mi, proszę, mądrość, bym wiedział, jak należy postępować.

I niemal natychmiast po dokończeniu tej myśli w jego głowie pojawiła się odpowiedź.

— Skoro wpadły w tarapaty, to musimy im pomóc...

Miki oblizał się nerwowo.

— Ale przecież psy bojowe są takie brutalne! Poza tym skąd niby wiemy, że to nie jest pułapka? I co, jeśli tylko udają szczenięta, by zwabić inne mniejsze psy? — Cofnął się kilka kroków, wpadł na drzewo i obrócił się ze strachem w oczach. — Fuksie, przecież my nie możemy iść do Psiego Ogrodu. Po prostu nie możemy.

Jeszcze przez jakiś czas przysłuchiwali się dobiegającemu stamtąd skomleniu. Fuks przemyślał wszystko, co powiedział Miki. Przypomniał sobie również wielkie, agresywne psy bojowe i ich grzmiące głosy, lśniące ciała i potężne szczęki. Nie wyobrażał sobie, by któreś z nich było w stanie udawać takie desperackie, cieniutkie krzyki.

A nawet, jeśli to wykonalne, czy naprawdę to jest w ich stylu? Czy były aż tak przebiegłe? Członkowie ich sfory sprawiali raczej wrażenie nastawionych na bardziej bezpośrednie działania i ataki, a nie na wabienie do siebie podstępem obcych psów.

Fuks spostrzegł, że Miki trzęsie się ze strachu. Jak mógł ciągnąć przyjaciela prosto w niebezpieczeństwo? Przecież tak łatwo byłoby im przemknąć niepostrzeżenie obok Psiego Ogrodu. Lada moment znaleźliby się na powrót w przepastnej gęstwinie lasu. A gdyby się pospieszyli, z pewnością udałoby im się dotrzeć do obozu Dzikiej Sfory przed porą nie-słońca.

Byliby bezpieczni.

Kolejny piskliwy wrzask skutecznie zniszczył postanowienie Fuksa. W końcu tam za ogrodzeniem znajdowały się szczenięta. Przerażone szczenięta. Nie mogli ich przecież ot tak zostawić na pewną śmierć...

Pytanie tylko, czy nie zabraknie mi odwagi, by je ocalić?

Rozdział 9

Dwa psy stały w milczeniu i przysłuchiwały się piskom, które dobiegały z Psiego Ogrodu.

— To jeszcze szczenięta — szczeknął pewnym tonem Fuks. — Nie możemy tego tak po prostu zignorować.

Miki położył się na ziemi ze złożonym ogonem.

— Fuksie, ale sam pomyśl — jęknął — przecież to są psy bojowe i z natury znacznie różnią się od nas. Te psy żyją tylko po to, by walczyć.

— Ich małe nie zrobią nam krzywdy — zapewnił go Fuks, choć sam nie był tego tak do końca pewien.

Pies pasterski zadrżał.

— Nawet jeśli masz rację, to co z ich Psią Mamą? Na pewno jest gdzieś w pobliżu. Pewnie właśnie próbuje coś dla nich upolować i wkrótce wróci. A jeżeli zobaczy nas przy swoich młodych...

Przestraszony rozejrzał się wokół po ciemnym listowiu. Trudno było jednak dostrzec w tym gąszczu coś prócz gałęzi i roślinności.

Fuks uniósł pysk.

— Nie czuję zapachu żadnej Psiej Mamy. W ogóle nie za dużo czuję...

— I to mnie właśnie martwi — powiedział Miki. — Nie sądzisz, że to trochę dziwne? W tej sforze było przecież tak wiele psów, prawda? A do tego teraz na ich terytorium przebywają szczenięta. To oznacza, że reszta musi być gdzieś w pobliżu i że niedługo wrócą.

Fuks nie był tego jednak taki pewien. Większość zapachów dorosłych psów zdążyła wywietrzeć, a tych kilka świeższych miało już ponad dzień.

Ciszę rozdarło głośne, desperackie piśnięcie. Fuks poczuł, jak coś ściska go w żołądku, a jego wąsy zadrżały. Nie mógł już dłużej znieść tego żałosnego dźwięku.

— Czy twoim zdaniem jakakolwiek Psia Mama mogłaby zignorować coś podobnego? — zapytał Mikiego. — Jestem przekonany, że te szczenięta są tam zupełnie same.

— Psy bojowe są zupełnie inne od nas — powtórzył Miki. — Bella mi o tym opowiadała...

Uszy Fuksa drgnęły. Pomyślał znowu o Psim Ogrodzie, przyciętej krótko trawie i miskach pełnych mięsa. Bella, Stokrotka i Alfik wprost nie mogli uwierzyć w swoje szczęście, gdy natknęli się na całe to jedzenie,

nie zdawali sobie bowiem sprawy, że terenu strzegła sfora zajadłych psów bojowych. Fuks wzdrygnął się na wspomnienie tego, jak z ukrycia obserwował te potężne czarno-brązowe psiska poruszające się na silnie umięśnionych nogach, ich krótkie, ostro zakończone uszy i wściekle obnażone kły. Pamiętał ich ostre zapachy, od których biła wściekłość i agresja.

Teraz natomiast zupełnie tego nie czuł.

— Możemy przynajmniej zajrzeć i sprawdzić, co się tam dzieje — powiedział Fuks. — Jeśli uznamy, że to coś niebezpiecznego albo poczujemy inne psy, obiecuję, że natychmiast się stąd wyniesiemy. Nie możemy jednak zignorować szczeniąt w tarapatach. No i kto wie, może nam się do czegoś przydadzą.

— Jak to przydadzą? — zapytał Miki z powątpiewaniem.

— W tych dziwacznych czasach każdy ocalały pies ma jakieś znaczenie.

Miki nadal nie wyglądał na przekonanego, ale skinął niechętnie głową.

Fuks i Miki podpełzli powoli po ściółce leśnej w pobliże terytorium psów bojowych, przystając raz po raz, by węszyć w powietrzu. Pies Słońce wisiał wysoko nad ich głowami, lecz światło przebijające się przez korony drzew było przytłumione.

Zbliżali się do ogrodzenia i Fuks poczuł, że mięśnie grzbietu napinają mu się mimowolnie. Miki miał rację — to naprawdę dziwne, że w pobliżu nie było świeżych zapachów dorosłych psów. Woń ich sierści już osłabła, ale nawet teraz sprawiała, że serce Fuksa biło żywiej ze strachu.

Zaczęli ostrożnie okrążać Psi Ogród, szukając miejsca, w którym Stokrotka zrobiła podkop. Fuks jęknął cicho, gdy go znaleźli, dziura bowiem była teraz większa. Znacznie większa. Na drucie siatki zahaczyła się kępka lśniącej, czarnej sierści.

— Psy bojowe przedarły się tędy — jęknął Miki.

Fuks widział, że Miki ma rację. Widział zresztą jednego z nich, gdy jego uszy dobiegło wstrząsające wycie. To musiało się tak skończyć. Szpiczastouche psy zapewne przywykły już do tego, że mogą sobie o dowolnej porze wchodzić i wychodzić. Raz jeszcze Fuks wychwycił zwietrzały zapach wielkich psów i coś jeszcze... krew? Musiał się skupić, by opanować drżenie tylnych łap, a następnie wkroczył do Psiego Ogrodu.

Schylił się i przepełzł pod drucianą siatką, a Miki podążył w ślad za nim.

Psi Ogród zmienił się od ostatniej wizyty Fuksa. Trawa nie była już schludnie przycięta, a do tego wszędzie wokół piął się bluszcz. W kilku miejscach rosły małe drzewka, a w kilku innych — kępy kolczastych ostów. Z czasem ta okolica zacznie przypominać resztę lasu, za wyjątkiem niskich domków, przed którymi stały metalowe miski. Fuks podszedł do jednej z nich. Była pusta, bez kurzych skrzydełek czy suszonego mięsa. Być może źródło jedzenia się wyczerpało i właśnie dlatego psy bojowe odeszły.

— A jednak tamci Długonodzy nie przybyli tutaj — wydedukował Fuks. Sporo się nasłuchał na temat psów bojowych, jeszcze zanim je spotkał. Podobno Długonodzy używali tych psów właśnie z powodu ich zajadłości, zwłaszcza dobrze sprawdzało się to do obrony domostw przed włamywaczami. A gdy już nie było Długonogich, którzy by je karmili i trzymali na uwięzi, psy bojowe nie musiały już nikogo słuchać. Odpowiadały wyłącznie przed sobą. Fuks spróbował odepchnąć jednak tę myśl i powstrzymać przemożną chęć zawrócenia i przepchnięcia się z powrotem pod ogrodzeniem i ucieknięcia jak najdalej od tego miejsca.

Jęczenie młodych psów było teraz jeszcze głośniejsze niż dotąd i najwyraźniej dobiegało z dużego domu.

Fuks i Miki przyczaili się w wysokiej trawie i skradali w stronę budynku wzniesionego w oddaleniu od psich bud, które go otaczały. Fuks wspiął się po drewnianych schodach do frontowych drzwi, a Miki zaczekał z tyłu.

Fuks poczuł wyraźnie zapach szczeniąt, choć jeszcze ich nie widział. Przypominał woń Kichawy i Kręcioła, był delikatny, słodki i mleczny. Ganek prowadził prosto do wnętrza wielkiego domostwa. Fuks szedł wzdłuż ściany, aż w końcu zamarł. Trzy szczenięta psów bojowych miotały się chaotycznie na kawałku miękkiego okrycia, które przypominało Fuksowi posłania psów w obrożach, które stosowano jeszcze przed Wielkim Warczeniem. Szczeniaki próbowały wyjrzeć poza ganek i mrugały, wpatrując się w dzicz rozciągającą się dalej. Tam, gdzie patrzyły, nie było niskich bud dla psów, a tylko dziko rosnąca trawa. Widział małe pyszczki piesków i ich drżące wąsiki. Wyczuwały, że ktoś się do nich zbliża, ale jeszcze go nie dostrzegły.

Nagle do Fuksa wróciły wspomnienia z pierwszego spotkania z psami bojowymi.

Dobrze wiedziały, że wszedłem na ich teren, choć przecież starałem się zajść je pod wiatr.

Czy te szczenięta również miały już tak doskonale rozwinięte zmysły?

Podobnie jak część psów bojowych miały one lśniącą czarno-brązową sierść i jaśniejsze mordki, ale przez krąglejsze kształty wyglądały mniej groźnie. Po bokach głowy zwisały im długie uszy pokryte miękkim meszkiem, tak różne od sterczących i ostro zakończonych uszu ich dorosłych.

Fuks cicho wrócił po swoich śladach przez ganek do miejsca, w którym czekał Miki, gdzie szczenięta nie mogły ich już usłyszeć.

— Dobra, są trzy szczeniaki — powiedział przyjacielowi. — W dodatku są tam zupełnie same.

Miki otworzył oczy jeszcze szerzej i stanął, jakby go wmurowano.

— Pod nami coś jest — pisnął cicho.

Fuks natychmiast cały zesztywniał.

— Co masz na myśli?

Miki drżał ze strachu. W końcu Fuks poczuł zapach śmierci unoszący się z ziemi pod ich łapami. Opuścił pysk i przez wąską szparę w deskach dostrzegł spory, ciemny kształt.

Nozdrza mu drgnęły w kontakcie z nowym zapachem. Był on słodko-kwaśny jak mleko, które za długo stoi na słońcu.

Miki zaskomlał:

— Wydaje mi się, że to ich Psia Mama.

Fuks zgodził się z nim.

— One płaczą z głodu! — W klatce piersiowej ścisnęło go ze współczucia. Na moment przypomniał sobie słodki zapach jedwabistej sierści swojej Psiej Mamy, a także to, jak ze swoim rodzeństwem z jednego miotu gromadzili się wokół niej. — I ze smutku — dodał cicho, gdy przypomniał sobie bolesne wycie, które słyszał, mijając Psi Ogród podczas podróży do miasta.

Wyrzuty sumienia sprawiły, że położył po sobie uszy. Czy tamto wycie pochodziło od ich Psiej Mamy?

A ja nie zrobiłem nic, by jej pomóc...

Miki szturchnął Fuksa.

— A co, jeśli to właśnie psy bojowe ją zabiły?

— Dlaczego miałyby to zrobić? — zapytał Fuks, choć tak naprawdę podejrzewał dokładnie to samo.

Miki rozejrzał się wokół.

— Nie mam pojęcia. Ale z drugiej strony dlaczego w takim razie zostawili tu szczenięta?

Fuks musiał zgodzić się z przyjacielem. Działania i metody psów bojowych nie miały niekiedy żadnego sensu.

— No, nie wiem, Miki. Tak czy owak musimy tam iść i z nimi pogadać, żeby się upewnić, że nic im nie będzie.

Miki skinął głową.

— Niech ci będzie, Fuksie. Masz rację. Nie możemy ich tak po prostu zostawić. I jeśli coś im zagraża, to pomożemy najszybciej, jak to możliwe, albo nawet zabierzemy je ze sobą, dobrze? Na pewno nie powinniśmy tutaj zostawać i czekać, aż ktoś wróci.

— No pewnie — zgodził się Fuks. Poszedł raz jeszcze wzdłuż ściany ganka, a Miki trzymał się tym razem blisko niego. Wyszedł za róg i dojrzał trzy skulone obok siebie szczenięta. Ich miękkie uszy podniosły się z uwagą.

— Czuję jakiś zapach! — pisnął jeden z nich i zazgrzytał małymi, białymi ząbkami. Reszta rozejrzała się gwałtownie i chwilę później zauważyły Fuksa i Mikiego, przez co zaczęły piskliwie szczekać.

— Kim jesteście? Idźcie sobie stąd! — rzucił jeden z nich.

— Nasza sfora zaraz tu wróci! — dodał drugi.

Miki spojrzał z niepokojem na Fuksa.

— A co, jeśli one mają rację? — jęknął. — Nikt nie powinien nas tutaj zastać.

— Wszystko w porządku — uspokoił go Fuks. — To szczenię blefuje. Nie sądzę, by był tu ktoś jeszcze. — Przyjrzał się młodym psom. Zauważył, że mają krótkie i cienkie ogony w przeciwieństwie do dorosłych psów bojowych, które miały w tym miejscu zazwyczaj jedynie kikuty.

Miki zapiszczał.

— Być może się myliliśmy i wcale nie jesteśmy w stanie im pomóc.

Fuks obserwował szczenięta z głową przechyloną na bok.

— Naprawdę nie widzisz, że one się boją? Przecież my musimy im pomóc.

Postąpił ostrożnie o krok w stronę szczeniąt, które wydały z siebie serię przerażonych pisków i warknięć. Fuks zauważył parę misek stojących przed ich miękkim okryciem. Jedna z nich miała na spodzie odrobinę wody, na drugiej zaś dostrzegł kilka skrawków suszonego mięsa. Fuks jak przez mgłę przypomniał sobie, że szczenięta należy karmić co kilka godzin. Pomyślał, że te maluchy na pewno umierają z głodu.

Kucnął przed nimi i spróbował sprawić, by jego postura była jak najmniej onieśmielająca.

— Nazywam się Fuks, a mój przyjaciel to Miki. Chcemy wam pomóc. Jak się nazywacie?

Trzy szczeniaki cicho wpatrywały się w Fuksa. Czyżby nie rozumiały tego, co do nich mówił? Nie był pewien.

— Nie należycie do naszej sfory! I nie powinno was tu być! — krzyknęło w końcu szczenię płci męskiej.

— Ale jak to, nie macie żadnych imion? — dopytywał Fuks.

Nikt mu nie odpowiedział.

Fuks nadal je obserwował. Musiały być bardzo młode, skoro jeszcze nikt nie nadał im imion. I choćby dlatego potrzebowały pomocy. Szczeniaki w tym wieku nie potrafiły jeszcze upolować nic dla siebie do zjedzenia. Bardzo szybko mogły zdechnąć z głodu.

Zerknął na Mikiego, który stał kilka kroków za nim, po czym odwrócił się z powrotem do szczeniąt.

— Pewnie jesteście głodne — ciągnął Fuks. — Chcemy wam pomóc, ale nie możemy tutaj dłużej zostać. Nie ma tu nic do jedzenia. Zabierzemy was w jakieś bezpieczne miejsce, gdzie można pojeść i się pobawić.

Szczenię płci żeńskiej pisnęło i otworzyło oczka z nadzieją. Jej cienki ogon zakołysał się nieśmiało i suczka postąpiła o krok w stronę Fuksa. U jej boku najmniejsze szczenię, samczyk, marudziło tylko i lizało ją po pysku. Piesek potrząsnął głową, ukazując kudłaty kark, który sprawiał, że wyglądał na łagodniejszego od reszty rodzeństwa.

Jedynie ostatni szczeniak, krępy samiec, wciąż sprawiał wrażenie podejrzliwego.

— Wynocha stąd! Nie możecie tutaj być! — szczekał gniewnie. Gdy Fuks podszedł do nich bliżej, ten warknął na niego, ale się wycofał. Fuks zerknął na drewniane deski pod swoimi łapami i przypomniał sobie, że gdzieś pod nimi leży martwa Psia Mama tych maleństw.

Ich pierwszym dużym przeżyciem na tym świecie była śmierć Psiej Mamy — zdał sobie sprawę Fuks i aż ścisnęło go w sercu na wspomnienie własnej Psiej Mamy. Nic dziwnego, że ten szczeniak był taki nieufny.

— Rozumiem was — kontynuował Fuks, starając się z całych sił, by zabrzmieć spokojnie, choć chciało mu się wyć ze współczucia. — Naprawdę. Mnie również oddzielono od mojej Psiej Mamy, gdy byłem jeszcze maleńki, podobnie jak wy teraz. W dalszym ciągu za nią tęsknię i wciąż o niej myślę — powiedział, po czym opuścił pysk, a uszy mu oklapły.

I wtedy nawet podejrzliwe szczenię przestało szczekać i cała trójka obserwowała Fuksa szeroko otwartymi oczyma.

— Wasza Psia Mama już odeszła — jęknął Fuks. — Najlepiej zrobicie, jak pozwolicie ją oddać Psu Ziemi.

Szczenięta obserwowały go ze zdumieniem wymalowanym na ich ciemnych pyszczkach.

— A kto to taki? — zapytała suczka.

Miki wystąpił naprzód i szepnął do ucha Fuksa:

— Skoro ich sfora zostawiła je tutaj, to powinniśmy się upewnić, że będą teraz z kimś, kto wie, jak zajmować się szczeniętami. Uważam, że powinniśmy zaprowadzić je do Dzikiej Sfory.

Fuks poruszył nerwowo łapami. Skoro alfa nie chciał go już nigdy więcej widzieć, to jak zareaguje, kiedy zwali mu się na głowę dodatkowo z trzema szczeniętami psów bojowych?

— To ich na pewno nie ucieszy — powiedział powoli.

— Może i nie... Ale co innego możemy zrobić?

Coś w tym jest. Te szczeniaki potrzebują towarzystwa psów, które będą potrafiły zaopiekować się nimi — pomyślał Fuks.

Po chwili dotknął nosem pyska Mikiego.

— Zabierzemy je ze sobą — zgodził się z przyjacielem.

Następnie odwrócił się do szczeniąt.

— Pies Ziemia to jeden z Psich Duchów — powiedział maluchom. — Możemy opowiedzieć wam o Psie Ziemi podczas wędrówki.

— Musimy tutaj zostać — warknął większy szczeniak.

— Nie chcę zostawiać Mamy — dodała suczka. — I nie zamierzam jej oddać żadnemu innemu psu!

Fuksa aż ścisnęło w piersi. Położył się przed trójką szczeniaków.

— Tak mi przykro. Wiem, jakie to musi być dla was trudne. Sam byłem strasznie smutny po tym, jak musiałem pożegnać się z moją Psią Mamą. Ale teraz już tylko Pies Ziemia może się nią zaopiekować.

Raz jeszcze szczeniaki spojrzały na niego szeroko otwartymi oczyma.

— A czy jak będzie u Psa Ziemi, to będziemy mogli ją jeszcze kiedyś zobaczyć? — zapytał najmniejszy z nich, który do tej pory prawie się nie odzywał. Jego krótki ogon pomachał z nadzieją i Fuks przełknął ślinę, czując dojmujący smutek. Jak niby miał opisać takiemu maluchowi śmierć? I to zwłaszcza że sam jej do końca nie rozumiał?

— W pewnym sensie tak — podjął wątek Miki. — Będziecie musieli zamknąć oczy i przypomnieć ją sobie. Nie zobaczycie jej w sensie dosłownym... Ale będziecie mogli ją poczuć. Będzie blisko was. W ziemi pod waszymi łapami oraz we wdychanym przez was powietrzu. Pośród chmur, na niebie, w słońcu i kroplach deszczu.

Ogon Fuksa poruszył się na wspomnienie jego Psiej Mamy i bezpieczeństwa, jakie czuł pośród swojego rodzeństwa.

— Pokażecie nam, jak się to robi? — zapytała suczka.

— No pewnie — odrzekł Miki.

Samotny kruk zakrakał gdzieś w lesie i czarno-biały pies wzdrygnął się na ten dźwięk.

— Robi się późno — mruknął pod nosem.

Fuks spojrzał w górę na intensywny błękit rozciągający się poza ścianą drzew stojących za Psim Ogrodem. Sierść na grzbiecie zjeżyła mu się na myśl o tym, że psy bojowe faktycznie mogłyby wrócić przed porą nie-słońca. Ale czy w ogóle mają zamiar tutaj wrócić? Odwrócił się w stronę szczeniąt.

— Musimy ruszać dalej w podróż, ale najpierw trzeba wziąć się do pracy. Obiecuję, że później Miki pomoże wam jak najlepiej zapamiętać Psią Mamę.

Szczenięta najwyraźniej przystały na jego propozycję. Fuks i Miki poprowadzili je drewnianymi stopniami z ganku na ziemię. Miki nachylił się do przodu, by złapać największe ze szczeniąt za skórę na karku i pomóc mu zejść, ale ten wyswobodził się, wiercąc się energicznie, po czym otrząsnął dumnie. Na wpół zeskakiwał, wpół turlał się po kolejnych stopniach. Jego brat i siostra poszli za jego przykładem, aż we troje zebrali się w małej, podekscytowanej grupce.

Szczenięta obserwowały, jak Fuks znajduje ziemiste, zacienione miejsce z boku domu, gdzie trawa rosła kępkami. W końcu pies zaczął kopać tak szybko, jak to tylko możliwe, wyrzucając suchą glebę. Miki wkrótce do niego dołączył.

Po kilku minutach obserwowania w milczeniu, suczka podeszła do nich bliżej.

— Co robicie? — zapytała.

Fuks przerwał na moment kopanie.

— To taki rytuał. Zamierzamy oddać waszą Psią Mamę Psu Ziemi. Pomoże jej to odnaleźć ziemię i powietrze, stać się na powrót częścią świata. Tym razem po prostu będzie to inaczej wyglądało, jak już wspominał Miki.

Suczka zamilkła. Mniejszy brat stał za nią nieśmiało, oblizywał się i wpatrywał w dziurę powiększającą się dzięki wysiłkom Fuksa i Mikiego. Jedynie większy brat obserwował ich w milczeniu przez przymknięte powieki.

Fuks miał już podjąć kopanie, gdy ujrzał, jak samiczka podchodzi przez wysoką trawę i węszy. Podszedł do niej i uniósł uszy. Widział, że liże ona coś, co przypomina ciemne zawiniątko leżące obok węzła bluszczu, schowanego pośród trawy.

Miki spojrzał tam gdzie on i zajęczał. Stał bliżej tego zawiniątka i wkrótce w jego oczach zagościł strach.

— Wydaje mi się, że to jeszcze jedno szczenię... — powiedział. — Wracaj tu, malutka! Zostań przy mnie.

Natychmiast spojrzała w górę.

— On jest ranny... — zaskomlała.

— Nic już nie możesz dla niego zrobić.

Po chwili suczka odsunęła się i dołączyła do braci stojących u podstawy wielkiego domu.

Fuks podbiegł do małego, nieruchomego ciała. Podobnie jak Psia Mama malec zmarł pewnie dzień lub dwa temu. Na jego sierści wciąż czuć było metaliczny zapach krwi. Fuks widział miejsce, w którym wbiły się zęby — zęby takiej samej wielkości jak jego własne. Ślad widniał na szyi szczenięcia, poniżej białej łatki, która kształtem przypominała kieł. Fuksowi aż zaparło dech w piersi. Było oczywiste, że to szczenię ktoś zaatakował i zabił.

Gdyby to kojot albo lis go dopadł, to już byłby zjedzony. Ale jakim trzeba być psem, żeby zrobić coś takiego szczeniakowi?

Miki opuścił zad i poruszył przednimi łapami.

— Bardzo mi się to nie podoba, Fuksie. Co się tutaj najlepszego wydarzyło?

Fuks odwrócił się do przyjaciela i popatrzył na niego ze zrozumieniem. Nie potrafił sobie nawet wyobrazić, co doprowadziło do śmierci tego szczenięcia i jego Psiej Mamy. Nie pojmował też, dlaczego psy bojowe opuściły swój obóz i maluchy. Stwierdził jednak, że mogą się o to martwić później.

— Mamy pewne zobowiązania wobec wszystkich zmarłych psów — wyszeptał Fuks. — Nawet takich, które pochodzą z wrogich sfor. Wszystkie psy zasługują na to, by przekazać ich ciała Psu Ziemi.

Suczka zawołała do nich:

— Możecie mu jakoś pomóc?

Dwa pozostałe szczeniaki trzymały się z tyłu. Mniejszy z nich trzymał głowę nisko, a ogon tuż przy ziemi. Oczy większego zwęziły się w szparki, a wargi ściągnął i obnażył kły, jak gdyby próbował powstrzymać gniew.

Fuks żałował, że nie może oszczędzić szczeniętom kolejnych smutnych wieści. Nie mógł jednak nic na to poradzić.

— Obawiam się, że nie możemy mu pomóc — jęknął. — To był wasz brat?

— Nie! — pisnął większy szczeniak ostrym tonem. Fuks czekał, aż ten powie coś więcej, ale malec po prostu stał na swoich krótkich nóżkach i patrzył zaciekle przed siebie.

— Fuksie, powinniśmy się stąd wynosić... — jęknął Miki.

Pies pasterski miał rację — w Psim Ogrodzie ewidentnie stało się coś dziwnego i strasznego jednocześnie.

Wrony przeleciały nad nimi w stronę wysokich drzew porastających obrzeża obozu. Pies Słońce rozpoczął już swoją powolną wędrówkę w stronę horyzontu. Fuks podszedł z powrotem w stronę płytkiego grobu i kopał dalej, aż był on na tyle głęboki, by pomieścić Psią Mamę.

Miki wykopał drugi, znacznie mniejszy dołek, przeznaczony na ciało martwego szczeniaka. Następnie podniósł bezwładne ciało za skórę na karku i delikatnie przeciągnął je do wykopanej dziury, w której złożył je ostrożnie. W końcu pomógł Fuksowi przenieść Psią Mamę spod drewnianych desek. Chwycili obaj zębami za masywną, czarną obrożę i pociągnęli. Była niewiarygodnie ciężka. Fuks prawie nie mógł uwierzyć, że pies może tyle ważyć. Wykopana przez nich dziura okazała się ledwo mieścić jej ciało.

Trzy szczeniaki jęczały i piszczały, gdy Fuks i Miki zasypywali grób szczeniaka, a potem próbowali zrobić to samo z Psią Mamą. Fuksowi ciężko było znosić zawodzenie maleństw. Starał się też z całych sił przełknąć własny smutek.

Wkrótce okazało się, że on i Miki nie są w stanie całkowicie przysypać ciała Psiej Mamy. Fuks stał tak przez chwilę i zastanawiał się, co zrobić. W końcu udał się na bok obozu i nabrał w pysk trawy i liści, po czym wrócił do Psiej Mamy, zarzucił głową i wypluł zawartość pyska na jej ciało. Zrobił tak jeszcze kilka razy, aż Psia Mama była już względnie dobrze zasłonięta.

W końcu Fuks podszedł do trzech szczeniąt.

— Pies Ziemi zaopiekuje się teraz waszą mamą — powiedział z przekonaniem.

— Ale ja nie chcę, żeby wylądowała u jakiegoś Psa Ziemi — pisnęło najmniejsze szczenię swoim cieniutkim głosikiem. Suczka natomiast nachyliła się po chwili do niego i polizała go po uchu.

Po chwili Miki jęknął, a Fuks odwrócił się w jego stronę i zapytał cicho, tak by szczenięta nie usłyszały:

— Coś nie tak?

— Wszystko jest nie tak — odrzekł Miki, a jego ciemne oczy wpatrywały się w niebo. — Pies Słońce zmierza już do swojego legowiska. Naprawdę chcesz wejść do lasu z tymi maleństwami po ciemku?

Fuks żałował, że nie ma lepszego pomysłu, ale Miki miał rację.

Nocami las jest niebezpieczny nawet na podróż dorosłych psów. Jak w takim razie mielibyśmy sobie poradzić z trójką szczeniąt, którymi należy się zaopiekować? — zastanawiał się.

Fuks wziął głęboki oddech i postarał się, by w jego głosie nie było słychać strachu.

— Pies Lasu nas ochroni. Nie jest jeszcze ciemno i jeśli tylko się pospieszymy, to być może znajdziemy odpowiednie schronienie przed porą nie-słońca.

Psie Lasu! Proszę, nie pozwól, aby tym maluchom stała się jakaś krzywda! — dodał w myślach. Dość już wycierpiały.

Kątem oka wychwycił kontur dużego domu, który sprawiał teraz dziwaczne wrażenie i rzucał na ziemię złowrogi cień. Następnie spojrzał w kierunku gęstwiny złożonej z krzewów i drzew. Wiedział, że czeka ich długa podróż, a w dodatku wkrótce będzie już naprawdę ciemno.

A zatem im szybciej opuszczą to pełne śmierci miejsce, tym lepiej.

Rozdział 10

Gałązki i liście chrzęściły pod łapami Fuksa, gdy prowadził grupę przez ciemniejący las. Od opuszczenia Psiego Ogrodu zdążyli pokonać odległość zaledwie czterech króliczych skoków i Fuks aż wzdrygnął się na myśl, o ile dalej zaszedłby z Mikim, gdyby podróżowali tylko we dwóch. Szczenięta poruszały się boleśnie powoli, z trudem gramoląc się przez każdy wystający korzeń czy przewróconą gałąź. Do tego ich mniejsze nogi szybciej się męczyły, przez co musiały częściej przystawać, by złapać oddech w swoje maleńkie płuca. Mimo wszystko parły bohatersko naprzód, zachęcając się nawzajem cichymi piśnięciami.

— Bardzo dobrze — suczka zagrzewała do wysiłku swoich braci z miotu. — Świetnie wam idzie!

— Wystarczy pomyśleć, jak wiele już przeszliśmy — zgodził się większy brat.

Fuks był pod wrażeniem tego, jak bardzo zdeterminowane są szczenięta.

Kiepsko się czułem po tym, jak wyrzucono mnie ze sfory, ale jeśli te maleństwa potrafią odnaleźć siły, by przeć naprzód, i to po wszystkim, przez co przeszły, to ja też dam radę. Nie wolno mi się nad sobą użalać.

Ich małe ogonki były dumnie podniesione, ale Fuks nie był pewien, czy maluchy zajdą dużo dalej. Odezwał się więc cicho do Mikiego:

— Wydaje mi się, że powinniśmy je nieść na zmianę, a jedno z nich będzie szło pomiędzy nami.

Miki spojrzał ze zmęczeniem na dobrze zbudowane szczeniaki o lśniącej sierści.

— Też tak myślę, ale... No, wiesz, to są psy bojowe. Robią wrażenie dumnych. Myślisz, że nam na to pozwolą?

Fuks podzielał jego wątpliwości, odwrócił się więc do maluchów.

— Naprawdę dobrze wam idzie — pochwalił. — Ale teraz będziemy szli trochę pod górę. Co wy na to, żebyśmy przez jakiś czas ponieśli was na zmianę?

Obserwował, jak szczenięta zerkają po sobie. Stały tak na sztywnych nóżkach, aż wreszcie suczka jęknęła ze złością.

— Chodzi też o to, że ja i Fuks lubimy droczyć się, który z nas jest lepszy we wchodzeniu pod górkę — dodał Miki. — I jeśli weźmiemy was na grzbiet, to będziemy mogli trochę potrenować.

— O tak, to prawda! — Fuks mrugnął z wdzięcznością do Mikiego i spojrzał na szczenięta. Czy to wystarczyło, żeby je przekonać? — zastanawiał się.

Fuks ostrożnie zbliżył się do większego, podejrzliwego samca. Ten spiął się, ale nie grymasił, gdy Fuks obwąchał jego lśniącą sierść, która zwisała fałdkami wokół jego karku, jak gdyby była własnością jakiegoś znacznie większego psa. Szczeniak stał bez ruchu, wierząc w to, że Fuks będzie delikatny, podczas gdy Miki podniósł drugiego szczeniaka, a dzielna suczka ruszyła śmiało pomiędzy nimi. Poszli przez las, przy czym Fuks z cięższym szczeniakiem prowadził pochód.

Nasze maleństwa nie wydają się tak wściekłe jak dorosłe psy bojowe — pomyślał. Być może tego gniewu uczą ich z czasem Długonodzy. To by oznaczało, że te szczeniaki nie różnią się niczym od innych młodych psów i trzeba się nimi po prostu dobrze zaopiekować.

Jakiś czas później Fuks usłyszał, jak najmniejszemu szczeniakowi burczy w brzuchu, i zdał sobie sprawę, że nie ma nawet pojęcia, co takie małe psy jedzą. Przypomniał sobie drobne kawałki suszonego mięsa, które widział w misce na ganku. Pewnie dałyby sobie radę z myszą czy nornicą albo innym soczystym szczurem. Rozejrzał się po lesie i nastawił uszy, starając się wychwycić odgłosy gryzoni oraz wszelkie oznaki niebezpieczeństwa.

Z trudem poruszali się naprzód. Fuks i Miki musieli często przystawać i odpoczywać. Ilekroć podejmowali podróż, wymieniali się szczeniętami, by mieć pewność, że żadne ze szczeniąt psów bojowych nie jest zbyt zmęczone. Mimo to ich tempo marszu stopniowo zwalniało.

Większy szczeniak szedł teraz między Fuksem a Mikim. Przystanął obok złamanej gałęzi leżącej w poszyciu leśnym. Nabrał głęboko powietrza i przymierzył się do skoku. Wylądował niezgrabnie po drugiej stronie, przetoczył się na bok i dopiero wtedy udało mu się wyprostować. Fuksowi było go żal, bo szczeniak zużywał teraz znacznie więcej energii niż do tej pory. Zauważył, że Pies Słońce żwawo umyka już do swojej kryjówki. Wkrótce miała nadejść pora nie-słońca.

— Zatrzymajmy się na jakiś czas — powiedział Fuks i odstawił niesioną przez siebie suczkę. Miki z ulgą położył jej mniejszego brata z powrotem na ziemię i wszyscy zaczęli się przeciągać i myć.

Fuks zbliżył się do poskręcanego drzewa, obwąchał je i przekonał się, że wokół jest sucho i czysto, więc mogli zwinąć się przy pniu i odpocząć we względnie wygodnych warunkach.

— Nie chcecie chyba tutaj zostać, co? — zapytał największy szczeniak, zadzierając głowę w stronę nieba. — A co, jeśli zacznie padać deszcz?

Fuks powąchał powietrze.

— Nie zanosi się na to, by miało padać. Nic nam nie będzie. Wolałbym nie podróżować w ciemności, jeśli to nie jest konieczne.

Szczeniak zawył, ale nic już nie odpowiedział. Fuks patrzył, jak zaczyna myć swój krótki ogon. Zamierzał powiedzieć coś jeszcze o tym, że wznowią marsz o poranku, gdy usłyszał jakiś szelest. Postawił uszy i poszedł w kierunku pobliskiego krzewu, ignorując przy tym dźwięki wydawane przez Mikiego i szczenięta. Skupił się na krzewie i wkrótce dojrzał przesuwający się pod nim błysk lśniącego futerka.

Okazało się, że jednak zjedzą tego dnia kolację!

Fuks i Miki kucnęli obok szczeniąt i rozerwali na kilka małych kawałków ciało kreta, którego upolował Fuks. Szczenięta obserwowały ich z szeroko otwartymi oczyma, a ogony merdały im z radości i oczekiwania. Fuks czuł smak ciepłego, delikatnego mięsa i z całych sił starał się go nie zjeść samemu.

Poprzednio miałem całego królika tylko dla siebie. Tym razem muszą się najeść również szczenięta! — walczył ze sobą.

Najpierw pochylił się i przekazał kawałek najmniejszemu szczeniakowi, który polizał Fuksa i przyjął mięso, gryząc i przełykając je z radością. Miki poszedł w ślady przyjaciela i podał kawałek kreta suczce, która wzięła go delikatnie, machając przy tym ogonem.

Po chwili Fuks podszedł z powrotem do kreta i ostrożnie odgryzł kawałek, który następnie przeżuł tylnymi zębami. Soki spłynęły mu do gardła i czuł, jak jego żołądek radośnie wita ten pyszny pokarm, jednak raz jeszcze powstrzymał się przed połknięciem go. Podszedł do największego ze szczeniąt, które skoczyło w jego stronę z wywieszonym językiem. Podejrzliwość szczeniaka najwyraźniej zniknęła, zwłaszcza że teraz już lizał pysk Fuksa i odbierał z wdzięcznością kawałek mięsa.

Po chwili większy szczeniak odwrócił się do swojego mniejszego brata z jednego miotu.

— Masz, zjedz jeszcze — powiedział.

Fuks był wzruszony, widząc, jak bardzo wspierają się te maluchy i z jaką ufnością przyjmowały od nich pokarm. Gdy małe szczenię wyszło na środek, merdając ogonem i poruszając zabawnie zadem, Fuks poczuł, jak coś boleśnie mocno ściska go w piersi.

Te szczenięta nas potrzebują... Dziękuję ci, Psie Lasu, za to, że dostarczyłeś nam ten posiłek, i za to, że uratowałeś ich życie — pomyślał, wpatrując się w otaczające ich drzewa.

Maleństwo pisnęło radośnie, podskoczyło i po chwili polizało Fuksa po pysku.

W końcu szczenięta zjadły kreta do końca i razem w zadowoleniu oblizywały łapki. Miki stał przy nich i wylizywał im uszy do czysta. Wyglądało na to, że jest teraz w ich towarzystwie znacznie spokojniejszy. Fuks wyjrzał w stronę lasu. Nawet wrony przestały krakać. Pora nie-słońca już prawie się zaczęła i w powietrzu podniosło się brzęczenie owadów. Fuks odwrócił się z powrotem do Mikiego i szczeniąt.

— Musimy zrobić coś bardzo ważnego — obwieścił uroczyście. Miki trochę się przestraszył, że jego przyjaciel znowu coś wymyślił, ale Fuks wysunął na chwilę żartobliwie język. Pies pasterski rozluźnił się i poruszył ogonem. — O wschodzie słońca ruszymy dalej, ale tylko jeśli uda nam się wcześniej wybrać dla was imiona.

Szczenięta spojrzały po sobie, a następnie z powrotem na Fuksa.

— Gdy już podrośniecie, otrzymacie prawdziwe imiona, ale na razie potrzebujecie szczenięcych imion... — stwierdził i odwrócił się do najmniejszego szczeniaka, wspominając, jak zabawnie się poruszał, gdy częstował go mięsem kreta. — Sądzę, że ciebie nazwiemy Zawijas.

Szczenię odpowiedziało, kręcąc się dookoła, tuptając na maleńkich łapkach.

— Zawijas! — powtórzył.

Fuks odwrócił się do dzielnej suczki.

— A ciebie nazwiemy...

Wtem Miki wpadł na pomysł:

— Może Liza?

— O tak, to dobre imię — zgodził się Fuks.

Krótki czarny ogon suczki poruszył się i dotknęła pyszczkiem nosa Mikiego. Nowe imię chyba przypadło jej do gustu — pomyślał z zadowoleniem Fuks.

W końcu zwrócił się do większego pieska:

— Ciebie natomiast...

Szczeniak posłał mu jednocześnie podejrzliwe i wyzywające spojrzenie.

— Nie potrzebuję żadnego szczenięcego imienia — mruknął.

Fuks zastanowił się przez chwilę.

— Damy ci na imię Mruk. Tak, to będzie idealny wybór.

Miki zgodził się szczeknięciem, a pozostałe szczenięta pisnęły radośnie. Większy szczeniak nadal się nie poruszył i nie zmienił miny.

Fuks poczuł dziwną ulgę na myśl, że udało im się nazwać maluchy. Zaczęło mu na nich zależeć, choć tak naprawdę nie spędzili ze sobą zbyt wiele czasu. I właśnie dlatego dziwnie się czuł z tym, że nie miały wcześniej imion. Teraz już tym bardziej czuł się za nie odpowiedzialny. Uratował je, bo czuł, że tak trzeba.

Z początku zamierzał po prostu odstawić je do Dzikiej Sfory, ale teraz...

Teraz mi na nich zależy — z tą przyjemną myślą w głowie Fuks ułożył się obok trójki szczeniąt, plecami do Mikiego.

Liza i Mruk zasnęli mocno, ale Zawijas ciągle się kręcił i zmieniał pozycję. W końcu Fuks pochylił się nad nim i polizał go po uszach. Szczeniak natychmiast spojrzał na niego.

— Nie mogę zasnąć — zaskomlał.

Serce Fuksa ścisnęło się z żalu. Przypomniały mu się czasy, kiedy sam był częścią podobnej szczenięcej sfory. Gdy miał problemy ze snem, jego Psia Mama przyciągała go do siebie i rozluźniał się dopiero, czując bicie jej serca.

— Oprzyj głowę na mojej piersi — mruknął Fuks.

Zawijas przysunął się bliżej niego i położył swoją małą, ciemną główkę blisko Fuksa. Niedługo później oddychał już głęboko, oczy miał zamknięte, a pyszczek lekko rozchylony. Fuks również zamknął oczy, ale jeszcze jakiś czas nasłuchiwał dźwięków lasu.

Gdzieś w oddali echem odbiło się czyjeś wycie. Fuks momentalnie zerwał się na równe łapy, otworzył szeroko oczy i węszył w zimnym, nocnym powietrzu. Szczenięta zapiszczały strachliwie, ale Fuks szybko je uciszył.

— Wszystko w porządku — uspokajał. — Cokolwiek wydało z siebie ten dźwięk, znajduje się daleko stąd. Dlatego musimy być bardzo cicho, żeby nie ściągać na siebie uwagi tego stworzenia.

— Ale co to takiego? — zapytał Miki. Fuks ledwie dostrzegał w ciemności kontur sylwetki psa pasterskiego.

— Nie jestem pewien — powiedział mu Fuks. — Zabrzmiało to trochę jak pies, ale nie do końca...

Miki jęknął ze zdenerwowania.

— To może wilk? — zapytał.

Fuks słyszał już wilki i to nie raz. Zadrżał na samą myśl, że mógłby to być jeden z nich.

— Mam nadzieję, że nie.

Po chwili nastąpiło kolejne długie wycie, do którego zaraz dołączyły kolejne głosy. Wyglądało na to, że dobywają się z miejsc położonych bliżej niż to pierwsze. Włosy na karku Fuksa stanęły dęba, a jego serce załomotało.

— Jest ich sporo! — jęknął Miki.

— Nic nam nie będzie, ale musimy już ruszać — ponaglił szczenięta, które po chwili zerwały się na nogi, oszołomione i przerażone. — Miki, stań po ich jednej stronie, a ja będę po drugiej.

Powąchał powietrze, ale nie wyczuł niczego nowego.

— Czy te stworzenia już nas poczuły? — zapytała Liza.

— Nie, nie wydaje mi się — mruknął Fuks. — Nie wiedzą jeszcze, że tu jesteśmy.

— Nie zamierzasz nas chyba teraz zostawić, Fuksie? — pisnął Zawijas.

— Przez cały czas będziemy tuż obok — obiecał Fuks. — Nie ma się czego bać. Po prostu bądźcie cicho i idźcie przed siebie. Wkrótce znajdziemy jakieś schronienie i odpoczniemy.

Fuks miał nadzieję, że w jego tonie słychać pewność siebie, choć tak naprawdę wszystkich właśnie okłamywał. Bo te stworzenia, które usłyszał, brzmiały na spore i niebezpieczne.

Po jego słowach już żaden pies się nie odezwał. Ruszyli w milczeniu przez las, a szczenięta znowu potykały się o sterty opadłych liści i gałęzie, a ciernie raniły ich delikatne ciałka. Fuks wiedział, że nie jest im łatwo, ale musiał być teraz tak czujny, jak to tylko możliwe, a było to możliwe, tylko jeśli nie musiał nieść nikogo na grzbiecie.

Poczuł ostrą woń, która przypominała odrobinę zapach wilków, ale też lisów. Coś jednak mówiło mu, że stworzenia, które się do nich zbliżają, nie są ani jednym, ani drugim.

Dodatkowo strach podpowiadał mu, że niezależnie od tego, kogo słyszeli, ten ktoś podchwycił już zapach jego grupy. Fuks słyszał chrzęszczące pod czyimiś łapami liście i czuł, że źródło ostrego zapachu zbliża się do nich.

— Czekajcie! — rzucił Miki, skradając się po drugiej stronie szczeniąt.

Fuks natychmiast odwrócił się w jego kierunku.

— Co się stało?

— Chodzi o Zawijasa. Został trochę z tyłu.

— Jest już naprawdę zmęczony — pisnęła Liza. — Nie przywykł do pokonywania tak dużych dystansów i to w tak krótkim czasie. — Fuks domyślał się, że to dotyczyło wszystkich szczeniąt, ale w oczach suczki lśniła duma, a Mruk prężył się tuż obok niej.

Fuks zawstydził się, że sam tego nie zauważył. Teraz zwrócił uwagę na maleństwo i słyszał wyraźnie, jak ciężko dyszy. Miki i Liza mieli rację, Zawijas był bardzo zmęczony.

— Chodź — powiedział delikatnie. — Poniosę cię przez jakiś czas. Miki, będziesz moimi oczami i uszami.

Czarno-biały pies skinął głową ze zrozumieniem. Przypominał teraz cień na tle lasu. Po chwili Fuks chwycił delikatnie Zawijasa, a następnie wszyscy zamarli, słysząc obcy głos.

— Chodźcie tędy! — Głos był głośny i nosowy. Fuks poczuł, jak jego ciało nagle kamienieje.

— Czuć psie pieszczochy, czuć je blisko.

— I psie bobasy! Czuć bobasy!

Serce Fuksa skurczyło się i zszokowany prawie upuścił Zawijasa. Wiedział już, z kim mają do czynienia. Sfora tych stworzeń weszła kiedyś do miasta, warcząc i ujadając. Dopiero Długonodzy uzbrojeni w kije byli w stanie je przepłoszyć.

To kojoty! Te zaciekłe, podstępne stworzenia, które żerują na drobnych zwierzętach, a przy tym są złośliwe i szybkie. Musiały jakoś podchwycić zapach szczeniąt i teraz wydaje im się, że czeka je łatwy łup — dedukował Fuks.

— Bądźcie cicho — powiedział do reszty grupy. Następnie uniósł pysk i usiłował wyczuć dokładniej zapachy kojotów.

Jest ich co najmniej sześć. Wystarczająco dużo, żeby na przykład odciągnąć na bok i spacyfikować mnie i Mikiego. A już na pewno dość, by ukraść nam jedno szczenię! Nie mogę dopuścić, by któreś z nich podzieliło los Kędziora — pomyślał w przypływie paniki Fuks.

— Musimy zwiększyć tempo — ponaglił towarzyszy.

— Ja też ich czuję — wyszeptał Miki. — Jak myślisz, damy radę przegonić...

Popatrzył pytająco na Fuksa, bo brakowało mu słowa, ale Fuks potrząsnął szybko głową, by go uciszyć. Nie chciał, żeby szczenięta usłyszały zwrot „kojoty", bo to by je tylko przestraszyło. Miki mrugnął, by pokazać, że rozumie, o co chodzi, a Liza i Mruk wyrwali się naprzód, gramoląc się przez plątaninę poszycia leśnego. Po pewnym czasie przeszli przez tunel utworzony przez drzewa o wąskich pniach na szczycie niskiego wzgórza, aż wreszcie zanurzyli się z powrotem w gęstsze listowie.

Jeśli uda nam się ustawić z wiatrem w gęstej partii lasu, to być może uda nam się ich zgubić — szybko myślał Fuks.

Robili solidne postępy i uwierzył, że jego plan zadziała. Wtem usłyszał, że Liza dyszy ciężko i kwili tuż za nim. Obejrzał się i dostrzegł, że suczka z trudem radzi sobie z marszem. Jej ostatni przypływ energii najwyraźniej musiał się wyczerpać. Nawet Mruk zaczął okazywać oznaki zmęczenia, a jego krótki ogon wisiał teraz nisko, choć malec parł dzielnie naprzód.

— To się nie uda — mruknął Miki. Kucał teraz jeszcze bliżej ziemi i stykał się niemal brzuchem ze ściółką leśną. — Coś mi się zdaje, że oni gonią szczenięta. Powinniśmy zamaskować jakoś swoje zapachy, schować się i poczekać, aż nas miną.

Fuks skinął głową.

— Dobrze, to jak teraz...

— Mamy się chować? — warknął Mruk. — Psy bojowe nigdy się nie chowają!

Uszy Fuksa zadrżały. A zatem Mruk był świadom, że on i jego rodzeństwo różnią się od reszty psów. Co jeszcze wiedział?

Miki go zignorował i zanurzył się w poszyciu leśnym, tarzając się zawzięcie po ziemi. W końcu zerwał się na równe nogi i przylgnął do pnia pobliskiego drzewa, pocierając o niego grzbiet, ogon i pysk.

Fuks był pod nie lada wrażeniem. Nie oczekiwał, że Miki będzie aż tak dobrze zorientowany w kwestiach przetrwania na łonie natury. Okazało się jednak, że ten pies pasterski bardzo się zmienił, od kiedy poznali się dawno temu w mieście.

Zrobił to samo co Miki — opadł na ziemię i zaczął tarzać się w suchych liściach.

— Szczenięta, róbcie to samo co my. Tylko nie wymyjcie się zaraz potem.

Maluchy zaczęły się tarzać. Nawet Mruk zanurzył pysk w liściach i pozwolił Fuksowi, by ten obrzucił go gałązkami i garstką ziemi.

— Jest dobrze — wyszeptał Miki. — A teraz musimy być cicho i się nie ruszać. — Pokazał wszystkim, o co chodzi, kładąc się pod krzewem na płasko. — Zbliżcie się do mnie — dodał. Liza zrobiła, co kazał, i wcisnęła się blisko Mikiego, a mały Zawijas nie odstępował jej ani na krok.

Mruk jednak ani drgnął.

— Nie zamierzam chować się przed żadnym psem — warknął i zaczął wyczołgiwać się spod krzaka.

— Gdzie pójść szczeniaki?

— Blisko, kamraci. Czuć szczeniaki...

Fuks zdusił w sobie strach, wysunął się w stronę Mruka i wciągnął go z powrotem. Szczeniak próbował się stawiać i Fuks musiał zdecydowanie na niego napierać. Czuł, jak mięśnie Mruka napinają się i prężą pod sierścią. Nie ulegało wątpliwości, że już teraz jest on silnym psem.

— Twoja odwaga jest godna podziwu, Mruku — powiedział cicho Fuks prosto do ucha szczeniaka. — Ale to nie jest dobra pora na nią. To nie psy nas szukają, tylko zgraja kojotów szukających okazji do bitki. Musimy być cicho. Mówię poważnie.

Fuks poczuł, jak szczenię drży.

— Kojoty? A co to za jedne? — zapytał, podczas gdy stworzenia okrążały niskie wzgórze i zbliżały się w ich stronę.

— Ja zjeść szczeniaki. Zacząć od delikatne pyszczki! — syknął jeden z kojotów chrapliwym głosem.

— A ja schrupać ogony! — dodał inny.

Mruk trząsł się teraz jak galareta. Fuksowi zrobiło się go żal — mały pies bojowy zgrywał twardego, ale był to jednak tylko szczeniak i bał się jak każdy inny pies w jego wieku.

Proszę cię, mądry Psie Lasu. Te szczenięta straciły już swoją Psią Mamę. Pozwól im przetrwać jakoś tę noc — pomyślał Fuks.

Kojoty zgromadziły się na szczycie wzniesienia pośród wysokich drzew, gdzie węszyły i krążyły. Ich grubo porośnięte ciała przypominały wilcze, ale nogi były długie i szczupłe. Duże szpiczaste uszy odcinały się na tle ciemnego horyzontu, natomiast ich ostry zapach sprawiał, że Fuksowi zrobiło się niedobrze. Przypomniał sobie Starego Łowcę, jak ten opowiadał mu o kojotach, gdy odpoczywali w pobliżu Domu Jedzenia w mieście. Mówił o tym, że są przebiegłe, wygodnickie i mordercze i że potrafią zjeść Ostrego Pazura albo wykraść szczenię Psiej Mamie.

W żadnym jednak razie nie dostaną żadnego maleństwa z tej grupy!

— Są gdzieś tu... Czuć młode.

— Nie tu... One uciec. Uciec. Wałek, jak to?

— Tędy. Nie ma! Kamraci, za mną!

Ostatni przemawiający kojot — ten, którego zwali Wałkiem — był szczególnie wysoki, a do tego gibki i żylasty. Jego ogon przypominał kikut, jak gdyby stracił gdzieś jego końcówkę. Zaczął biec z powrotem w stronę drzew o wąskich pniach i dalej w dół zbocza, w stronę ścieżki.

Jeżeli utrzymają znaleziony ślad i zapach, to w końcu cofną się aż do Psiego Ogrodu...

Wkrótce sfora kojotów zniknęła im z oczu i jakiś czas później nawet ich ostry zapach zelżał, aż w końcu rozpłynął się w nocnym powietrzu.

Gdy już było pewne, że zagrożenie minęło, Fuks podniósł się z ziemi.

— Poszły sobie — powiedział, dysząc ciężko z ulgą.

— Ale co to takiego było? — zapytał Miki. — Te stworzenia przypominały trochę alfę, ale były chudsze.

— To kojoty — odpowiedział Fuks i przeszedł go przy tym dreszcz. — Niewiele mi o nich wiadomo.

— A ja wiem już na ich temat więcej, niż bym sobie życzył — stwierdził Miki. Następnie popatrzył przez ciemną gęstwinę pnączy i gałęzi. — Powinniśmy iść dalej.

Fuks odwrócił się w stronę szczeniąt.

— Naprawdę dobrze wam poszło. Niestety nie możemy jeszcze pójść spać. Musimy iść naprzód, przynajmniej dopóki Pies Słońce się znowu nie pojawi. Tym razem będziemy poruszali się wolniej i proszę, by wszyscy troszczyli się o resztę grupy. Sfora psów, do których zmierzamy, rozbiła obóz przy sporym jeziorze pod skałami. Znajdziemy tam pokarm i schronienie. Co wy na to?

Mruk jako pierwszy zerwał się na równe łapy i od razu ponaglił swoją siostrę i brata.

— No dalej, chodźcie! — pisnął i oboje podnieśli się powoli.

Fuks prowadził, a Miki trzymał się tyłu grupy na wypadek, gdyby kojoty znowu ich namierzyły.

Fuks skupił się na wyszukiwaniu bezpiecznej ścieżki pomiędzy drzewami. Gdy odwrócił się po jakimś czasie do szczeniąt, z radością spostrzegł, że Mruk stał się nagle bardzo pomocny i zachęca swoje rodzeństwo, szturchając je pyskiem i liżąc radośnie.

Fuks był mu wdzięczny za tę zmianę, ale jednocześnie czuł niepokój. Przetrwali spotkanie z kojotami, ale

Mruk powiedział przecież, że nie zamierza się chować. Przypomniał sobie też, jak szczenię kręciło się pod nim. Najwyraźniej nie lubi, jak mu się wydaje polecenia. Ma też więcej energii niż potrafi spożytkować — pomyślał. Fuks widział również, że Mruk przetrwa wszystko, co los postawi na jego drodze, ale przy tym lubi podejmować ryzyko.

A podejmowanie ryzyka może się skończyć dla psa śmiercią.

Rozdział 11

Fuks położył się na szorstkiej ziemi pod skalistym przewieszeniem. Dokładnie w tym miejscu ich zjednoczona sfora zatrzymała się po podróży przez las. Bardzo starał się, żeby bezpiecznie doprowadzić szczenięta do tego miejsca, a teraz...

Nikogo tu nie było.

Rozejrzał się po okolicy i jęknął przeciągle. Uszy i ogon zupełnie mu opadły. Jego dawna sfora gdzieś zniknęła. Nie było tu nikogo, kto mógłby go powitać, nikt też nie szczekał na ich widok. Nawet widok alfy i jego wiecznie warczącego, wilczego pyska stanowiłby jakąś odmianę.

Miki pojawił się u boku Fuksa i obwąchiwał kamieniste podłoże.

— Dokąd oni poszli? — zapytał. Liza, Mruk i Zawijas stali tuż za nim, dysząc ciężko.

Fuks westchnął.

— Nie mam pojęcia... Musieli odejść wkrótce po mnie. Nie widzę tu już po nich prawie żadnego śladu.

Liza podbiegła radośnie do Fuksa.

— Jest tu jakieś jedzenie? — pisnęła i rozejrzała się.

Fuks nie odpowiedział. Miki przeszedł obok niego z pyskiem przy ziemi, zatrzymując się raz po raz, by powąchać coś albo polizać jakąś grudkę ziemi. Fuks obserwował go i w końcu sam zaczął dostrzegać różne ślady łap na ziemi. Usiłował dopasować je do członków ich sfory. Były tam więc duże, ciężkie odciski, które, jak sądził, należały do Marty, ale reszta nie była już tak oczywista. Rząd małych śladów przecinał mozaikę innych odcisków, by kawałek dalej zniknąć w stercie ziemi. Promyk? Stokrotka? Nie było sensu zgadywać.

Fuks z trudem uniósł głowę. Obudził swoich towarzyszy, zanim Pies Słońce osiągnął najwyższy punkt na nieboskłonie, by zaprowadzić ich do obozu sfory, i teraz był naprawdę zmęczony. Zawijas narzekał trochę po drodze na bolące łapy i Fuks zaczął opowiadać szczeniętom historie o towarzyszach ze sfory, z którymi można się bawić, oraz o większej ilości jedzenia, niż można przejeść. Wprawdzie nie do końca wyglądało to tak różowo — w końcu w sforze narzekano na ziarnistą ziemię i brak zwierzyny łownej — ale liczył na to, że do tego czasu znaleźli jakieś urodzajne tereny.

— Spodoba wam się życie w sforze — Fuks obiecywał szczeniętom. — Marta nauczy was pływania, a Ognisty udzieli porad na temat polowania. Dużo możecie się od nich nauczyć.

Mówienie o nich sprawiało mu ból, ale czy miał jakiś inny wybór? Musiał przecież upewnić się, że szczenięta polubią swój nowy dom. Był też pewien, że bez ochrony, jaką zapewni im przynależenie do większej grupy, będą martwi w ciągu zaledwie kilku dni. Oczywiście wszystko to przy założeniu, że sfora zgodzi się przyjąć szczenięta w swoje szeregi. Prawdę mówiąc, Fuks nie brał nawet pod uwagę innej możliwości. Był przekonany, że nawet jeśli nie będą chcieli zgodzić się na powrót Fuksa, to nigdy nie odmówią młodym pieskom, które dopiero co straciły swoją mamę.

Teraz zastanawiał się, drżąc, jak to możliwe, że ich sfora tak po prostu zniknęła. Bez gwaru i obecności innych psów to schronienie pod skalistym przewieszeniem było ciemne i puste. Zawijas podszedł bliżej z szeroko otwartymi oczyma.

— Mówiłeś, że będzie tu bezpiecznie — pisnął, a krótki ogon zwisał mu między nogami. — Nie wygląda mi to na zbyt bezpieczne miejsce.

— Wiem, przykro mi — odpowiedział Fuks. — Gdy wyruszaliśmy, była tu cała sfora. Być może uda nam się namierzyć ich zapachy i pójść po ich śladach.

W myślach dodał jednak: Tylko czy szczenięta mają siłę na dalszą wędrówkę? I czy w pobliżu nie czyha żadne niebezpieczeństwo? Może właśnie dlatego sfora opuściła to miejsce w takim pośpiechu?

Fuks zdusił w sobie jęknięcie i uniósł się gwałtownie. Otrząsnął się, próbując pozbyć się poczucia zagrożenia, które go teraz dręczyło. Na zmęczonych nogach podszedł do Zawijasa i polizał czubek głowy szczeniaka.

— Widocznie musieli przenieść swój obóz — powiedział — ale znajdziemy ich, prawda, Miki?

Pies pasterski szczeknął na potwierdzenie jego słów.

— Sądzę, że udało mi się już nawet podchwycić ich trop. Najwyraźniej przeszli wzdłuż brzegu jeziora. Odeszli stąd razem, całą sforą. To chyba dobrze, prawda? Wygląda na to, że Sfora w Obrożach i Dzika Sfora zdołały jednak porozumieć się pomimo różnic.

Zawijas opuścił głowę zrezygnowany i poszedł do Lizy i Mruka, którzy znaleźli płaski głaz położony w słońcu, i wygrzewali się na nim.

Fuks obserwował, jak szczeniak odchodzi do rodzeństwa. Nie odpowiedział na pytanie psa pasterskiego, zamiast tego myślał o kłótni Belli i Słodkiej z tamtego ranka, kiedy wyrzucono go z grupy.

— No dalej, Fuksie. Jeśli się pospieszymy, to może uda nam się dogonić ich przed porą nie-słońca. — Miki szturchnął Fuksa wesoło, ale po chwili znieruchomiał. — Coś się stało?

Fuks opuścił głowę.

— Wiesz, oni mogą nie chcieć, żebym za nimi szedł.

— Co masz na myśli?

— Opuściłem sforę, Miki.

Czarno-biały pies patrzył na niego, nie rozumiejąc, o co mu chodzi.

— No, trudno, pomyliliśmy się. Obaj. Przeprosimy wszystkich i wyjaśnimy sprawę — powiedział i przechylił głowę na bok. — Rozmawialiśmy już przecież o tym. Dlaczego nadal się tak martwisz? — spytał i popatrzył na szczeniaki. — Nie możesz nas zostawić, Fuksie. Nie teraz.

Fuks spojrzał przyjacielowi prosto w oczy, a jego ogon zwisał teraz nisko.

— Różnica polega na tym, że ty sam stwierdziłeś, że odchodzisz. U mnie sprawa wygląda trochę inaczej. Alfa wyrzucił mnie z grupy. — Ściszył głos, aby czekające na nich szczenięta nie zdołały go usłyszeć. — Nazwał mnie zdrajcą i stwierdził, że sfora poradzi sobie dużo lepiej beze mnie.

Miki zmarszczył brwi.

— Co za bzdura. Oczywiście, że tak nie jest! Jesteś przecież najdzielniejszym i najsprytniejszym psem, jakiego znam — powiedział i polizał Fuksa po pysku. — Alfa po prostu czuje się przy tobie niepewnie i boi się, że jego status przywódcy może być zagrożony. Przecież on nie jest nawet w połowie takim psem jak ty! Inne psy na pewno zostawiłyby szczenięta w Psim Ogrodzie, ale nie ty. Samo przebywanie w twoim towarzystwie dodaje mi odwagi. Będziesz musiał po prostu dogadać się jakoś z alfą. I na pewno to również ci się uda! Założę się, że z twoim urokiem osobistym byłbyś w stanie sprzedać kurom ich własne jajka!

— Postaram się — mruknął wzruszony, ale nie do końca przekonany Fuks.

Kawałek dalej znudzone szczenięta zaczęły bić się dla zabawy. Mruk pacnął Zawijasa i tarzali się po ziemi, warcząc po swojemu. Liza natomiast kłapała ząbkami na różne dzikie kwiaty, po czym przeżuwała je i wypluwała ze skwaszoną miną.

— Ble! Są okropne!

Zawijas wywinął się w końcu z uścisku Mruka.

— Kiedy w końcu zjemy coś porządnego? — jęknął i oblizał wargi. — Jestem głodny!

— Ja też — powiedział po nim Mruk.

— Wkrótce coś znajdziemy — rzucił Fuks, unikając konkretów.

— A może spróbujemy z nimi? — zapytał Mruk i rzucił się w stronę jeziora. Stanął na brzegu i zaczął szczekać na jakieś wodne ptaki dryfujące na wodzie, ale one tylko odwróciły się w stronę hałasującego szczeniaka, po czym wznowiły swoje obojętne klekotanie.

Fuks zmierzył wzrokiem ptaszyska, ale wiedział, że nie uda im się żadnego z nich złapać.

— Dorwiemy jeszcze jakiegoś kreta, może nawet królika. Po prostu musimy wykazać się cierpliwością i zaczekać na to, co zaoferuje nam Pies Lasu.

Wprawdzie nie widział żadnego królika od rana, ale był przekonany, że muszą w końcu na coś natrafić. Zaczął węszyć wokół granic dawnego obozu i stwierdził, że Miki miał rację: tamte psy ruszyły brzegiem jeziora w stronę przeciwną do lasu i Psiego Ogrodu, wonie-jącego śmiercią i pustką. Fuks spojrzał w tamtym kierunku i pomyślał po raz kolejny z pewną nostalgią, że miasto położone za lasem było niegdyś jego domem. Nagle przypomniał sobie również gigantyczne, głośne ptaszyska i zaczął rozmyślać, czy nie poleciały właśnie w tym kierunku — i czy to nie dlatego sfora opuściła ten teren.

— Kim właściwie jest Pies Lasu? — zapytała Liza, ganiająca akurat mrówki na brzegu skalistego przewieszenia.

Fuks zamrugał wyrwany z zamyślenia.

— Któregoś razu usiądziemy sobie i opowiem wam wszystko, co wiem na temat Psich Duchów.

— A czy ten cały Pies Lasu przygotowuje dla nas jakieś jedzenie? — zapytał Zawijas swoim zabawnym, cienkim głosikiem.

— Nie, on nie zajmuje się przygotowywaniem jedzenia jako takiego, ale czuwa nad drzewami i wszystkimi zwierzętami. Dba o nas, rozumiecie? Sprawia, że psy są bezpieczne, i jeśli będzie zadowolony, to zaoferuje nam coś pysznego, jak na przykład kreta lub właśnie królika. I dlatego trzeba koniecznie pamiętać o Psie Lasu, a także być mu wdzięcznym. Gdy ktoś jest głodny, może się do niego zwrócić, mówiąc coś w stylu: „Proszę, ześlij nam jakieś jedzenie, o mądry Psie Lasu". A gdy już się zje takiego na przykład kreta, należy podziękować, mówiąc choćby: „Dziękujemy ci, Psie Lasu".

Zawijas wymienił zdumione spojrzenia z Mrukiem, który akurat do nich podszedł. Liza przerwała swoje zabawy i zmarszczyła w zamyśleniu czoło.

— Ale skoro Pies Lasu czuwa nad drzewami i wszystkimi zwierzętami, to chyba znaczy, że dba również o krety i króliki, no nie?

— I gdzie w ogóle śpi ten cały Pies Lasu? — dopytywał Zawijas, podrzucając swoje kłapciate uszy. — Ma jakiś obóz? To musi być jakieś naprawdę wielkie miejsce. Zwłaszcza że on sam musi być ogromny, skoro widzi wszystko wokół.

— W sumie to nawet nie znajdujemy się na terenie lasu — zauważył Mruk. — Większość drzew zupełnie zniknęła. Czy to nie jest przypadkiem tak, że potrzeba przynajmniej jednego lub dwóch drzew, żeby mogła być mowa o lesie?

Wspomnienie pewnej burzowej nocy wróciło do Fuksa. On również zadawał swojej Psiej Mamie pytania dotyczące Psich Duchów, desperacko usiłując zrozumieć wielki i tajemniczy świat rozciągający się dookoła. Doczekał się wtedy w odpowiedzi opowieści o Psach Nieba i Piorunie.

— No właśnie — wtrącił się Zawijas. — Przecież w lesie powinno być mnóstwo drzew. — Najmniejszy szczeniak zaczął dyszeć rozradowany, jak gdyby dokonał właśnie niezwykłego odkrycia.

Ogon Fuksa zaczął merdać z aprobatą, ponieważ szczenięta miały rację. Zerknął na samotne drzewo ze srebrzystą korą, które stało nieopodal skalistego przewieszenia. Zapomniał już, jak to jest patrzeć na świat z taką ciekawością i niewinnością. Teraz jednak wspomnienia wracały do niego gwałtownie i nagle przypomniał sobie czasy, gdy zwał się Japą i walczył dla zabawy ze swoją siostrą z miotu o imieniu Kwik, która miała w zwyczaju zakradać się do niego od tyłu i atakować z zaskoczenia jego uszy.

Fuks okręcił się z łobuzerskim uśmiechem i skubnął Zawijasa delikatnie w kark. Mruk pisnął wesoło i ruszył wzdłuż brzegu z powrotem w stronę przewieszenia.

— Nie złapiesz mnie! — zawołał. Krótkie nóżki szczeniaka uderzały w piaszczystą ziemię i przez moment wyraźnie prowadził, ale Fuks wkrótce go dogonił. Z przyjacielskim warknięciem pacnął Mruka, a szczeniak warczał i piszczał, gdy Fuks lizał go po pyszczku.

Czuł, jak Zawijas kąsa jego tylne łapy, i w końcu wszyscy razem kotłowali się w przyjacielskiej walce.

Fuks dyszał ciężko. Cieszył się bardzo, widząc szczenięta w takim figlarnym nastroju i pełne energii.

Nie był świadom tego, co robi Liza, aż w końcu usłyszał, jak Miki ją ostrzega:

— Nie uda ci się jej złapać, w życiu!

Fuks uniósł wzrok i zobaczył, że Liza jest już dość daleko, po drugiej stronie przewieszenia, i biegnie z pełną prędkością. Tuż przed jej nosem umknęło zwierzątko z szarym futerkiem.

— Prawie ją miałam! — pisnęła podekscytowana Liza.

Fuks dostrzegł w końcu wiewiórkę, którą goniła. Małe zwierzątko zmierzało w stronę srebrzystego drzewa. Suczka biegła za nią, ile sił w łapkach.

Za szybko biegnie, zaraz rozbije się o ten pień! — Fuks zrobił wielkie oczy.

— Zatrzymajcie ją! — szczeknął ostrzegawczo i rzucił się za Lizą. Serce podskoczyło mu do gardła.

Miki był bliżej drzewa i też ruszył w jego kierunku, ale wiewiórka była tam pierwsza i wskoczyła do dziury u podnóża pnia, znikając im tym samym z oczu. Liza rzuciła się za zwierzątkiem i również dała nura do dziury akurat w chwili, gdy Miki dobiegł do drzewa. Z początku wyglądało na to, że Lizie być może uda się przecisnąć za wiewiórką, jako że jej głowa i przednie łapy zniknęły w dziurze, ale nagle się zatrzymała.

Połowa ciała Lizy utknęła wewnątrz drzewa. Jej tylne nogi wystawały z otworu i kopały desperacko, a reszta jej ciała usiłowała się okręcić i wyrwać z uwięzienia.

— Ona utknęła! — jęknął Miki.

Fuks wyhamował ostro obok drzewa i przysunął głowę do pnia.

— Liza? Liza, słyszysz mnie? Przestań się rzucać, wyciągniemy cię lada chwila.

Na dźwięk jego głosu maleńka suczka zaczęła wierzgać, a Fuksowi zrobiło się niedobrze, gdy poczuł, jak bardzo mała musi się teraz bać.

— Wszystko w porządku, jesteśmy przy tobie — zapewniał ją. W końcu odwrócił się do Mikiego. — Przytrzymaj ją, żeby się nie ruszała!

Miki położył swój długi pysk na plecach Lizy i delikatnie acz stanowczo przycisnął ją do ziemi. Jej ogon wciąż ruszał się na boki i podskakiwał, ale ciało i tylne łapy tkwiły nieruchomo, podczas gdy Fuks zdrapywał korę z drzewa i próbował na różne sposoby poszerzyć otwór. Było to znacznie trudniejsze, niż mu się początkowo wydawało. W niczym nie przypominało to kopania w ziemi, kora była bowiem twarda i nieustępliwa.

Mruk i Zawijas stanęli kawałek dalej i piszczeli rozpaczliwie.

— Siostrzyczko! — wołał Zawijas.

— Lizo! — szczekał Mruk. — Lizo! Musisz się stamtąd jakoś wydostać!

Mała suczka uwięziona w pniu drzewa musiała widocznie usłyszeć braci, ponieważ zaczęła się mocno rzucać pod Mikim i wymachiwać dziko ogonem.

— Uspokójcie się! — rozkazał Miki, kierując te słowa jednocześnie do wszystkich szczeniąt, jednak Mruk i Zawijas w dalszym ciągu miotali się szaleńczo.

Fuks zignorował ich i nadal drapał pień drzewa, aż w końcu udało mu się oderwać kawałek drewna. To jednak było za mało...

— Już się tak nie rzuca! — szczeknął Miki, a głos drżał mu ze strachu. Fuks cofnął się i zobaczył, że ogon Lizy opadł bezwładnie.

Ona nie może oddychać! — przeraził się Fuks nie na żarty.

Porzucił swoje starania i przestał drapać pień drzewa, zamiast tego wsunął łapę pod ciało Lizy i wbijał łapę w ziemię u podstawy otworu, w którym utknęła. Zaczęło przynosić to efekty, przez co Fuks drapał i kopał jak szalony. Wiedział, że musi być szybki — widział, że nawet teraz nogi Lizy opadają coraz niżej. Kopał gwałtownie w ziemi, aż jego łapy pulsowały z wyczerpania i bólu. Wtem nagle Liza wypadła z dziury i upadła zdyszana na ziemię.

Fuks i Miki zaskomleli z ulgą i wymyli jej małą, ciemną twarzyczkę. Mruk i Zawijas szybko do nich dołączyli, z czułością przytykając do niej pyszczki.

Mruk odwrócił się w pewnym momencie do Fuksa i polizał go po pysku.

— Uratowałeś ją! Dziękuję! — pisnął i odwrócił się z powrotem do Lizy. Zawijas niczego nie powiedział, ale przytulił się na moment do Fuksa.

Fuks w końcu opadł na ziemię obok nich, dysząc ciężko, a całe napięcie powoli z niego uchodziło. Zrobiło mu się gorąco, gdy tylko zorientował się, że zrobiłby dla tych psiaków wszystko, byle tylko były bezpieczne.

Miki jęknął i opadł na ziemię obok niego.

— Mało brakowało!

— Powiedziałbym, że nawet zbyt mało — westchnął Fuks. Poczuł, że jego ciało nareszcie zaczyna się odprężać. Kątem oka obserwował szczenięta, które szły teraz blisko siebie, zaczepiały się i lizały, jak gdyby nic się nie wydarzyło.

Są takie beztroskie. Czy to możliwe, że byłem kiedyś podobny?

Dźwięk czyichś łap sprawił, że Fuks zerwał się na równe nogi i postawił uszy. Coś zbliżało się przez wysokie trawy przy brzegu jeziora. Rytmiczne uderzenia nie pozostawiały cienia wątpliwości: to był jakiś pies! Fuks wyprostował się i natychmiast popatrzył na szczenięta, które w dalszym ciągu bawiły się kawałek dalej. W końcu poprzysiągł sobie w duchu, że nie pozwoli, by coś im się stało. Nawet jeśli sfora nie pozwoli mu na to, by ponownie do nich dołączył, to i tak zaprowadzi je tak daleko, jak to tylko możliwe. A jeśli znowu pojawi się jakieś niebezpieczeństwo, to tym razem będzie na nie przygotowany.

Rozdział 12

Długa trawa rozchyliła się i spomiędzy źdźbeł wychyliła się biała, kudłata główka.

To Stokrotka! — Fuks był zaskoczony i zadowolony jednocześnie.

Suczka zaszczekała radośnie, zakręciła się w miejscu i ruszyła w podskokach przez trawę.

— Fuksie! To naprawdę ty! Byłam pewna, że wrócisz! A do tego masz ze sobą Mikiego!

Fuksowi udzielił się jej wybuch radości. Skoczył w jej stronę z Mikim u boku.

— Stokrotko! — szczeknął, bijąc ogonem w powietrzu. — Myśleliśmy, że odeszliście stąd wszyscy!

Suczka opuściła ze smutkiem głowę, podczas gdy Fuks i Miki skakali wokół niej i lizali ją z zachwytem.

— Tak mi przykro — jęknęła. — Nie powinniśmy byli pozwolić wam odejść...

— Ale wróciliśmy. Tylko was nie ma! — stwierdził Miki.

Stokrotka uniosła pyszczek, a jej oczy rozbłysły nagle.

— Wszyscy mówili, że odszedłeś na dobre, ale ja wiedziałam, że do nas wrócisz! — szczeknęła. — Po prostu byłam tego pewna... — Jej radosne szczekanie ustało, gdy zawiesiła wzrok na kimś stojącym za nimi.

Fuks odwrócił się i zobaczył, że trzy szczenięta bacznie ich obserwują, zabawnie przekrzywiając łebki.

Stokrotka jęknęła i cofnęła się o krok.

— A co *one* tutaj robią?

Zawijas podszedł bliżej i stanął przy Fuksie, ale nie odrywał oczu od Stokrotki. Fuks powitał go w ich gronie liźnięciem w nos.

— Czuję w niej strach — jęknął Zawijas. — Tak samo, jak czułem go w Mikim, gdy zobaczył nas po raz pierwszy.

Miki usłyszał go i zbliżył się do niego.

— Już się nie boję — powiedział spokojnie.

— Ale na początku było inaczej — szczeknął Zawijas. — Dlaczego?

Miki popatrzył na Fuksa, który rozmyślał właśnie, co powinien powiedzieć w tej sytuacji. No bo jak ma im powiedzieć, że ich rodzice byli mordercami? Mruk najwyraźniej posiadał jakąś wiedzę na temat zwyczajów psów bojowych, ale czy znał *całą* prawdę?

Większy szczeniak podszedł w stronę Stokrotki, a ta się cofnęła. Zapach jej strachu ponownie zawisł w powietrzu.

Mruk warknął:

— To dlatego, że rośniemy coraz więksi z każdym kolejnym dniem. Wkrótce będziemy wielcy jak nasza Psia Mama i pozostałe psy w naszym obozie. A wtedy żaden pies nie będzie śmiał rzucić nam wyzwania.

I choć jego głos był jeszcze słaby i wysoki, to Stokrotka skuliła się w sobie, a jej ogon opadł.

Fuks natomiast poczuł, jak dreszcz przechodzi jego ciało. A więc on jednak rozumie w czym rzecz — pomyślał.

— Fuksie — jęknęła Stokrotka, wpatrując się w niego uparcie — czy ty wykradłeś psom bojowym szczenięta?

— To nie tak. Zabraliśmy je ze sobą, bo nie mieliśmy wyboru — odpowiedział.

— Wzięliście je z tamtego Psiego Ogrodu? I to po tym wszystkim, co się wydarzyło, kiedy byliśmy tam więźniami? Nie pamiętasz już, jak okrutne były tamte psy?

Fuks podszedł do Zawijasa, który wyglądał teraz na zdumionego. Następnie dotknął szczeniaka nosem i spojrzał z powrotem na Stokrotkę.

— Stokrotko, w ogrodzie nie było ani jednego dorosłego psa. Tylko te szczeniaki. Nie mogliśmy ich tak po prostu zostawić.

— Dlaczego nie? Psy bojowe z pewnością nie zostawiły swoich szczeniąt na długo. A teraz pewnie będą ich szukały! I wściekną się z tego powodu, nie sądzisz? Będą chciały zemścić się na psach, które ukradły ich szczenięta! — powiedziała i zadrżała na samą myśl.

— Pamiętacie, że stoimy tuż obok, prawda? — mruknęła Liza. — I wszystko słyszymy!

— Stokrotko, poważnie, jest w porządku — zapewnił ją Fuks i stanął obok Mruka. — Psi Ogród był pusty. Zapachy psów bojowych były już stare i na pewno nie mieli zamiaru tam wrócić. Te małe szczenięta umierały z głodu, a ich Psia Mama była już... — Fuks zorientował się w porę, co zamierzał powiedzieć, więc dokończył szybko: — ...z Psem Ziemią.

Stokrotka skinęła ze zrozumieniem głową, choć nadal zerkała niepewnie na Mruka.

Fuks kontynuował:

— Nie mogliśmy ich tam zostawić na pewną śmierć. Każdy pies postąpiłby podobnie.

Opuścił pysk i poczochrał Mruka między uszami. Szczeniak nie odpowiedział, tylko stał sztywno i wpatrywał się w Stokrotkę.

Mam nadzieję, że nie zrobi niczego porywczego — pomyślał Fuks i przypomniał sobie, jak jeszcze niedawno szczeniak zamierzał zmierzyć się z kojotami.

Stokrotka ostrożnie zrobiła krok w ich stronę, ale zamarła, widząc, jak Mruk podwija górną wargę i warczy cicho.

— Nie denerwuj się — mruknął mu prosto do ucha Fuks. — Stokrotka jest naszą przyjaciółką, należy do sfory.

— Wcale mi nie wygląda na przyjaciółkę — jęknęła Liza.

— Przyjaciółka nie powinna mówić takich niemiłych rzeczy — dorzucił zasępiony Zawijas.

Mruk ucichł, ale zęby nadal miał lekko obnażone.

— Gdzie się podziały wszystkie psy? — zmienił temat Miki, wskazując z powrotem na skałę przy spokojnym jeziorze. — I dlaczego nie jesteś z resztą?

— Po twoim odejściu alfa wysłał betę, Ognistego i Werwę na zwiad. Wydaje mi się, że martwił się o to, że zabraknie nam jedzenia, ponieważ nie czuliśmy wokół obozu żadnej zwierzyny. Wiosna uważa, że pobliskie gleby są zbyt kamieniste, by króliki mogły tu wykopać swoje tunele, i dlatego ich tu nie ma. Tak więc przenieśliśmy się na nowe terytorium położone za jeziorem, w pobliżu rzeki. Być może zresztą jest to ta sama rzeka, która przepływa przez las, w sumie nie mamy pewności. W każdym razie ma słodki zapach, woda jest czysta i pysznie smakuje.

Fuks skinął głową. Ulżyło mu, że ich decyzja dotycząca przenosin nie miała jednak nic wspólnego z tamtymi ogromnymi ptakami. Zwrócił uwagę na to, jak swobodnie Stokrotka opowiadała o członkach Dzikiej Sfory — prawie jakby byli jej starymi znajomymi.

Nie potrzebowała dużo czasu, żeby przystać na zasady wprowadzone przez alfę — podsumował z odrobiną żalu. Był ciekaw, co zastanie, gdy wreszcie dołączą z powrotem do reszty sfory. Czy pod jego nieobecność urządzili sobie wspólnie Wielkie Wycie, które zbliżyło do siebie psy w obrożach i Dziką Sforę?

Stokrotka podrapała się w ucho tylną łapą.

— Wszyscy stwierdzili, że już więcej cię nie zobaczymy, ale byłam pewna, że do nas wrócisz! Przychodziłam tu już parę razy z nadzieją. I dopiero dzisiaj poczułam znajomy zapach. — Jej szczęśliwe szczekanie szybko przeszło w smutny ton. — Och, Fuksie, jest mi naprawdę przykro, że musiałeś odejść. Wszyscy w sforze bardzo się ucieszą, że was zobaczą. Obu! Bella, Marta, wszyscy!

Fuks spojrzał na jezioro.

Na pewno nie wszyscy ucieszą się z mojego powrotu.

Jego myśli powędrowały do Słodkiej i próbował sobie wyobrazić, jak ona zareaguje. Ścisnęło go w klatce piersiowej ze smutku i przypomniał sobie tamten wściekły błysk w jej oczach. Czy kiedykolwiek zdoła mu wybaczyć?

— Prowadź — powiedział do Stokrotki, próbując zabrzmieć pogodnie.

Mała suczka odwróciła się na krótkich nóżkach i wróciła po swoich śladach przez wysoką trawę, zataczając pętlę wokół wody. Fuks odsunął się na bok, tak by szczenięta poszły przodem w towarzystwie Mikiego. Zawijas pobiegł obok niego, machając ogonem, na który po chwili rzuciła się Liza.

Mruk szedł tuż przed Fuksem z prostym ogonem i ignorował swoje rodzeństwo. Odwrócił się za siebie tylko raz — twarz miał pozbawioną wyrazu, pustą.

Ciało i nerwy Fuksa przeszył jakiś prąd. Zastanawiał się, jak Mruk poradzi sobie z życiem w dużej, pomieszanej sforze. Nie lubi przecież, jak mu się mówi, co ma robić... Z pewnością nie przepada też, gdy ktoś zadaje mu za dużo pytań. Jeżeli szczeniak postawi się alfie tak samo jak Stokrotce, to ktoś poniesie poważne konsekwencje.

Ktoś na pewno. Tylko kto? — skończył rozważania Fuks.

Rozdział 13

Rząd sosen pachniał intensywnie, ale w miarę jak zbliżali się do brzegu rzeki, Fuks coraz wyraźniej czuł członków swojej dawnej sfory. Jego ogon się ożywił, gdy poczuł Martę, ale prawie natychmiast opadł, gdy jego nozdrza wyczuły piżmową woń pewnego półwilka...

Alfa.

Stokrotka tupnęła parę razy i zakręciła się z radości.

— To tuż za tamtymi drzewami. Spodoba wam się! Nowe schronienie jest naprawdę bezpieczne i ciepłe. To taka spora jaskinia, a nad wejściem zwisają gęsto pnącza, które odstraszają intruzów. Och, Fuksie, wszyscy oszaleją z radości na twój widok!

Fuks jednak nie był tego taki pewien. Z drugiej strony nie po to podróżowali tak daleko, żeby teraz tak po prostu zawrócić. Opuścił głowę i zwrócił się do szczeniąt:

— Wasza trójka niech odpocznie tutaj przez jakiś czas. Wrócę po was niedługo. Muszę tylko wyjaśnić wszystkim, skąd się tutaj wzięliście.

Zawijas wpatrywał się w niego.

— Chyba nas tutaj nie zostawisz, co?

— Oni nie będą nas chcieli — stwierdziła Liza.

— Będą się nas bali — dorzucił Mruk, patrząc oskarżycielsko na Stokrotkę, która pobiegła w stronę drzew.

— Nie będą się bali i z pewnością chętnie was powitają — zapewnił Fuks. — Zaczekajcie tu na mnie, a niedługo po was wrócę. — Następnie polizał je wszystkie po głowach, po czym ruszył za Stokrotką i Mikim na drugą stronę linii drzew.

Obym się nie mylił — pomyślał.

— I oto podróżnicy wracają.

Żółte oczy alfy były lodowate, a na ich widok Fuksowi zrobiło się słabo.

Fuks popatrzył na psy zgromadzone w kręgu i odwrócił lekko wzrok. Bella zwiesiła głowę, stojąc obok Strzały i Wiosny. Duża, cierpliwa Marta wywieszała język spomiędzy silnych szczęk. Słodka trwała nieruchoma, twarz miała bez wyrazu, a jej miękkie uszy zwisały nisko. Bruno stał obok niej z ogonem zwieszonym między nogami.

— Co się dzieje? — pisnęła Kichawa, ale Luna uciszyła ją delikatnym szturchnięciem pyska. Następnie opuściła uszy i wymieniła porozumiewawcze spojrzenia z Ognistym.

Mają wyrzuty sumienia z powodu tego, jak mnie potraktowali — zdał sobie sprawę Fuks. — No cóż, i słusznie! W końcu pozwolili na to, żeby alfa mnie przepędził. Nie dziwne, że teraz się tego wstydzą.

Na jego widok wyraźnie ucieszyła się jedynie Werwa, której szczeciniasty ogon przecinał powietrze, oraz mały Maruda, którego oczy zalśniły radośnie.

Fuksa nie było przy nich zaledwie kilka podróży Psa Słońca po nieboskłonie, ale miał wrażenie, że trwało to znacznie dłużej. Czuł się teraz jak wyrzutek, szczególnie gdy zdał sobie sprawę, że psy w obrożach i członkowie Dzikiej Sfory stali teraz przemieszani, tworzyli jedność. Kiedy zdążyli tak się ze sobą zżyć?

Odwrócił się, by spojrzeć na Mikiego, który stał na przykurczonych nogach i czekał, aż ktoś się odezwie. Sierść psa pasterskiego błyszczała na tle miękkiej trawy rozciągającej się pod jego łapami. Łąka tętniła życiem. Ptaki ćwierkały nad nimi i Fuks czuł zapach jeszcze ciepłych, króliczych bobków. Był coraz bardziej pewien, że będzie mógł spełnić tutaj obietnicę, którą złożył szczeniakom odnośnie do tego, że będą mogły dobrze pojeść.

Był pod wrażeniem nowego psiego obozu. Sfora znalazła dobre miejsce u zbocza wzgórza, które przed wiatrem osłaniały otaczające je sosny, blisko też znajdował się dostęp do czystej rzecznej wody. Nieduża łąka ciągnęła się do odległych kamieni, a w powietrzu unosił się bogaty zapach dzikich kwiatów. Było to bardzo wonne, spokojne miejsce. I osiedlili się tu bez niego. Nagłe ukłucie smutku ścisnęło Fuksa w gardle, ale zniknęło, gdy tylko napotkał spojrzenie alfy.

Półwilk prychnął na niego i obnażył zęby.

— Co się stało, czyżbyś nie potrafił przetrwać bez nas ze swoim udomowionym kolegą?

Fuks usłyszał, jak Miki jęczy za nim cicho.

— Gdzie się podziała ta twoja zabawka Długonogich, psiaku domowy? — drwił z niego alfa.

Miki cały zesztywniał.

— Zostawiłem ją — powiedział i oblizał wargi. — Myliłem się, Długonodzy wcale nie wrócili. W mieście jest tak samo beznadziejnie, jak kiedy stamtąd odeszliśmy... Albo i gorzej.

Stokrotka i Marta przytaknęły mu smutno.

— Nie powinienem był was opuszczać — ciągnął czarno-biały pies. — Bardzo chciałbym — powiedział i spojrzał na Fuksa — to znaczy obaj byśmy chcieli ponownie dołączyć do sfory.

Pysk alfy zmarszczył się i znowu błysnęły jego zęby.

— Skoro tak bardzo potrzebujecie naszej sfory, to mam nadzieję, że jesteście gotowi to udowodnić — stwierdził i wyciągnął swój długi pysk.

Zapewne chodzi mu o to, że mamy się przed nim płaszczyć — pomyślał Fuks i poczuł, jak sierść jeży mu się na grzbiecie. Cóż, nie zamierzam się ukorzyć przed tchórzem, który załamał się na widok jakiejś czarnej chmury!

Wziął głęboki oddech i spróbował otrząsnąć się z frustracji, przypomniawszy sobie trzy szczenięta, które czekały na niego samotnie niedaleko obozu. To nie była odpowiednia pora na wszczynanie kłótni.

Alfa wystąpił krok do przodu. Oczy miał utkwione w Fuksie. Jego górna warga zadrżała i ślina ściekła z jego lśniących kłów.

— Udowodnij, że nas potrzebujesz! Udowodnij to, miastowy szczurze!

Fuks nie zamierzał ustąpić półwilkowi. Wyprostował się i otworzył pysk, by wywarczeć jakąś odpowiedź, ale zanim zdążył cokolwiek powiedzieć, przerwała im seria piskliwych szczeknięć.

Fuks odwrócił się i zobaczył, że Promyk przebiega na środek koła i staje przy Fuksie i alfie.

— Psy bojowe! — zaszczekała zziajana. — Czuję ich zapach, a wy nie? Grupa psów bojowych jest blisko!

Fala nerwowych szczeknięć przetoczyła się przez sforę. Ognisty przysunął się bliżej do Kichawy i Kręcioła i zawarczał. Słodka zaciągnęła się powietrzem, węsząc, a mały Maruda zaskomlał, jego krótki ogon zaś zadrżał.

— Też je czuję — warknęła Słodka.

Alfa wyskoczył naprzód z sierścią tak nastroszoną, że sprawiał wrażenie, jakby był niemal dwukrotnie większy.

— Gdzie one są? Gdzie są ci potworni tchórze? Pokażcie się natychmiast!

Odwrócił się, by zlustrować pobliskie sosny, a Fuks zauważył spojrzenie Mikiego. Jak na razie ich powrót do obozu nie szedł do końca po ich myśli.

— Nie macie się czym martwić — szczeknął Fuks, przekrzykując tumult, jaki wzbił się pośród członków sfory. — To tylko trzy małe szczenięta. Przyprowadziliśmy je ze sobą.

— Wy je tutaj przyprowadziliście?! — wycedził alfa.

— Lizo! Mruku! Zawijasie! Chodźcie — zawołał Fuks.

Sfora obserwowała, jak spomiędzy drzew wychodzą szczenięta. Liza prowadziła ich grupkę w stronę miejsca, gdzie stał Fuks.

Bella, Strzała i Wiosna zeszły im z drogi, pozwalając im przejść. Bruno stanął za Stokrotką, a Maruda schował głowę w łapach.

Fuks poczuł, że serce mu pęka. Po reakcjach Mikiego i Stokrotki powinien już był wiedzieć, czego może się spodziewać, ale liczył jednak na coś więcej ze strony starych członków swojej sfory.

Te psy przeżyły Wielkie Warczenie — naprawdę będą się bać trzech małych szczeniaków? — zastanawiał się.

Werwa usiadła oszołomiona, przycisnęła uszy do głowy, wargi jej zadrżały. A przecież zwykle była taka pogodna! Fuks obszedł szczenięta i stanął bokiem do myśliwej — nie chciał patrzeć jej w twarz. Mruk powęszył w stronę Werwy i nachmurzył się. Fuks zastanawiał się, czy on też czuje bijącą od niej wrogość.

— Co ty sobie wyobrażałeś, głupi psie z miasta? — rzucił alfa. — Zamierzasz się na mnie mścić w ten sposób, ściągając do naszego obozu złe, podstępne stworzenia?

Liza zaskomlała i Fuks nie powstrzymał warknięcia.

— To tylko szczenięta! Ich Psia Mama nie żyje, a członkowie ich własnej sfory zostawili je w ich legowisku na pewną śmierć.

— A gdzie jest to legowisko? — jęknęła Strzała, a jej barki zadrżały.

— Daleko stąd, za lasem w stronę miasta — zapewnił ją Fuks.

— A co, jeśli ktoś was śledził? — zapytała Bella. Były to pierwsze słowa, które wypowiedziała do niego od kiedy wrócił.

Miki odpowiedział, zanim Fuks zdążył cokolwiek powiedzieć:

— Nikt nas nie śledził. Psy bojowe opuściły swój obóz, a szczenięta umierały z głodu. Fuks ma rację, nie mogliśmy ich tam zostawić.

Alfa zmierzył szczenięta swoimi świdrującymi, żółtymi oczami.

— Teraz może są małe — warknął — ale wkrótce wyrosną z nich psy bojowe jak się patrzy. Paskudne, pokręcone stworzenia.

Zawijas zaszczekał i przycisnął się do boku Fuksa, a Liza i Mruk po prostu obserwowali całe zajście z opuszczonymi ogonkami.

— Wcale nie muszą wyrosnąć na kogoś takiego — odciął się Fuks. — Żaden pies nie rodzi się paskudny. Tak samo jak ja nie urodziłem się ze swoim sprytem. Psy bojowe są uczone życia w agresji... To złe traktowanie sprawia, że są takie, jakie są. — Rozejrzał się dookoła po ustawionych w kole psach i napotkał same podejrzliwe spojrzenia. — Alfo, sam jesteś w połowie wilkiem, prawda? A mimo to przewodzisz sforze psów. — Fuks był świadom, że mówiąc to, przekracza niebezpieczną granicę.

Liza uniosła pysk do ucha Fuksa.

— Dlaczego oni nas nie lubią? — wyszeptała.

Zerknął w jej oczy i dostrzegł jej zdezorientowane spojrzenie.

— Oni po prostu nie wiedzą, co myśleć o tej całej sytuacji — mruknął. — Wydaje im się, że jesteście kimś, kim w rzeczywistości nie jesteście. — Wiedział, że jego wytłumaczenie nie będzie miało wiele sensu dla szczeniaka, ale nie miał pomysłu, co innego mógłby powiedzieć. Miki przysunął się o krok do Mruka, który nadal patrzył wyzywająco, choć jednocześnie opuścił ogon.

Alfa zignorował Mikiego i szczenięta.

— Co wspólnego z tym wszystkim ma niby moje pochodzenie? — warknął. — Być może jestem w połowie wilkiem, ale w drugiej połowie jestem psem i wiem, jak poprowadzić swoją sforę!

Postąpił krok naprzód, a Zawijas pisnął i schował się pod brzuch Fuksa. Fuks zaś odezwał się szybko:

— Psy w obrożach też nie potrafiły żyć w sforze, a jednak szybko się tego nauczyły. — Odwrócił się do Brunona i z przewrotną, złośliwą miną zapytał: — No, jak tam, zgodzisz się ze mną?

Starszy pies odwrócił wzrok i mruknął coś na zgodę.

— Psy tak naprawdę się nie zmieniają — powiedziała Słodka. — Mogą udawać, ale to nie to samo.

Fuks poczuł, że coś ściska go w piersi. Co tak naprawdę miała na myśli? Czy na pewno chodziło jej o szczeniaki?

— A ja myślę, że niektóre się zmieniają — nie zgodził się Miki i postąpił krok naprzód, tak że stał teraz po jednej stronie szczeniąt, a Fuks stał po drugiej. — Na pewno pamiętacie, jaki kiedyś byłem. Nigdy nie sądziłem, że poradzę sobie bez Długonogich. Nie wyobrażałem sobie życia bez nich. Ale teraz jest inaczej, wiem już, że odeszli na dobre. I wiem, że nawet bez nich przetrwam. Potrafię polować i wiem, jak o siebie zadbać, mogę też pomóc sforze. W końcu razem jesteśmy silniejsi, prawda?

Marta szczeknęła na zgodę, a Werwa przechyliła na bok głowę, przysłuchując się z uniesionymi uszami.

— Chodzi mi o to, że jeżeli tak zagorzały pies w obroży jak ja może się przystosować do nowego życia — ciągnął Miki — to te szczenięta również zdołają to zrobić. Żaden pies nie rodzi się zły.

— Zgadzam się z tym w zupełności — stwierdziła Luna, otrząsnęła się i utkwiła wzrok w Lizie, Zawijasie i Mruku. — Wierzę, że dzięki dobremu wpływowi naszej sfory uda się nauczyć te maluchy, jak pracować razem wydajnie i w harmonii. Wpoić im, że nie muszą być agresywne ani używać przemocy jak ich rodzice. Jest tak, jak powiedział Fuks — skoro psy w obrożach zdołały pojąć zasady życia w dziczy, to dlaczego te szczenięta nie mogłyby nauczyć się żyć honorowo?

Alfa zawył wilczo i Luna aż się cofnęła.

— Czy wy wszyscy naprawdę już zgłupieliście do reszty? Przecież to niemożliwe, żeby udało nam się wychować psy bojowe! To prawie jakbyśmy chcieli wykarmić własnych morderców! Powinniśmy raczej zabić teraz te małe szkodniki, zanim podrosną i będą mogły nas zaatakować. W ich krwi płynie dzikość, a to, że się z nimi podzielimy jedzeniem, niczego nie zmieni.

— Jak możesz być tego taki pewien? — szczeknął Fuks i zaparł się mocno nogami, stojąc bezpośrednio naprzeciw przywódcy sfory.

— Właśnie dlatego — warknął alfa i po chwili wysunął do przodu lewą przednią łapę. Fuks dostrzegł głęboką bliznę biegnącą wzdłuż łapy półwilka. Rozoraną, ale zagojoną ranę okalała szara sierść. Dotąd tego nie zauważył, tym bardziej teraz aż zadrżał na sam widok.

— Jeden z tych dzikich potworów niemal odgryzł mi nogę, gdy byłem jeszcze mały — zawył alfa. — Nazywacie je psami bojowymi, ale wilki mają dla nich inne miano. Każdy wilk zna je pod nazwą Kłów Długonogich, ponieważ tak naprawdę Długonodzy używają ich jako narzędzi. Po to, by odwalały za nich brudną robotę i gryzły w ich imieniu. A wy jesteście na tyle głupi, że przyprowadziliście je do naszego obozu!

Fuks wzdrygnął się i przebiegł go zimny dreszcz strachu. Rozejrzał się dokoła i napotkał niepewne spojrzenie Belli.

Jej pewnie też wydaje się, że zrobiłem coś złego...

W końcu przypomniał sobie, jak pozwoliła na to, by alfa wyrzucił go ze sfory, a także jej głupotę, która doprowadziła do tego, że próbowała zaatakować Dziką Sforę z pomocą lisów. Jego siostra z miotu nie powinna raczej oceniać zbyt srogo czynów innych psów.

Półwilk jednak nie skończył jeszcze swojej przemowy.

— Twierdzicie, że znaleźliście te szczenięta same? — warknął. — A ich Psia Mama nie żyła?

— No tak... — przyznał Fuks i zerknął na Zawijasa, który zatrzymał się obok jego nogi. Liza stanęła obok swojego braciszka, a Mruk nadal stał obok Mikiego, kawałek przed nimi.

— Ale dlaczego psy bojowe miałyby porzucać swoje szczenięta? I co, jeśli po nie wrócą i zobaczą, że ich nie ma?

— Też się nad tym zastanawiałem — przyznał Miki. — Ale ich zapachy już niemal całkiem zwietrzały, a Psia Mama była martwa co najmniej jedną wędrówkę Psa Słońca.

Alfa zerknął nad ich głowami w stronę rzędu sosen.

— To oznacza, że ich sfora gdzieś tam jest i przemierza dziki świat. Mogą być wszędzie i robić, co im się tylko zachce.

— Dobrze, ale przecież byłoby tak niezależnie od tego, czy szczenięta są tutaj, czy też nie — wtrąciła Marta swoim niskim, łagodnym głosem, po czym wystąpiła naprzód na swoich dużych łapach z błonami pławnymi. Była tych samych rozmiarów co alfa, choć w przeciwieństwie do niego nie wykorzystywała swoich gabarytów, by rozkazywać innym psom. Obniżyła swój duży pysk do szczeniąt. — Są takie maleńkie — powiedziała cicho. — Być może wyrosną na dobre i dzielne psiska. Nie mamy prawa nazywać ich złymi, zwłaszcza że dopiero niedawno zaczęły przecież żyć.

Liza podreptała w stronę Marty i przytuliła pyszczek do jej gęstej, ciemnej sierści. Zawijas poszedł za nią, a po chwili dołączył do nich Mruk. Marta przygarnęła szczenięta do siebie, a one pisnęły z radości w odpowiedzi i ścisnęły się razem pod jej brzuchem.

— To tylko szczenięta i nie wolno nam o tym zapominać — powiedziała Marta. — Poza tym Fuks zasługuje na pełnię naszego zaufania. Przyprowadził do nas całego i zdrowego Mikiego. Powinniśmy być mu wdzięczni za to, że wrócił do nas po tym, jak go wygnaliśmy... — Po tych słowach spojrzała smutno na Fuksa. — Sporo się zmieniło od czasu Wielkiego Warczenia i wszyscy jakoś próbujemy przetrwać. Miki miał rację, mówiąc, że powinniśmy trzymać się razem. — Uniosła swoją wielką, kudłatą głowę i spojrzała alfie w oczy. — Jeżeli *faktycznie* jakieś zagrożenie nadciągnie do naszego obozu, to nasza sfora je pokona. A Fuks lepiej niż jakikolwiek inny pies wie, jak należy się bronić.

— Ja też dałbym szczeniętom szansę — zgodził się Ognisty.

Werwa również powoli miękła.

— W końcu nie zrobiły nic złego, prawda?

Alfa odwrócił głowę i posłał wokół wściekłe spojrzenie.

Zdał sobie sprawę, że mamy przewagę liczebną. Mimo to, jeśli się uprze przy porzuceniu albo nawet zabiciu szczeniąt, to może postawić na swoim — pomyślał ze zgrozą Fuks.

Alfa wpatrywał się jeszcze przez chwilę w maluchy, po czym uniósł łeb i spojrzał Marcie w oczy.

— W porządku — rzucił wściekle. — Mogą tu zostać... — powiedział i popatrzył na Fuksa. — Ale to ty będziesz za nie odpowiedzialny.

— Czyli możemy z wami zamieszkać? — pisnął Zawijas, wysuwając główkę spod brzucha Marty, by dotknąć delikatnie łapy Fuksa. Marta odetchnęła z ulgą, a Miki trącił nosem Mruka i Lizę w czułym geście.

Fuks jednak nie odrywał wzroku od alfy.

— Ale... co to właściwie oznacza?

— Na razie będę cię tutaj tolerował — zaszczekał alfa. — Powrócisz do nas w randze omegi, ale będziesz miał również za zadanie trenować i nauczać szczenięta psów bojowych tak, by wyrosły na lojalne, posłuszne i przydatne dla naszej sfory psy, a nie na dzikie potwory, które pozabijają nas we śnie.

— Z pewnością tak nie będzie — zapewnił Fuks.

— Bycie omegą nie jest łatwe — powiedział z przekąsem Maruda, a jego krótki ogon uderzał na boki. — Podołasz temu zadaniu, psie z miasta?

Fuks przełknął swoją irytację. Jeżeli ceną za opiekę nad szczeniętami w obozie miało być pełnienie funkcji omegi, to był gotów przystać na taki upokarzający układ.

Półwilk odwrócił się i odszedł. Fuks spoglądał, jak wchodzi na kopiec pokryty gąbczastym zielonym mchem i rozciąga się w słońcu, po czym przetacza na bok i ziewa.

Alfa zrobił, co w jego mocy, by wyjść z twarzą z całej tej sytuacji, i Fuks zastanawiał się, czy jego przywództwo nie ucierpiało czasem od incydentu z czarną chmurą.

Czyżby wszyscy zdali sobie sprawę, że on również stracił grunt pod nogami i czuje się równie zagubiony co oni w tym świecie bez Długonogich?

Fuks odwrócił się w stronę szczeniąt, które podeszły do Marty i Mikiego.

— Świetne wieści, co? — zapytał.

— Ale oni nas przecież nie chcą — jęknęła Liza.

— I uważają, że jesteśmy niebezpieczni — potwierdził Zawijas.

Marta opuściła pysk i językiem umyła im głowy. Szczenięta przytuliły się do niej i Fuks wzruszył się na moment. Widział, jak bardzo do niej lgną — być może nawet przypominała im ich Psią Mamę. Nawet Mruk pisnął radośnie i zanurzył swój krótki pyszczek w jej futrze.

— Dobrze się wami zajmiemy — zapewniła je Marta. Odwróciła się powoli i ruszyła w stronę swojego legowiska, a szczenięta pomknęły za nią. Fuks obserwował ich przez chwilę i pomyślał, że może wszystko się jednak jakoś ułoży.

W końcu jego spojrzenie padło na Słodką, która siedziała w pobliżu i myła swoją smukłą łapę, zerkając na niego raz po raz z dziwnym wyrazem twarzy. Odnosił wrażenie, że była smutna... albo zła? Uszy Fuksa opadły i przechylił głowę na bok, patrząc na nią, ale zwinna suczka odwróciła się i zaczęła pielęgnować swój ogon.

Fuks obejrzał się, czując szturchnięcie Belli. Nie zauważył, jak do niego podchodziła. Różowy język wystawał jej z pyska. Spróbowała polizać swojego brata po nosie, ale ten uchylił się.

— Nie bądź taki! — Uderzyła łapą w ziemię i podeszła do niego ponownie, ale Fuks tym razem tak się wyprostował, że do niego nie dosięgała. Bella się zatrzymała. — Fuksie, proszę... Przepraszam cię za wszystko. Nie mieliśmy nawet okazji, by porozmawiać na osobności od czasu tamtej bitwy. Muszę z tobą porozmawiać.

Fuks odwrócił się, jakby zamierzał odejść, ale usłyszał za sobą jej krzyk.

— To, co powiedziałam do alfy, było prawdą! Głupio zrobiłam, próbując zaatakować Dziką Sforę, a jeszcze bardziej idiotyczne było to, że nie ostrzegłam najpierw ciebie.

Fuks uniósł nieco pysk.

— A co z lisami?

Bella natychmiast zwiesiła głowę.

— To był ogromny błąd. I powinnam była porozmawiać z tobą po tym, jak alfa kazał ci opuścić sforę. Naprawdę chciałam to zrobić, ale... Ja po prostu czułam, że muszę zrobić wszystko, co w mojej mocy, dla psów w obrożach. Bałam się, co się stanie, jeśli alfa nas wyrzuci albo zaatakuje. Nie miałam pojęcia, czy aby na pewno nasza sfora to przetrwa. Będziesz potrafił mi to jakoś wybaczyć?

Fuks poczuł jakieś szarpnięcie w piersi, ale od razu próbował je przegonić wściekłym warknięciem.

Bella siedziała cicho, gdy alfa wyrzucał mnie ze sfory. Pozwoliła, by spadł na mnie ciężar winy za tamtą walkę. Zdradziła mnie! Tego się nie da wybaczyć — przekonywał siebie.

Chciał odejść, ale nie uszedł nawet kilku kroków, gdy wezwała go ponownie:

— Japo?

Fuks stanął jak wryty. Prawie natychmiast znalazł się u boku Psiej Mamy, a rodzeństwo z jednego miotu towarzyszy mu w przyjemnym splocie miękkich, szczenięcych ciałek. Odwrócił się i spojrzał Belli prosto w oczy. Nisko zwiesiła swój długi pysk i spojrzała na niego swoimi dużymi i smutnymi oczyma.

Rozdział 14

Fuks ziewnął i opadł na długą trawę, przysłuchując się, jak Miki opowiada Belli, Stokrotce, Brunonowi i Promykowi o tym, w jakim stanie są teraz ich domy w podupadłym mieście. Marta siedziała kawałek dalej ze szczeniętami psów bojowych. Reszta sfory była rozproszona, wszyscy odpoczywali już przed nastaniem pory nie-słońca.

Fuks rozejrzał się z satysfakcją. Obóz był tak dobry, jak opisywała im to Stokrotka. Były tu skąpane w słońcu łąki, gdzie psy mogły się gromadzić, a także duża jaskinia na skraju lasu, gdzie wszyscy spali w cieple i poczuciu bezpieczeństwa. Głęboko w jaskini znajdował się specjalnie wydzielony kącik dla szczeniąt, gdzie Luna doglądała Kichawy i Kręcioła.

Powrót do sfory po ostatnich trudach stanowił wspaniałe wytchnienie.

— Nie macie pojęcia, jak tam teraz jest — jęknął Miki. — Miasto wygląda gorzej niż ostatnio. Wszystkie trawniki porosły dziko okolicę, a ulice są jeszcze bardziej dziurawe, a do tego z hałaskrzyń leje się paskudny płyn.

— I nie napotkaliście żadnego znaku świadczącego, że Długonodzy wrócili? — zapytała Promyk, ciągnąc kosmyk brudnych włosów z ogona.

— Niestety nie — stwierdził Miki. — Wszystko było opuszczone i dzikie.

— Nadal trudno mi wyobrazić sobie miasto bez Długonogich, choć przecież widziałam je na własne oczy — dodała Bella.

Miki pociągnął nosem.

— Prawdę mówiąc, było tam kilku Długonogich. Co najmniej dwóch.

Bruno podniósł uszy, a Stokrotka zerwała się na równe łapy.

— Tak, ale to nie byli ci dobrzy — dodał szybko Miki. — Ci Długonodzy byli źli i złośliwi. Kojarzycie ten typ, który lubi krzywdzić psy.

— Tacy straszni z żółtymi skórami i czarnymi twarzami? — zapytała Bella.

— Nie, ci Długonodzy byli starsi i obszarpani. Wyobraźcie sobie, że wchodzili po kolei do domów i je *okradali*! Ale stanęliśmy w obronie naszego domu, co nie, Fuksie? Znaczy, ten, omego? — dodał czarno-biały pies.

Fuks uspokajająco skinął w jego kierunku głową. To nic takiego. W końcu sam zgodziłem się, że będę omegą. Niech tym razem alfa będzie górą.

Czarne uszy Mikiego opadły, gdy odezwał się ponownie:

— W każdym razie dom był już zupełnie zniszczony, aż w końcu się zawalił. To było straszne. Mieliście rację, w mieście już nic na nas nie czeka.

Fuks uniósł pysk i spojrzał w niebo. Wysoko ponad chmurami Pies Słońce rozpoczął już swoją powolną wędrówkę w stronę horyzontu. Głowa Fuksa opadła na mech. Zamknął oczy. Przez kilka ostatnich dni wszystko działo się tak szybko i teraz przyjemnie było po prostu usiąść i pomyśleć.

— Czyli faktycznie odeszli na dobre — powiedział smutno Bruno.

— No cóż — westchnęła Promyk — musimy się mocno postarać, żeby ich wymazać z pamięci, bo chyba tylko w ten sposób uda nam się teraz przetrwać.

Fuks otworzył jedno oko i zmierzył ją spojrzeniem. Był pod wrażeniem, że spośród wszystkich psów w obrożach to właśnie ona okazała tak wiele rozsądku.

Promyk zauważyła jego spojrzenie.

— Omego — zaczęła nerwowo. — Co sprawiło, że jednak do nas wróciłeś? Nie zrozum mnie źle, naprawdę się cieszę, ale... nie wierzyłam, że to zrobisz.

Fuks westchnął.

— Miki ma rację, miasto popadło w ruinę. Jakiś czas później znaleźliśmy te szczenięta i uznaliśmy, że tutaj będą bezpieczniejsze.

Miki przytaknął z namysłem.

Promyk przechyliła na bok swoją puchatą, białą główkę.

— Czy to jedyny powód?

Fuks miał już przyznać, że oprócz tego po prostu tęsknił za sforą, gdy nagle usłyszał w oddali brzęczenie, które przypominało dźwięk wydawany przez owady, które widział raz w pobliżu jakichś drzew. Natychmiast postawił uszy, spojrzał w niebo i zobaczył, że nie było jeszcze ciemne.

Nocne insekty… Dlaczego się już obudziły, skoro Pies Słońce nie dokończył jeszcze swojej wędrówki? — zastanawiał się.

Myśli Fuksa utonęły w brzęczeniu, które stawało się coraz głośniejsze. Psy uniosły równocześnie głowy, a Miki jęknął:

— To te gigantyczne ptaszydła! Widzieliśmy je już wcześniej nad miastem!

Fuks zmrużył oczy, patrząc na niebo, a strach ścisnął mu żołądek.

Co one znowu wyprawiają? Może nadal szukają chorych Długonogich?

Miki miał rację. Ich oczom ukazało się kilka wielkich ptaszydeł sunących nad lasem. Cała sfora nagle spanikowała. Promyk i Bruno zaskomleli i przylgnęli do ziemi. Kawałek dalej alfa i Słodka stali wyprostowani i szczekali. Miki nadal próbował coś mówić, ale jeden z ptaków wisiał teraz nad nimi na niebie i głośno przecinał skrzydłami powietrze, przez co jego słowa przepadły w hałasie. W końcu Fuks razem z Mikim wycofali się w stronę Belli, ta z kolei zadarła głowę do góry i szczekała. Stali blisko siebie, gdy wokół rozszalał się chaos.

Najbliższy ptak wzbił się na tyle wysoko, że Fuks znowu słyszał, co mówią stojące niedaleko psy.

— To Długonodzy! — szczeknęła Stokrotka. — Wewnątrz ptaków uwięzieni są Długonodzy!

Wszystkie psy zamilkły na moment i wpatrywały się w ptaszydło. Długonodzy o żółtej skórze wystawali z otworów w boku wielkiego ptaka.

— Masz rację! — powiedział zdumiony Bruno. — Widzę Długonogich, którzy usiłują uciec z brzucha tego paskudnego stworzenia!

— Powinniśmy im jakoś pomóc! — zawyła Promyk. Fuks posłał jej zrezygnowane spojrzenie. Czy zdążyła już zapomnieć o własnej obietnicy, że spróbuje nie myśleć o Długonogich?

— Nie, Promyku — ostrzegł ją Miki. — Ci Długonodzy nie są przyjaźnie nastawieni do psów! Musimy trzymać się od nich z daleka.

Werwa podeszła bliżej, zdając sobie sprawę, że Miki i Fuks mogą mieć coś istotnego do powiedzenia na temat tych gigantycznych ptaszydeł. Strzała i Wiosna ruszyły za nią i stanęły blisko Fuksa, czekając, aż ten opowie im coś więcej.

— Oni wcale nie usiłują uciec — szczeknął Fuks głośniej, gdy wielki ptak przeleciał im nad głowami. — Widzieliśmy już podobne ptaszydło w lesie. Długonodzy wyszli z niego i z własnej woli wrócili, co oznacza, że nie są więźniami. Wydaje mi się zresztą, że oni w jakiś sposób kontrolują te ptaki.Myślę, że to są w zasadzie... hałaskrzydła!

Alfa i Słodka podeszli bliżej ze wzrokiem skupionym na wielkim ptaku unoszącym się nad nimi w powietrzu. Warczeli i szczekali coraz głośniej, widząc, jak opuszcza się nad doliną, wzbijając skrzydłami silny wiatr, który przykleił im sierść do skóry i pochylił brzozy stojące na skraju obozu.

— On zaraz wyląduje! — szczeknął Bruno. — Być może Długonodzy wysiądą, tak samo jak wtedy w lesie — powiedział i zaczął przebierać łapami z radości. — Powinniśmy sprawdzić, gdzie wyląduje! Będziemy mogli pomóc Długonogim. — Ptaszydło przesuwało się stopniowo w kierunku lasu za brzozami. Bruno ruszył w jego kierunku. Fuks dostrzegł, że oczy alfy ciemnieją. Półwilk już miał jakoś to skomentować, ale Bella odezwała się jako pierwsza.

— Nie! — szczeknęła i Bruno stanął jak wryty. — Żaden pies nie będzie gonił tego ptaszydła! — Odwróciła się po kolei w stronę każdego psa w obroży, mierząc je zdecydowanym spojrzeniem. — I to dotyczy was wszystkich. Nie pamiętacie już, jak tamten Długonogi z żółtą skórą potraktował Stokrotkę? Oni nie są przyjaźnie nastawieni. Nigdy nie można ufać Długonogiemu, który zasłania twarz, a już zwłaszcza takiemu, który mieszka w brzuchu hałaskrzydła.

Alfa warknął zgodnie i Bruno opadł z poczuciem winy na ziemię, a ogon miał przyciśnięty do boku. Obok niego przysiadła Promyk.

Fuks stał bez ruchu i nastawiał uszy. Hałaskrzydło zniknęło w końcu za linią drzew. Gałęzie brzóz kołysały się jeszcze chwilę mocno, ale w końcu się uspokoiły. Fuks wyciągnął mocno szyję i zesztywniał. Słyszał, jak Długonodzy stąpają ciężko po poszyciu leśnym, a pod ich butami chrzęszczą liście i pękają gałęzie. Ich głośne szczeknięcia rozbrzmiały złowieszczo w ciszy, która nastała po tym, jak ptak wreszcie wylądował. Uszy Fuksa opadły, a jego żołądek znowu się skurczył.

Po krótkiej chwili straszliwe brzęczenie zadźwięczało ponownie. Cała sfora czekała w napięciu, nisko przy ziemi. Psy obserwowały z szeroko otwartymi oczami, jak hałaskrzydło wznosi się z ziemi i niknie za horyzontem razem z resztą ptaszydeł.

Fuks podniósł się na łapy, postawił uszy i wyprostował ogon.

Co to może oznaczać? I co takiego kombinują Długonodzy? — zastanawiał się.

Fuks wędrował blisko granic obozu. Gdy tak spoglądał na daleki brzeg rzeki, dopadło go poczucie osamotnienia. W końcu otrząsnął się. Musiał jeszcze popracować przed zmierzchem, czekały go bowiem obowiązki omegi, czyli zbieranie ściółki do legowiska. Przetrząsnął pyskiem sterty suchych liści i gałązek, zebrał je na kupkę, po czym chwycił w zęby i zaniósł do jaskini. Upuścił je w wejściu przy pnących się jeżynach, a następnie wrócił po własnych śladach nad brzeg rzeki. Pochodził wokół, węsząc, aż wreszcie znalazł ładną, wilgotną kupkę mchu. Zaczął grzebać w niej łapami — odeszła łatwo jak mokra papka. Wiedział, że gdy już mech wyschnie, to będzie z niego wygodne posłanie do spania.

Gdyby miał więcej dumy, mógłby twierdzić, że takie zadania są poniżej jego godności. Nawet gdy mijał Strzałę i Stokrotkę podczas patroli, opuszczał głowę ze wstydem.

Pobiegł z powrotem do legowiska z pyskiem pełnym mchu. Maruda wyłonił się zza plątaniny pokrzyw z językiem wywieszonym na wierzch.

— Coś ci upadło, omego.

Fuks gwałtownie odwrócił głowę i spojrzał na małego psa.

— Ja tylko próbuję być pomocny — rzucił fałszywie Maruda. Fuks widział jednak w oczach psa cień zadowolenia. Poprzedni omega naprawdę z przyjemnością patrzył na upokorzenie kolegi.

Fuks uniósł ogon i pomknął w dół zbocza w stronę jeżyn. Tam niemal nie wypuścił z pyska całego mchu, tak zaskoczył go widok, który zastał. Okazało się, że sterta ściółki na legowisko podwoiła swoje rozmiary! Fuks zamrugał parę razy zdziwiony, a po chwili zobaczył, jak maleńka Promyk mija go i dorzuca trochę liści na stertę.

Fuks odłożył mech i potarł łapą pysk, jakby chciał wytrzeć gorzki posmak.

— Promyku, co ty wyprawiasz?

Suczka machnęła ogonem i odwróciła się z dumą w stronę sterty ściółki.

— Pomagam ci, rzecz jasna. Gdy byłam omegą, robiłam to już parę razy. W końcu dowiedziałam się, skąd brać najbardziej miękkie liście. Sztuczka polega na tym, żeby nie wybierać tych naprawdę suchych, one się kruszą pod naszym ciężarem. Układając ściółkę w legowisku po raz pierwszy, posłałam najpierw mech, następnie miękkie gałązki, a na koniec na wpół wyschnięte liście. Nie masz nawet pojęcia, jak wygodnie się wtedy śpi. To nawet lepsze od posłania, które przygotowywali mi moi Długonodzy!

Promyk paplała i precyzyjnymi ruchami próbowała uporządkować stertę Fuksa.

— Wydawało mi się, że to Maruda...

— Nie, ja.

Głowa Fuksa opadła smutno na samą myśl, że biedna Promyk musiała przyjąć najniższą funkcję w sforze.

Promyk wyprostowała się w końcu i wyciągnęła pyszczek.

— Nie patrz tak na mnie, Fuksie! Niepotrzebne mi twoje współczucie. Ja naprawdę lubiłam być omegą. Bella, Marta i Stokrotka wciąż były dla mnie miłe, podobnie jak Werwa. W każdym razie jestem dobra w tych wszystkich sprawach, do których większość czuje się zbyt ważna. — Zwęziła oczy, powąchała stertę i wyciągnęła suchy liść. — Zbyt kruchy — mruknęła i odwróciła się do Fuksa. — Moi Długonodzy uwielbiali, kiedy im pomagałam i byłam w tym świetna! Codziennie biegałam po zwinięty papier, który ktoś zostawiał pod drzwiami, po czym im go zanosiłam. Z kolei wieczorem przynosiłam im okrycia na łapy.

— Okrycia na łapy? A co to takiego? — Fuks nigdy dotąd nie słyszał o niczym podobnym.

— To takie miękkie okrycia na ciało — powiedziała Promyk tonem, który sugerował, że to przecież takie oczywiste. — Długonodzy mają łapy bez sierści, przez co marzną!

Fuks nie potrafił sobie nawet wyobrazić czegoś podobnego.

— Faktycznie znasz się na tym — przyznał jej rację. — I bardzo doceniam twoją pomoc. Coś mi się jednak wydaje, że alfa mógłby mieć coś przeciwko... A nie chcę, żeby myślał, że się obijam.

Promyk skinęła głową.

— Rozumiem. Ale trochę szkoda. Pozwolisz mi chociaż, żebym pomogła ci to przenieść do środka?

Fuks zgodził się i po chwili obydwoje nieśli ściółkę do jaskini. W końcu Fuks polizał suczkę po nosie.

— Jesteś dobrym psem, Promyku — powiedział jej. — Założę się, że twoi Długonodzy byli z tobą przeszczęśliwi.

— Dziękuję ci — mruknęła i wtuliła pyszczek w sierść na jego karku. Następnie odwróciła się i pobiegła na łąkę, do reszty psów.

Rozdział 15

— Jesteś gotów? — zapytał Fuks.

— Gotów! — szczeknął Zawijas. Rzucił się na Fuksa, który odskoczył, cofając się poza zasięg szczeniaka. — Zaraz cię dopadnę! — żartował malec, szarżując na swoich krótkich, krępych nóżkach. Tym razem Fuks pozwolił szczeniakowi się pacnąć i przez chwilę się siłowali. Był zaskoczony sprawnością Zawijasa. Musiał włożyć trochę siły w to, by go przewrócić i przyszpilić do ziemi.

— Jesteś świetny w takich zapasach — wydyszał ciężko Fuks, był bowiem pod wrażeniem nie tylko siły szczeniaka, ale też jego szybkości i techniki.

Liza i Mruk obserwowali ich, merdając swoimi krótkimi ogonami. Fuks uniósł wzrok i napotkał spojrzenie Słodkiej, zwężone w skupieniu, podczas gdy bacznie obserwowała ich lekcje.

Przyszła tu, by obserwować szczenięta... czy może mnie? — zastanawiał się. Choć zgodził się, że będzie szkolił szczenięta, mimo że nie należało to do obowiązków omegi, to i tak Fuks nie był przekonany, czy to alfa wysłał ją tu, by miała oko na niego i trzy szczenięta psów bojowych.

Zawijas pisnął, próbując wywinąć się z uścisku Fuksa, a ten z kolei zwrócił swoją uwagę z powrotem na miotającego się szczeniaka. Jego chwyt był silny, ale z wyczuciem. Do tego ostrożnie unikał delikatnego gardła i brzuszka, starając się nie zrobić małemu krzywdy.

Szczeniak rośnie bardzo szybko. Wkrótce to on będzie musiał dawać mi fory, żeby mnie nie zranić!

Gdyby Fuksowi udało się nauczyć szczenięta honorowego zachowania i dobrego usposobienia, to z pewnością staliby się przydatną częścią grupy. No bo kto by się odważył zaatakować sforę, w której szeregach są trzy psy bojowe?

— Złap go za kark, Zawijasie! — szczeknął Mruk. — A jeśli nie możesz go dosięgnąć, to spróbuj go kopnąć! Wyobraź sobie, że atakuje cię jakiś potwór, zły i przebiegły, ale ty jesteś bystrzejszy i szybszy. Postaraj się znaleźć jakieś wrażliwe fragmenty ciała przeciwnika jak kark albo pysk, a potem ugryź tak mocno, jak tylko potrafisz!

Zawijas kręcił się i przewracał, kopiąc wreszcie Fuksa w klatkę piersiową, ale ten nadal nie wypuścił szczeniaka.

— To ci nic nie da! — warknął Mruk. — No dalej, Zawijas! Gdyby złapały cię teraz kojoty, już by było po tobie! Użyj zębów!

Fuks posłał Mrukowi ostre spojrzenie, był bowiem aż boleśnie świadom tego, że Słodka obserwuje ich czwórkę.

— Nie chodzi jedynie o to, żeby zadać przeciwnikowi jak największe obrażenia — powiedział łagodnie. — Najważniejsze jest to, by obronić siebie i swoją sforę, a także by strzec swojego honoru. Przede wszystkim walki należy unikać. Ale jeśli już musicie walczyć, to należy się skupić na obronie, a nie na niekontrolowanej agresji. — Zerknął w dół na Zawijasa, który szarpał się i wierzgał sfrustrowany. — Zawijas znajduje się teraz w niebezpiecznej pozycji, ale może się bronić, nawet będąc na plecach. Wystarczy zrobić coś takiego... — Fuks opadł na Zawijasa i zamienił ich miejscami, tak że teraz to szczeniak był na górze. Następnie przyłożył łapy do głowy Zawijasa i popchnął ją w taki sposób, że ten padł na ziemię. Zawijas warknął, ale Fuks był już znowu nad nim. — Rozumiesz? Najcięższe obrażenia można zadać zębami, ale taki manewr ograniczy możliwości twojego przeciwnika i trudniej mu będzie cię ugryźć. Łapiąc głowę Zawijasa, sprawiłem, że nie mógł mnie dziabnąć! A teraz spróbuj jeszcze raz, Zawijasie.

Fuks puścił go wreszcie i szczeniak z trudem podniósł się na cztery łapy, po czym otrząsnął wściekle.

— Naprawdę dobrze ci idzie — dodał Fuks i polizał szczeniaka po głowie. Zawijas opadł na ziemię i przetoczył się na grzbiet, a Fuks położył łapy na piersi szczeniaka. — Spróbuj owinąć łapy wokół mojego karku i pociągnąć mój łeb.

Zawijas wyciągnął się i z ledwością sięgnął karku Fuksa, jednak jego przednie łapy były zbyt krótkie, by odpowiednio go złapać. Malec wysilał się i dyszał, machał łapami, ale Fuks wysunął się poza zasięg jego łap i wyswobodził.

Szczeniak warknął z frustracji i opadł na ziemię.

— Tego się nie da zrobić!

— Nieprawda, nauczysz się — zaczął mówić Fuks, ale przerwał mu Mruk.

— Nie poddawaj się! — powiedział do brata. — Musisz być zdeterminowany bez względu na to, jaką przewagę ma nad tobą przeciwnik. Następnym razem dasz radę go pokonać!

Zawijas uniósł głowę i pozwolił, by Mruk polizał go po nosie. Fuks obserwował i podziwiał lojalność, jaką Mruk okazywał wobec swojego brata.

To urodzony przywódca. Trzeba mu odrobiny cierpliwości i współczucia i będzie wspaniałym członkiem sfory. Mam tylko nadzieję, że Słodka widzi to samo co ja.

— Spróbujmy jeszcze raz.

Zawijas okręcił się i zaszarżował w jego kierunku, trafiając w odpowiednim momencie, kiedy ten był bezbronny. Malec zaczął okładać pysk Fuksa łapami, a gdy ten robił uniki, szczeniak przyczepił się do jego pleców i zanurzył zęby w ciele Fuksa, który poczuł ogromne ukłucie bólu i strząsnął z siebie Zawijasa z głośnym jęknięciem. Słodka warknęła cicho, gardłowo, i zesztywniała, ale się nie poruszyła. Po drugiej stronie polany Bella uniosła głowę i spojrzała w ich stronę pełna nieufności.

Zawijas opadł na plecy, zdziwiony tym, jak Fuks zawył.

— Przepraszam — jęknął i pochylił głowę oraz spuścił ogon. — Nie powinienem być taki brutalny.

Fuks gryzł się już z innymi psami w walkach urządzanych dla zabawy, ale nigdy w ten sposób. W dalszym ciągu czuł ból, ale starał się nie dać po sobie tego poznać.

Zawijas nie zamierzał mnie zranić, on po prostu sam nie zna jeszcze swojej siły. Przez chwilę miałem nawet wrażenie, że jego kły zaczynają się wyrzynać... — myślał gorączkowo.

— Nic mi nie jest — mruknął Fuks i liznął Zawijasa w uszy. Skinął na jego rodzeństwo, by podeszło bliżej. Usiedli przed nim całą grupą. Fuks odezwał się łagodnie, ale na tyle głośno, by Słodka wszystko słyszała. — Z czasem wyrosną wam kły. Będą one dla was bardzo ważne, bo pomogą wam skuteczniej łapać zwierzynę i bronić się przed różnymi atakami. Zęby te mogą też spowodować ogromne szkody, jeśli będziecie lekkomyślni. Czy mogę liczyć na to, że będziecie ostrożni podczas zabaw ze sobą i innymi psami ze sfory? Pamiętajcie, żeby nie gryźć nikogo zbyt mocno.

Liza i Zawijas przytaknęli ochoczo, a po chwili także Mruk skinął głową.

— To dobrze — powiedział Fuks. — Gdy wasze kły już się przebiją, przyjdzie pora na to, byście wybrali swoje właściwe psie imiona.

— Poważnie? — pisnął Zawijas.

— Tak. Każdy dziki pies, którego poznałem, sam wybierał sobie imię, gdy dorastał. Z kolei psy w obrożach są nazywane przez swoich Długonogich. — Fuks otrząsnął się, nie było to bowiem dla niego przyjemne wspomnienie. Długonodzy, z którymi mieszkał jako szczenię, nie dbali o niego tak mocno jak Długonodzy Sfory w Obrożach.

— W każdym razie już niedługo dorośniecie — powiedział Fuks, czując przy tym ukłucie smutku.

Marta pojawiła się na skraju obozu, człapiąc leniwie na swoich błoniastych łapach. Szczenięta rzuciły się w jej stronę z radością i przytuliły się do jej nóg. Powitała je, liżąc im uszy, a następnie zwróciła się do Fuksa:

— Pomyślałam, że może wezmę tych młodzików i będziesz miał ich na trochę z głowy. Wybieram się na patrol z Luną i jej szczeniętami. Lizo, Zawijasie, Mruku, może chcecie nam pomóc? Pamiętajcie, że zapraszam na te patrole jedynie najsprytniejsze psy z najlepiej rozwiniętymi zmysłami.

Szczenięta zaczęły natychmiast podskakiwać z radości.

— Tak, prosimy! — rzuciła Liza.

— Będziemy najlepsi w patrolowaniu, zobaczysz! — dodał Mruk. — Żaden inny pies nie ma tak wyostrzonych zmysłów!

Fuksa poruszył entuzjazm szczeniąt.

— Co za świetny pomysł — przyznał. Następnie usiadł, by umyć łapy. Marta podeszła do Luny, a u jej boku szczenięta wciąż podskakiwały i się bawiły. Fuksa nadal bolał kark w miejscu, gdzie ugryzł go Zawijas, ale uznał, że zapewne nie krwawi.

Podniósł wzrok i spojrzał na Słodką, ale w tej samej chwili ta odwróciła się i odeszła w drugą stronę. Czyżby naprawdę nie była teraz w stanie nawet zamienić z nim kilku słów? A może po prostu beta nie powinna zadawać się z omegą? Miał nadzieję, że nie wyolbrzymi pomyłki Zawijasa, gdy będzie raportowała o tym zajściu alfie.

Po drugiej stronie obozu Bella wstała i ruszyła w jego kierunku, rzucając po drodze spojrzenie na wielkiego, wodnego psa, który znikał akurat za rzędem sosen z trójką szczeniąt.

— Widziałam, co ci zrobił ten szczeniak. To musiało boleć — powiedziała. Nachyliła się, by obejrzeć dokładnie ugryzienie, ale odsunął się od niej natychmiast. Ten szybki ruch posłał przez jego kark bolesny impuls, aż musiał się powstrzymać, by nie syknąć.

— Z jego strony to była tylko zabawa — bronił Fuks. — Nie zamierzał zrobić mi krzywdy.

Bella jęknęła niepewnie.

— A mimo to podczas walki toczonej dla zabawy zdołał kogoś poważnie zranić, choć jest dopiero *szczeniakiem*. W takim razie co się stanie, kiedy on i reszta będą mieli w pyskach komplet śmiercionośnych broni? Zapomniałeś już Psi Ogród? — Zadrżała i strzygnęła uszami.

— Bello, one są jeszcze bardzo młode. Możemy wychować je na dobre psy. I możemy nauczyć je ostrożności. Jasne, są psami bojowymi, ale to jeszcze nie oznacza, że...

Przerwało mu wycie, po którym natychmiast nastąpiły zmartwione szczeknięcia. Serce Fuksa stanęło na moment. Z Bellą u boku rzucił się w stronę rzeki, skąd dobiegały hałasy. Inne psy również usłyszały, że coś się dzieje, i wybiegły z obozu. Fuks ujrzał kątem oka mignięcie czarno-białej sierści Mikiego i cętkowanej sierści Strzały. Gdy dobiegł z Bellą do brzegu rzeki, znajdowała się tam już blisko połowa ich sfory. Alfa jednak nie był obecny.

Fuks nie mógł uwierzyć swoim oczom. Delikatna Marta stała naprzeciw Luny, a z jej rozchylonych szczęk zwisała ślina. Szczenięta psów bojowych schowały się za nią. Liza i Zawijas wyglądali na spiętych i zlęknionych, natomiast Mruk warczał i szczerzył zęby. Fuks dojrzał, że są krótkie i białe jak u Zawijasa.

Wrogie zapachy połaskotały Fuksa w nos. Nigdy dotąd nie widział Marty w takim stanie i bardzo go to zaniepokoiło. No i gdzie się podziały szczenięta Luny? Czuł ich zapach, musiały więc być gdzieś blisko.

Bella, Miki i inne psy stały nieruchomo i obserwowały ten impas.

— Co za małe dzikusy! — warknęła Luna. — Spójrzcie tylko na to, co jedno z nich jej zrobiło! — rzuciła, patrząc oskarżycielsko na Mruka.

Fuks obszedł powoli Martę i Lunę. Zobaczył, jak Kichawa kuca przy gęstym krzewie. Mała suczka skomlała żałośnie, a jej brat, Kręcioł, trącał ją pyszczkiem i rzucał przerażone spojrzenia w stronę młodych psów bojowych.

Fuksa aż ścisnęło w żołądku z nerwów.

— Co się tutaj stało?

Luna odwróciła się do niego.

— Ten mały, podły Mruk zaatakował moją Kichawę bez żadnego powodu!

— Walczyli ze sobą dla zabawy — nie wytrzymała w końcu Marta. — No i sprawy wymknęły się spod kontroli, tak przecież czasem bywa. Mruk nie chciał jej zrobić krzywdy. — Po chwili potrząsnęła kudłatą głową i westchnęła głośno. Pysk jej złagodniał i opuściła nieco ciało, tak że przestała wreszcie górować nad Psią Mamą. — Proszę cię, Luno, nie róbmy z tego powodu problemu. Mały Mruk na pewno wyciągnął wnioski i będzie już bardziej uważał.

Luna patrzyła przez chwilę niepewnie na Martę. W końcu powoli schowała zęby. Fuksowi ulżyło, gdy wreszcie obie suczki dotknęły się nosami i Luna wróciła do Kichawy, która nie była wcale mocno ranna. Ulżyło mu, że Ognistego nie było w pobliżu, tylko przebywał gdzieś zapewne w towarzystwie alfy i Słodkiej. Fuks wolał nawet nie myśleć, co by ten wielki brązowy pies zrobił Mrukowi, jakby był świadkiem tego incydentu.

Liza i Zawijas pacnęli Martę, więc schyliła głowę i pocieszyła jedno i drugie. Tylko Mruk pozostał sam, a na jego twarzy pojawił się groźny grymas, gdy obserwował Lunę, jak zabiera szczenięta w bezpieczniejsze miejsce.

Fuks stał obok i prawie nie czuł już bólu po wcześniejszym ugryzieniu. Zależało mu na tych szczeniętach. Pamiętał doskonale, że to on sprowadził je do obozu. Jeżeli coś pójdzie nie tak, wina spadnie na niego.

Wystarczyło jeszcze jedno podobne zajście i wiedział, że wylecą z tej sfory na dobre.

Szczenięta ewidentnie muszą się jeszcze wiele nauczyć. A Mruk najwięcej z całej ich trójki — podsumował w duchu.

Fuks westchnął, po czym ruszył przez las i dalej w stronę rzeki. Należało wymienić posłanie w legowisku myśliwych. Wyglądało na to, że w byciu omegą najgorsza jest właśnie nuda, powtarzanie tych samych zadań w nieskończoność i niemożność wzięcia udziału w polowaniu czy nawet wzięcia na siebie odpowiedzialności i pójścia na patrol wokół granic obozu.

Brzeg rzeki stanowił najlepszą miejscówkę dla idealnego, miękkiego mchu. Fuks zbliżył się do nabrzeża, zaczął obwąchiwać drogę i omijać trawiaste gęstwiny. W końcu dotarł do miejsca, gdzie wysokie drzewa kończyły się, tworząc w ten sposób naturalną granicę lasu. Schylił głowę, by przejść pod ich gałęziami, i dojrzał sporo przydatnych liści, suchych jedynie w połowie, tak jak Promyk mu doradzała. Zbierał je, gdy usłyszał, jak czyjaś łapa łamie pod swoim ciężarem gałązkę. Obrócił się i zobaczył, jak Bruno przechodzi pod wielkim dębem. Pod nieobecność Fuksa i Mikiego ten stary pies został awansowany do rangi myśliwego. Fuks zgadywał, że właśnie teraz szukał zwierzyny. Reszta myśliwych musiała zatem także być na polowaniu, jednak nie czuł żadnego innego psiego zapachu.

Fuks upuścił kupkę liści i wszedł głębiej do lasu, ale Bruno go zawołał.

Fuksowi sierść zjeżyła się na grzbiecie. Szedł dalej, już niemal truchtał.

— Muszę zebrać te liście przed porą nie-słońca — szczeknął przez ramię. Słyszał, że Bruno nadal idzie za nim, poruszając się przy tym nieco niezdarnie. Fuks wiedział, że starszy pies będzie się starał za nim nadążyć.

Jakim cudem zrobili go myśliwym? Jakoś nie wyobrażam sobie, żeby łapał sporo zwierzyny — pomyślał Fuks i zwiększył tempo. Czy naprawdę nie może zostawić mnie w spokoju? Jakby nie wystarczyło, że jestem omegą, pewnie jeszcze chce się z tego pośmiać.

— Fuksie! Zwolnij! — rzęził Bruno.

Fuks przystanął. Wystarczyło kilka dni w roli omegi, żeby zdążył przywyknąć do tego miana. Miał trochę za złe Brunonowi, że ten używa teraz jego prawdziwego imienia.

Nie odważyłbyś się nazwać mnie Fuksem, gdyby w pobliżu stał alfa — mówił do niego w myślach.

— Trudno się poluje w tej okolicy — narzekał Bruno. — Ognisty zdecydował, że powinniśmy się rozdzielić i poszukać jakiejś mniejszej zwierzyny, ale szukam już całą wieczność i nie znalazłem nawet myszki.

Fuks chrząknął, spojrzał przez ramię, ale nie popatrzył nawet na Brunona, lecz rozejrzał się po prostu po lesie. Robiło się już ciemno. Wiedział, że musi się pospieszyć ze ściółką do legowisk, jeżeli nie chce mieć do czynienia z gniewem półwilka. Kątem oka zauważył jednak, jak Bruno pochyla głowę.

— Przepraszam cię, Fuksie — powiedział. — Nie powinienem był pomagać, kiedy próbowali cię przytrzymać. Naprawdę nie wiem, co mnie wtedy napadło. I nie winię cię za to, że jesteś na mnie zły.

Starszy pies wydawał się tak smutny, że aż Fuks poczuł nutkę żalu. Po chwili jednak przypomniał sobie, jak Bruno przyszpilił go do ziemi na rozkaz alfy.

Gdyby na niebie nie pojawiła się wtedy tamta czarna chmura, to do końca swojego życia nosiłbym paskudną bliznę!

Fuks odwrócił się wściekły do Bruna.

— Co ty sobie w ogóle wtedy wyobrażałeś, co? Zachowałeś się jak jakiś lis albo Ostry Pazur. Podkradłeś się i zaatakowałeś mnie znienacka, zupełnie nie jak przystało na psa. Gdzie ty masz honor? I to po wszystkim, przez co razem przeszliśmy.

Nos Brunona opadł do ziemi.

— Masz rację — jęknął. — Tak mi przykro. Ja się po prostu bałem... Bałem się alfy i przerażała mnie cała ta sytuacja. Trudno mi było uwierzyć w to, co się stało z lisami. Wszystko tak szybko wymknęło się spod kontroli. Wydawało mi się, że jeśli zachowam się jak członek tej sfory, to nareszcie poczuję się bezpiecznie... — powiedział i opuścił uszy. — Fuksie, pamiętasz, jak napiłem się tamtej zatrutej wody i zachorowałem?

— Oczywiście, że pamiętam! — warknął Fuks. — Przecież to ja cię wtedy uratowałem. Zapomniałeś o tym?

Duży, brązowy pies ciężko opadł na brzuch.

— Nie zapomniałem. Chodzi mi o to, że nie miałem wtedy nawet pojęcia, że woda może kogoś zranić. Wielkie Warczenie sprawiło, że niegroźne dotąd rzeczy stały się nagle niebezpieczne. Przez jakiś czas wydawało mi się, że jakoś sobie radzę z tymi wszystkimi zmianami i przyzwyczajam się do nowego życia w Sforze w Obrożach. A jednak... — urwał i zawył żałośnie. Fuks widział, że nie było to dla niego łatwe.

Po chwili Bruno nabrał głęboko powietrza.

— Prawda jest taka, że moje lęki wzięły górę nad rozsądkiem. Nigdy dotąd niczego się nie bałem. Byłem najtwardszym psem na całej naszej ulicy! A teraz nie mogę nawet spać spokojnie w obawie, że my, członkowie jednej sfory, pokłócimy się albo pobijemy. Nawet światło Psa Słońca nie sprawia już, że czuję się pewnie. Tak naprawdę nigdy nie wiadomo, co się czai w ciemnościach ani kto nas obserwuje. Od jakiegoś czasu boję się wszystkiego.

Bruno powiódł oczyma pośród drzew i zadrżał, choć nie było zimno.

— Chyba po prostu chciałem dopasować się do grupy. A gdy alfa poprosił o pomoc... Nie pomyślałem nawet, że mogę mu odmówić. Jest w nim coś, co sprawia, że mam ochotę spełniać wszystkie jego rozkazy. Dla dobra sfory. Po twoim odejściu awansował mnie na myśliwego. Uznał, że taki lojalny i twardy pies jak ja będzie się tylko marnował podczas patroli. I powinienem się wtedy cieszyć, ale ilekroć wychodziłem na polowanie, czułem jedynie poczucie winy. — Popatrzył w dół, jakby przemawiał do kogoś pod ziemią. — Fuksie, nie gniewaj się, proszę. Sam wiesz, że tak naprawdę nie jestem złym psem.

Fuks odwrócił się i spojrzał Brunonowi w oczy. Jego gniew powoli topniał.

— Wiem, że nie jesteś zły — przyznał.

Bruno popatrzył na przyjaciela swoimi dużymi, smutnymi oczyma, a jego włochaty ogon machnął nieśmiało.

— Wybaczysz mi?

Fuks westchnął.

— Na to wygląda...

Bruno podniósł się i zaczął dyszeć radośnie, a jego ogon bił powietrze.

Fuks rozluźnił się nieco, ale w głębi ducha nadal czuł niepokój. Po chwili uniósł wzrok i popatrzył po gałęziach ponad ich głowami.

Jeżeli nawet łagodne psy, takie jak Bruno, są w stanie obrócić się przeciw swoim przyjaciołom, to jakim cudem ma się nam udać wychowanie szczeniąt psów bojowych?

Otrząsnął się jednak z tych myśli.

— Potrzebujesz jakiejś pomocy z tym swoim polowaniem?

Ogon Bruna zaczął machać jeszcze mocniej.

— Bałem się, że już nigdy o to nie zapytasz! — rzucił i podszedł nieśmiało, by dotknąć nosem Fuksa.

— Ale zdajesz sobie sprawę, że jestem omegą? — zapytał Fuks i zerknął na niego z ukosa.

— To tylko tytuł — stwierdził szybko Bruno. — Jesteś kimś znacznie więcej. I wiem, do czego jesteś zdolny, Fuksie.

Fuks uniósł pysk i wciągnął głęboko powietrze. Czuł wyraźnie zapach wilgotnej ziemi i czystej rzecznej wody oraz ciepło psów z ich sfory, a nawet woń sosen rosnących po drugiej stronie obozu. Docierał do niego również zapach małych zwierząt, ale żadne z nich nie przebywało na tyle blisko, by zdołali je schwytać.

— No to chodź — zaproponował Fuks. — Spróbujemy czegoś poszukać.

Razem zapuścili się głębiej w ostępy leśne. Wkrótce Fuks podchwycił woń zwierzyny. Opuścił pysk i pogrzebał nosem w stercie opadłych liści, by odszukać odpowiedni trop.

Bruno zbliżył się do niego.

— Fuksie, nie wydaje ci się, że ten zapach jest... trochę specyficzny?

Fuks powąchał raz jeszcze i podchwycił w glebie jakąś nutę krzemienną. Sierść na karku natychmiast stanęła mu dęba i aż przełknął ślinę.

— Zdecydowanie jest w nim coś dziwnego, choć nie jestem pewien, o co dokładnie chodzi. — Rozejrzał się dookoła. Cienie pomiędzy drzewami powoli się wydłużały. — W każdym razie jedzenie to jedzenie, nie ma co wybrzydzać. Poza tym wkrótce się ściemni i już nic nie dojrzymy.

Jakiś ptak zaćwierkał nad nimi i Bruno nagle zesztywniał. Fuks ruszył ponownie między drzewami, Bruno podążył za nim. Obeszli gęstwinę krzewów i poszli w stronę miejsca, gdzie Fuks wywęszył obecność małych zwierząt. Popatrzył na Brunona, który skinął krótko głową — on również czuł ten zapach.

Psy jednocześnie przysunęły się bliżej do ziemi i podkradły do dzikich pędów pnących się po zwalonym pniu. Woń zwierząt zyskiwała na sile.

To jakieś ptaki... Ale czy one nie powinny raczej przesiadywać w gniazdach, pośród gałęzi? Dlaczego zebrały się w grupę akurat tutaj, w poszyciu leśnym?

Fuks zatrzymał się na chwilę.

— Nie ruszają się. Być może są ranne albo też... — Powąchał raz jeszcze i wreszcie zrozumiał. W powietrzu unosił się zapach śmierci. Fuks poczuł ukłucie strachu, ale Bruno próbował przepchnąć się obok z radością i ominąć przewrócone drzewo.

— Gołębie! I to dwie sztuki!

Fuks zbliżył się ostrożnie. Ptaki o szarych piórach były bezwładne, ich maleńkie oczka lśniły, a dzióbki były nieznacznie rozchylone. Fuks wstrzymał się i obserwował ciemniejący las, nasłuchiwał wszelkiego ruchu.

— Zginęły całkiem niedawno...

— Co znaczy, że są jeszcze świeże — stwierdził Bruno, oblizując się przy tym.

Fuks jęknął zaniepokojony.

— Oznacza to również, że ten, kto je zabił, może wciąż być w okolicy.

— Ja tam nikogo nie czuję — powiedział Bruno i zbył uwagę przyjaciela machnięciem ogona. — No, dawaj, zabierzmy je do obozu.

Fuks również nie czuł nikogo innego, ale w dalszym ciągu stał ostrożnie i nie zamierzał nawet tknąć martwych ptaków. Znowu poczuł, jak sierść staje mu dęba na karku.

— Sam nie wiem, Bruno... Coś mi się tu nie podoba. Ktokolwiek zabił te gołębie, z pewnością po nie wróci. I to zapewne bardzo szybko. A teraz będzie mógł nas z łatwością namierzyć po naszych śladach do obozu. A tam są przecież szczenięta...

— Tak, ale jest też alfa, jest Słodka, Ognisty i cała

reszta. Niech no tylko ktoś spróbuje z nami zadrzeć! — podsumował Bruno. Zgarnął delikatnie jednego z gołębi w zęby i odwrócił się w stronę obozu. Fuks przystanął i postawił uszy. Wydawało mu się właśnie, że słyszy, jak w głębi lasu pęka gałązka. Usiłował zignorować odgłos ciężkich kroków przyjaciela.

Ale nie usłyszał już niczego nowego.

Cała ta gadka o zagrożeniu... Widocznie w końcu sam zacząłem się trochę bać — zaczął się uspokajać.

Fuks otrząsnął się, wziął w pysk zwłoki drugiego ptaka i ruszył za Bruno.

Gdy Fuks wypadł w końcu z lasu i wrócił do obozu u boku Brunona, zobaczył, że wyszła im naprzeciw Słodka. Jego serce nieśmiało podskoczyło z radości na myśl, że zwinna suczka być może wreszcie zamierzała z nim pomówić. Ogon mu drgnął i przechylił głowę na bok z ciekawości, ale Słodka nie odwzajemniła jego gestów, zatrzymując się blisko nich.

— Omego, alfa chce z tobą porozmawiać — szczeknęła. Zanim Fuks zdołał cokolwiek odpowiedzieć, ruszyła z powrotem w głąb obozu. Fuks założył, że powinien pójść za nią.

— Mogę wziąć twoje mięso — zaproponował Bruno.

Fuks skinął na zgodę i upuścił ptasie truchło przed przyjacielem. Jako omega nie powinien był polować ani nawet zbliżać się do obozu z łupem w pysku.

Słodka była już w środku, gdy Fuks przeszedł pod zwisającymi jeżynami i wszedł w półmrok jaskini. Suczka poszła w stronę narożnika alfy — miejsca najcieplejszego i najwygodniejszego — i stanęła obok półwilka. Alfa wyciągnął się na swoim legowisku z mchu i liści, które Fuks zebrał wcześniej, był to bowiem jeden z obowiązków omegi. Alfa podniósł się w końcu, gdy Fuks podszedł bliżej, a następnie odrzucił pysk do tyłu, ziewając potężnie i ukazując swoje długie, ostre kły. Fuks poczuł, jak coś zaciska się w jego żołądku, a inne psy zbliżyły się do nich z żywym zainteresowaniem. Ognisty i Luna stali w pobliżu, podobnie jak Marta, choć szczeniąt najwyraźniej z nimi nie było. Fuks rozejrzał się dokładnie i dostrzegł, że nigdzie w pobliżu nie ma Wiosny, i stwierdził, że zapewne opiekuje się maleństwami w głębi jaskini.

Alfa skończył ziewać i wpatrywał się w zbliżającego się Fuksa.

Czego on znowu chce? Staram się, jak mogę, żeby przestrzegać jego zasad. Jestem posłusznym omegą. Czy mimo wszystko zamierza mnie wyrzucić ze sfory?

Fuks dostrzegł, że Bella go obserwuje, a pysk ma przy tym spięty. Uznał, że myśli o tym samym co on.

Półwilk odezwał się w końcu dziwnie głębokim głosem:

— Zapewne zastanawiasz się, omego, dlaczego cię tutaj wezwałem.

Sierść Fuksa zjeżyła mu się na grzbiecie, ale przemilczał to pytanie.

— Pomimo twojej niskiej pozycji w hierarchii wyświadczę ci przysługę i omówię pewną ważną sprawę w twoim towarzystwie, zwłaszcza że to przez ciebie w mojej sforze jest problem.

Fuks natychmiast pomyślał o szczeniakach i pamiętnej konfrontacji pomiędzy Martą i Luną. Zerknął na przyjaciółkę, która odwzajemniła jego zmartwione spojrzenie.

Po chwili odwrócił się do alfy i zmusił się, by zapanować nad drżeniem głosu.

— Co masz na myśli?

— Te twoje szczeniaki psów bojowych zaatakowały szczenięta Luny. Są świadkowie tego zajścia. Musimy zatem zdecydować, czy dalej zamierzamy udzielać schronienia potencjalnym przeciwnikom. Szczególnie że pojawiły się na naszej drodze wkrótce po tym, jak na niebie pojawiło się ostrzeżenie w postaci czarnego Psa Nieba.

Słodka i Luna, stojące u boku alfy, szczeknęły z wyrazami poparcia. Fuks poczuł, jak serce mu przyspiesza. Co tu się wydarzyło, kiedy on był w lesie? I jak to możliwe, że bójkę urządzoną dla zabawy, która wymknęła się trochę spod kontroli, zinterpretowano w taki sposób?

— Skoro szczeniak atakuje drugiego szczeniaka bez żadnego powodu — warknął Ognisty, szczerząc gniewnie zęby — to co zrobi, kiedy już w pełni wyrośnie na psa bojowego?

— No, a czarna chmura była złym znakiem! — wtrąciła Strzała. — Nie pamiętacie już tamtego paskudnego dnia? Całe niebo zakrzyczało, a potem nadeszła ona! A wkrótce po niej te trzy małe!

Po chwili Luna szczeknęła z aprobatą.

Alfa uniósł pysk i pozostałe psy zamilkły.

— Zamierzałem dać tym trzem szczeniakom szansę pomimo własnych obaw, ale przejawiają one oznaki agresji, których mogliśmy się zresztą spodziewać po osobnikach ich rasy. Już niedługo mogą spowodować jakieś poważne obrażenia. Ich kły urosną, a ciała staną się mocarne. Każde z nas będzie zagrożone.

— Wybacz, alfo, ale to trochę niesprawiedliwe — wtrąciła Marta. — Masz rację, że szczenięta są silne, ale z czasem na pewno nauczą się nad sobą panować. Nie są okrutne czy agresywne z natury i jest im bardzo przykro z powodu tego, co się stało.

Bella szczeknęła, zgadzając się z przyjaciółką, ale Fuks milczał.

Marta ma rację co do Lizy i Zawijasa, ale jak mają się sprawy z Mrukiem? — zastanawiał się. Pamiętał jeszcze minę szczeniaka podczas sprzeczki Marty i Luny. Nie wyglądało na to, żeby było mu przykro...

Fuks otrząsnął się. Przecież nie powinien tak myśleć o szczeniaku, zwłaszcza po tym wszystkim, co przeszedł. Pierwszym dużym przeżyciem Mruka na tym świecie była śmierć jego Psiej Mamy. Czyli pierwszym, co zdążył poczuć, były smutek i gniew, i nie potrafił jeszcze do końca sobie z nimi poradzić. Ma jeszcze czas, by nauczyć się, jak panować nad emocjami. I wcale nie musi wyrosnąć na złego psa — rozmyślał.

Alfa rozciągnął przednie łapy i odezwał się ponownie:

— Musimy poznać ich prawdziwą naturę. I upewnić się, że szczeniaki nie wyrosną na brutali, którzy rozerwą nas na strzępy, kiedy będziemy smacznie spali.

Większość sfory warknęła zgodnie, w tym nawet niektóre psy w obrożach, takie jak Stokrotka czy Promyk.

— Wszystkie psy potrafią zachować się agresywnie, kiedy myślą, że ich życiu coś zagraża — powiedział Fuks. — Czy nie jest tak, że każde z nas zrobiło naprawdę sporo, by przetrwać?

— Przetrwanie to jedno — warknął alfa. — Ale zwyczajne bestialstwo to coś zupełnie innego. Kto wie, może wszystkie psy mają w sobie dusze wojowników, nawet te słabsze — powiedział i zerknął z odrazą na Marudę, który skulił się i odwrócił wzrok. — Ale psy bojowe są inne. One czerpią radość z niszczenia przeciwników. — Półwilk polizał bliznę na przedniej łapie i spojrzał nieustępliwie na Fuksa. — Muszę sprawdzić, czy te małe, wściekłe szczeniaki będą lojalne i posłuszne w szeregach swojej nowej sfory. Mamy prawo znać prawdę na ich temat, póki jeszcze są na tyle małe, żeby w razie czego można się było nimi zająć.

Wzdłuż kręgosłupa Fuksa przebiegł dreszcz. Już miał zaprotestować, ale Marta odezwała się pierwsza.

— Co dokładnie masz na myśli, mówiąc, że można się nimi „zająć”? — warknęła.

Półwilk obnażył kły i zajrzał jej prosto w oczy, aż wreszcie opuściła spojrzenie. Gdy odezwał się ponownie, w jego tonie było słychać, że zmierza już do końca.

— Szczenięta należy sprawdzić, a następnie zdecyduję, co z nimi zrobić.

Po tych słowach opadł na swoje legowisko z mchu i liści i odwrócił pysk. Reszta psów zrozumiała, że czas się rozejść.

Marta odeszła, mamrocząc pod nosem coś na temat decyzji alfy, a Miki zaczął ją pocieszać. Fuks poszedł za Słodką i gdy już znaleźli się poza zasięgiem słuchu, zapytał ją cicho:

— Popierasz jego zdanie?

Nie odwróciła się nawet w jego stronę.

— To alfa podejmuje decyzje w sforze. Właśnie dlatego to on jest alfą.

Fuks zastanowił się przez chwilę nad tym stwierdzeniem.

Ciekawe, w jaki sposób alfa zdobył swoją rangę. I czy przywódcą sfory naprawdę musi być najwaleczniejszy pies? Czy nie mógłby to być ktoś cichszy, łagodniejszy?

Słodka polizała niecierpliwie swoją łapę. Fuks przypomniał sobie, że nic się nie zmieniło. Nadal mu nie wybaczyła. Warknął więc z frustracją:

— Nie można traktować szczeniąt w ten sposób. Najpierw ich Psia Mama zginęła, a potem sfora je opuściła. Wycierpiały już wystarczająco dużo! Czy to nie jest w pewnym sensie uzasadnione, że po tym wszystkim, co przeszły, mogą być trochę bardziej agresywne niż reszta? Poza tym przecież mogą się jeszcze zmienić.

— To niehonorowe, małe gnojki — warknęła Słodka i machnęła pogardliwie głową. Następnie zaś spojrzała Fuksowi prosto w oczy. — I nie można im ufać.

Po tych słowach odeszła, a Fuks poczuł się, jakby krew odpłynęła mu z całego ciała.

— Słodka, proszę cię — jęknął. — Poddawanie szczeniąt testom będzie niesprawiedliwe. Poza tym sama dobrze wiesz, że psy mogą się zmienić. Sama jesteś tego najlepszym przykładem! Teraz jesteś twarda i cieszysz się dobrym statusem w sforze. Ale nie zawsze tak było, zapomniałaś już?

Słodka przystanęła i odwróciła się gwałtownie w jego stronę, pokazując zęby.

— Niby co chcesz przez to powiedzieć, omego?

Fuks był zszokowany tym, jak go nazwała.

— Nazywaj mnie, jak ci się tylko podoba... beto — warknął. — Ja przynajmniej nie jestem tchórzem! I to nie ja się bałem martwego Długonogiego, prawda? Być może teraz jesteś z siebie zadowolona, ale w mieście byłaś zupełnie inna... Przerażona, bezradna... żałosna.

W jej oczach zalśnił gniew. Fuks zapragnął od razu cofnąć wyszczekane słowa. Nawet gdyby go teraz zignorowała albo wyśmiała, to i tak miałby paskudne wrażenie, że przesadził.

Tym bardziej zdziwiło go, gdy zobaczył, jak gniew na jej twarzy słabnie.

— Pewnie masz sporo racji, ale nie musiałeś tego mówić w taki złośliwy sposób.

— Wiem, po prostu byłem zły. Nie powinienem był...

Zbyła jego słowa machnięciem głowy.

— Dobra, dajmy już spokój. — Zerknęła w stronę legowiska półwilka. — Ale alfa też ma trochę racji, wiesz? Psy bojowe naprawdę są naszymi wrogami. I powinniśmy jakoś sprawdzić, czy da się jeszcze pomóc tym szczeniakom. Być może dzięki temu ocalimy swoje życie.

Rozdział 16

Pies Słońce chował się już za drzewami, tymczasem psy ze sfory zgromadziły się, by zjeść upolowaną przez myśliwych zwierzynę. Alfa jako pierwszy wyszedł naprzód, śliniąc się obficie, po czym zacisnął wilcze szczęki na największym króliku ze sterty.

Fuks położył się w trawie i zaczął czyścić łapy. Rola omegi nauczyła go, jak ważna jest cierpliwość — nie ma sensu wpatrywać się w jedzenie i ślinić, podczas gdy to pozostałe psy posilały się do pełna. Nie zamierzał też zamartwiać się, że dla niego już nic nie zostanie.

Słodka ruszyła po alfie. Luna straciła prawo do wcześniejszego posiłku, jako że nie karmiła już szczeniąt, ale jej miejsce zajęły odstawione od piersi maluchy. Kichawa i Kręcioł walczyli przez chwilę o mysz, po czym ruszyli z powrotem do Luny, by podzielić się łupem. Promyk wyjaśniła Fuksowi, że maleństwa będą mogły jadać po alfie i becie do czasu, jak urosną na tyle, by móc wybrać sobie nowe imiona. Wtedy z kolei będą już musiały powalczyć o miejsce w sforze jak każdy inny pies.

Następnie do sterty podbiegli Mruk, Liza i Zawijas, a za nimi stanęła Marta. Po chwili pochyliła się i szepnęła Lizie do ucha:

— Tylko nie bierzcie za dużo, pamiętasz? Najedzcie się do pełna, ale nie bądźcie zachłanni. Upewnij się, że twoi bracia z miotu również o tym pamiętają.

Mała suczka skinęła głową i gdy ujrzała, jak Zawijas sięga po drugiego gryzonia, szturchnęła go łagodnie ramieniem.

— Chciwy brzuchol — mruknęła, a Zawijas niechętnie odłożył drugie zwierzątko na ziemię.

Jako następni posilili się myśliwi dowodzeni przez Ognistego, a następnie psy patrolowe. Maruda rzucił się na jedzenie z typowym dla siebie wigorem, jak gdyby chciał zostawić jak najmniej dla Promyka i Fuksa, którzy jako jedyni znajdowali się w hierarchii niżej od niego. Fuks ukrył swoje poirytowanie, ziewając przeciągle. Czuł, że nie może pozwolić, by Maruda zobaczył, że go to rusza.

Kiedy już nadeszła kolej Fuksa, by coś zjeść, sterta mięsa prawie zniknęła. Przełknął ostatni kawałek królika i maleńkiego ptaka, który był już martwy w momencie, gdy znalazł go Bruno.

Tej nocy nie czekało ich Wielkie Wycie. Twarz Psa Księżyca była jedynie cienkim paskiem srebra na niebie. Sfora rozbiegła się. W norze psów patrolowych Luna wyciągnęła nogi, zmuszając tym samym Marudę, by zwinął się ciaśniej w ciemnym, wilgotnym kącie. Fuks ujrzał, jak Bruno obwąchał posłanie w legowisku myśliwych, po czym spojrzał na niego z wdzięcznością. Mruk, Liza i Zawijas umościli się obok Marty w części wspólnej jaskini, podczas gdy Luna i Ognisty czuwali nad Kichawą i Kręciołem w legowisku szczeniąt.

Fuks trząsł się z zimna na posłaniu omegi przy wyjściu z jaskini. Wiercił się bez przerwy i rozmyślał o szczeniętach psów bojowych.

To niesprawiedliwe, by je testować, są przecież takie młodziutkie...

Nagle dojrzał szczupłą sylwetkę Słodkiej, jak przemykała pomiędzy śpiącymi psami. W końcu stanęła nad Fuksem i zaczekała, aż ten się podniesie i ruszy za nią. Żołądek skurczył mu się z nerwów.

Co takiego beta planowała z nim zrobić, i to w środku nocy?

Bezszelestnie wyprostował się na łapach i podążył za Słodką. Suczka podeszła do odległego końca jaskini, gdzie Stokrotka zwinęła się w kłębek obok Promyka.

Fuks obserwował z przerażeniem, jak Słodka trąca Stokrotkę w nos.

Po co ona ją budzi? — zastanawiał się.

Stokrotka uniosła powieki i zaskoczona mrugnęła na widok Słodkiej. Jej zaniepokojone spojrzenie powędrowało następnie do Fuksa.

— Pozwól za mną — mruknęła Słodka.

Mała suczka ziewnęła i podniosła się z trudem.

— O co chodzi? — zapytała.

— Wyjaśnię, jak już stąd wyjdziemy — odrzekła Słodka, prowadząc Fuksa i Stokrotkę obok Belli, która stała na straży tej nocy. Bella zerknęła na nich z zaciekawieniem, ale odwróciła wzrok, jak tylko opuścili jaskinię.

Powietrze szczypało chłodem. Psy Nieba już odpoczywały, a Pies Księżyca unosił się samotnie na bezchmurnym niebie podczas pory nie-słońca. Podmuch wiatru poruszył gałęziami drzew i futrem Fuksa. Stokrotka zadrżała.

— Co jest grane? — zapytała oszołomiona. Zerkała to na Słodką, to na Fuksa, a jej uszy podskakiwały nerwowo.

— Miałem zapytać Słodką o to samo — wyznał Fuks. — Znowu chodzi o szczeniaki?

— A jednak udało ci się zgadnąć? — Niski głos alfy wybrzmiał w ich kierunku z ciemności i sierść Fuksa natychmiast uniosła mu się na grzbiecie. Chwilę później dojrzał zarys kudłatej sylwetki półwilka, gdy ten podchodził bliżej, a jego żółte oczy zalśniły w księżycowej poświacie.

Stokrotka podeszła nerwowo bliżej Fuksa.

Fuks natomiast pomyślał o szczeniętach grzecznie śpiących z Martą. Momentalnie poczuł, jak ściska go w piersi i zasycha mu w gardle.

— Chyba nie zamierzasz robić im tego sprawdzianu teraz, co?

Wyszło mu to bardziej wrogo, niż zamierzał.

— Nie teraz — warknął alfa. — Ale o świcie. — Odwrócił się do Słodkiej i pozdrowił ją dotknięciem nosa, po czym odwrócił się do Fuksa. — Byłem dziś na zwiadzie z betą i Ognistym. Za jaskinią i lasem znajduje się grań z białej skały. Chciałbym wiedzieć, co jest dalej. Czy są tam jakieś psy? A może żyje tam dobra zwierzyna? No i czy rzeka poza granicą tej grani również nadaje się do picia?

Fuks słuchał z niepokojem.

Czyżby planował wysłanie mnie tam teraz, w środku nocy? W takim razie po co posłał po Stokrotkę?

Alfa, niemal czytając w jego myślach, zerknął na Stokrotkę, jakby dopiero ją zauważył.

— Zabierzesz ze sobą szczenięta psów bojowych — zwrócił się do niej.

— Mam sama je gdzieś zabrać...? — Oczy Stokrotki otworzyły się szeroko.

— Tak, na drugą stronę lasu. Musimy się przekonać, czy są lojalne wobec sfory. Musimy też być pewni, że będą słuchały poleceń dorosłych członków sfory niezależnie od tego, jak bardzo są oni... — urwał alfa, po czym popatrzył z góry na Stokrotkę, aż ta cofnęła się o krok, próbując spojrzeć mu w oczy.

Fuks poczuł, jak kurczy mu się żołądek, kiedy próbował przełknąć ślinę i nie jęknąć.

— Nie możesz wykorzystywać w taki sposób Stokrotki. To nie w porządku zarówno wobec niej, jak i wobec samych szczeniąt. Taka podróż przez las tylko narazi ich życie.

— A jednak jest to konieczne — warknął alfa. — Stokrotka poprowadzi szczenięta do białej grani, szukając nowego miejsca na obóz. Następnie sprawdzi, co jest poza tymi skałami i powróci do obozu ze szczeniętami, po czym złoży nam raport na temat tego, co widziała. Dzięki temu będziemy wiedzieli, czy ta trójka małych brutali potrafi przyjmować rozkazy.

Fuks był przerażony, bowiem sprawdzian, jaki alfa przygotował dla szczeniąt, jednocześnie narażał Stokrotkę na poważne niebezpieczeństwo. Zwłaszcza że należała do grupy psów, które łatwo ulegały presji.

— Wchodzenie do lasu bez reszty sfory jest zwyczajnie niebezpieczne! — zaprotestował, myśląc o przebiegłych kojotach, które czaiły się w mrokach nocy.

Widział jednak panikę na twarzy Stokrotki, więc postanowił nie pogarszać sprawy i nie wspomniał o nich. — Nie wiemy nawet, co się tam może czaić.

— Nie jesteś jedynym psem, który potrafi przeżyć na własną łapę — warknął lekceważąco alfa. — Stokrotka będzie musiała sobie jakoś poradzić.

Fuks pomyślał o Lizie, Mruku i Zawijasie, którzy tak szybko zasnęli u boku Marty. Całe jego ciało napięło się w pragnieniu, by ich ochronić.

— A co ze szczeniętami?

Stokrotka drżała jeszcze bardziej. Jej spojrzenie pomknęło w stronę wysokich drzew rosnących za obozem, a następnie na Słodką.

— Beto, muszę? — zapytała.

— Owszem, Stokrotko — przyznała Słodka ze spokojem. — Zrobisz to dla dobra swojej sfory. Wyruszycie jutro o wschodzie słońca.

Fuks i alfa ruszyli po wilgotnej trawie na krawędź lasu. Dalej Lizę, Mruka i Zawijasa prowadziła już Stokrotka. Fuks słyszał, że szczenięta paplają o czymś wyraźnie podekscytowane. Pies Słońce niedawno zaczął swoją wędrówkę po niebie i maluchy nie zaszły jeszcze na tyle daleko, by się zmęczyć i marudzić.

Tylko jak długo to jeszcze potrwa? — zastanawiał się Fuks.

— Dlaczego to akurat nas wybrano do tej misji? — dopytywała Liza.

Fuks zastanawiał się dokładnie nad tym samym, kiedy alfa wyrwał go z zamyślenia, skubiąc mocno jego ramię.

— Rusz się, omego, i chodź za mną. — Gdy Fuks posłał mu puste spojrzenie, alfa warknął na niego cicho: — Zamierzam obserwować psy bojowe z oddali. Chcę na własne oczy zobaczyć, w jaki sposób i kiedy dokładnie obleją nasz test. Chcę również, byś i ty się o tym przekonał.

Fuks zdusił poirytowane warknięcie i ruszył za alfą po śladach Stokrotki i szczeniąt, którzy opuszczali obóz.

— Alfa wybrał was, ponieważ jesteście silni pomimo swoich niewielkich rozmiarów, podobnie jak ja — wyjaśniła Lizie Stokrotka. — Wprawdzie przejdziemy spory dystans przez las, ale nikt nas tam nawet nie zauważy.

— Czekają nas przygody! — pisnął Zawijas.

— Najwyższa pora, żeby i nam ktoś przydzielił jakieś porządne zadanie — uznał Mruk. Fuks nie widział jego miny, ale w tonie szczeniaka słyszał satysfakcję. Dzięki temu poczuł się nieco pewniej.

Być może to właśnie tego od początku potrzebował — jakiegoś celu w życiu.

Fuks i alfa szli bez słowa w pewnym oddaleniu, kryjąc się za drzewami. Byli ostrożni, nie chcieli bowiem zbliżyć się zanadto do Stokrotki i szczeniąt, którzy poruszali się naprawdę powoli. Z czasem las zaczynał piąć się ostro pod górę, a teren był piaszczysty, przez co jeszcze trudniej było im się wspinać, a sprawy nie ułatwiały pnące się przy poszyciu cierniste pnącza.

Wyglądało na to, że dla szczeniąt i ta podróż nie miała być łatwa.

Fuks usłyszał, jak Stokrotka odzywa się raz po raz do szczeniąt z instrukcjami.

— Przed nami wznosi się stromy pagórek — powiedziała. — Być może nie będzie nam łatwo się wspiąć. Stawiajcie nieduże, ostrożne kroki. Nie szarżujcie, bo możecie wpaść na jakiś cierń albo sturlać się na sam dół. Róbcie to co ja.

Alfa spojrzał twardo w oczy Fuksowi, który mógł się domyślać, co ten miał na myśli.

To jest ich pierwszy test — odgadł i zamarł.

Liza ruszyła za Stokrotką pod górkę, prowadząc swoich braci. Zdawała się być spokojna i opanowana, stawiała nieduże kroki, tak jak jej kazano. Po chwili dumny Fuks pomerdał ogonem.

Nauczyła się na błędach po tamtym wypadku z zablokowaniem się w drzewie.

Obserwował, jak Liza pokonuje nachylenie i dołącza do Stokrotki czekającej u szczytu wzniesienia. Następnie młoda suczka pisnęła z zachwytu i otrząsnęła się mocno.

Zawijas podskakiwał radośnie w ślad za nią, próbując nadążyć, ale kilka razy potknął się i poślizgnął na rozpadających się grudach ziemi. Kilkukrotnie usiłował pokonać ten sam odcinek, ale za każdym razem tracił grunt pod nogami.

— Zawijasie, stawiaj mniejsze kroki — przypomniała mu Stokrotka.

Maleńki szczeniak zaszczekał z determinacją i zaczął wspinać się ponownie. Tym razem jednak posłuchał poleceń i stąpał ostrożnie i powoli.

— Patrzcie na mnie, wspinam się! — pisnął radośnie i wkrótce znajdował się już na szczycie, merdając ogonem.

— Pamiętaj, o czym wam mówiłam, Mruku — powiedziała Stokrotka, gdy największe szczenię rozpoczęło wędrówkę pod górę.

— Wiem, jak to się robi — warknął arogancko Mruk. Następnie ruszył z rozpędu pod stromy pagórek, podskakując energicznie na umięśnionych nogach. Fuks był pod wrażeniem tego, jak bardzo szczeniak jest sprawny fizycznie. Kilka chwil później Mruk potknął się i zsunął z powrotem do podnóża, wzbijając wokół chmurę kurzu.

Kiedy się podniósł, zakrzyknął:

— To głupota! Opuściliśmy duży, dobrze osłonięty obóz z wielkim domem i gankiem oraz wszystko, czego było nam trzeba, a teraz tkwimy gdzieś przy łysym starym wzgórzu, a jedynym naszym zadaniem jest maszerowanie. Bez sensu!

— Jesteś teraz członkiem Dzikiej Sfory — powiedziała Stokrotka pewnym tonem, a Zawijas stanął u jej boku. — Niekiedy musimy wyświadczyć naszej sforze jakąś przysługę, na przykład sprawdzić, czy w lesie nie ma miejsca na nowy obóz. W przyszłości będziesz również chodził na patrole i polował. Z czasem zaczniesz uwielbiać sam fakt, że jesteś częścią takiej grupy.

— Ale my przecież mieliśmy już swoją sforę — warknął Mruk.

Stojący w ukryciu za pniem starego dębu alfa skierował na Fuksa chłodne spojrzenie.

Jest przekonany, że udowodni mi swoją rację i okaże się, że szczeniąt psów bojowych nie można niczego nauczyć.

Fuks odwrócił spojrzenie od alfy i skupił uwagę na Mruku.

Szczeniak ruszył ponownie pod górę małymi krokami. Tym razem dotarł na szczyt wzniesienia.

Fuks i alfa szli dalej bez słowa, pod wiatr względem Stokrotki i szczeniąt. Fuks powęszył w powietrzu, rozkoszując się aromatem ziemi, sosny i trawy. W pewnym momencie zamarł, poczuł bowiem coś zupełnie innego, wilgotnego i jakby znajomego. Był to zapach jakiegoś psa. Nagle Fuks zdał sobie sprawę, że była to ta sama woń, co przy martwych gołębiach, które znalazł razem z Brunonem w lesie niedaleko obozu. Zerknął na alfę, ten jednak nie wyglądał, jakby coś zwróciło jego uwagę.

Kawałek dalej Fuks dojrzał szczątki jakiegoś małego zwierzęcia. Dotknął ich i powąchał.

— To tylko mysz — powiedział alfa, a następnie przystanął i przeciągnął się, jakby obnosząc się ze swoimi długimi, umięśnionymi łapami.

Fuks dostrzegł ślad łap i podchwycił ostry zapach.

— Zabił ją jakiś pies — powiedział.

— Wiem — odpowiedział obojętnie półwilk. — Zrobił to Tik.

— Tik? — powtórzył Fuks jak echo. Podniósł spojrzenie, powiódł nim po koronach drzew i niskich krzewach. Przypomniał sobie tego zmizerniałego, rannego i kulejącego psa, którego widział w lesie podczas podróży do miasta.

Jak to możliwe, żeby pies w takim stanie mógł polować? I jakim cudem w ogóle przeżył?

Alfa zerknął w dół na Fuksa.

— Wyglądasz na zaskoczonego. Naprawdę wydaje ci się, że to takie trudne? Albo że tylko pies z miasta może przetrwać bez pomocy sfory? Tik od zawsze potrafił o siebie zadbać. I nieźle sobie radził pomimo swojej rany. A może właśnie dzięki niej.

Fuks machnął radośnie ogonem na tę myśl. Założył, że Tik nie przeżyje, i cieszyło go, że ten ranny pies sobie jakoś radził. A przy tym nie podejrzewał nawet, że półwilk kiedykolwiek się za kimś wstawi. Być może pod tą jego szarą sierścią kryją się jednak jakieś uczucia.

— Może nawet chciałby wrócić do sfory — zastanawiał się głośno Fuks.

Alfa wyprostował się, popatrzył w głąb lasu i przemówił spokojnie:

— Opuścił nas jak najgorszy tchórz i nie ma prawa powrotu. — Odwrócił swój wilczy pysk do Fuksa. — A jak się dowiem, że polował na naszym terytorium, to zginie.

Poza wzgórzem rozciągał się płaskowyż, z którego można było dojrzeć grań bielejącą w oddali. W jej pobliżu rosły drzewa. Było ich znacznie mniej, w dodatku grube drzewa liściaste zastąpiły tu szczupłe sosny. Teren był skalisty i z pewnością nieprzyjazny dla szczenięcych łapek.

Fuks i alfa kucnęli za sporym głazem w bezpiecznej odległości, jednak na tyle blisko, by słyszeli Stokrotkę i szczenięta. Pies Słońce sunął po niebie i Fuksowi zrobiło się szkoda maluchów, w końcu z pewnością były już zmęczone i głodne. Widział, jak ich sierść błyszczała w słońcu, i słyszał, jak dyszą ciężko, a jednak parły naprzód, drobiąc powoli za Stokrotką.

— Daleko jeszcze? — pisnął Zawijas.

— Jeszcze tylko trochę. Chodźmy, czuję zapach wody — powiedziała mu Stokrotka.

Liza odwróciła się w jej stronę.

— Wody? Ależ mi się chce pić! To gdzie jest ta woda?

— Przecież woda nie ma zapachu... — warknął Mruk.

Stokrotka przystanęła.

— Spróbuj wciągnąć głęboko powietrze, a też ją poczujesz — powiedziała i schyliła się, a następnie złożyła pysk na kamienistym podłożu i wzięła głęboki oddech.

Liza i Zawijas zrobili to samo i przywarli do ziemi. Fuks denerwował się, rozmyślając, co takiego zrobi w tej sytuacji Mruk. Jednocześnie kątem oka obserwował alfę — półwilk także uważnie przysłuchiwał się wymianie zdań.

Mruku, błagam cię, nie próbuj podważać autorytetu Stokrotki — życzył sobie w duchu Fuks.

Mruk wyglądał na sceptycznego, jednak skłonił się i powąchał ziemię. Przez chwilę prawie się nie poruszał, ale w końcu jego ogon podskoczył w górę.

— Faktycznie, woda! — szczeknął. — I to niedaleko! Naprawdę ją czuję!

— Ja również! — pisnęła Liza. Doskoczyła do Mruka i tarzali się przez jakiś czas po ziemi, szczekając wesoło. W końcu ruszyli w stronę wody.

— Nie tak szybko — zawołała za nimi Stokrotka, a jej głos był wesoły. Ruszyła za nimi, merdając przy tym ogonem.

Jedynie mały Zawijas nie ruszył się z miejsca ani na krok.

— A ja niczego nie czuję — jęknął.

Stokrotka zatrzymała się, wróciła do szczeniaka i polizała go pocieszająco po uchu.

— Nie poddawaj się — zachęciła. — W końcu się uda.

Niewielki strumyk przepływał pomiędzy białymi skałami opodal sosen. Stokrotka i szczenięta byli już mocno spragnieni i napili się, a następnie obmyli łapy. W końcu Stokrotka poprowadziła ich dalej w stronę białej grani.

W końcu Fuks zdał sobie z czegoś sprawę.

Ona ewidentnie chce odsunąć się od strumienia, żeby pozwolić mnie i alfie zaspokoić pragnienie tak, żebyśmy nie bali się, że ktoś nas zauważy. Doskonale wie, że za nią idziemy, ale nie chce, by szczenięta zdały sobie z tego sprawę. Bystra ta Stokrotka!

Popatrzył na nią z oddali i poczuł, jak robi mu się ciepło na samą myśl o niej.

Pies Słońce opuścił się w końcu na niebie i Stokrotka oraz szczenięta znaleźli miejsce na nocleg pomiędzy dwiema skałami, bezpośrednio pod drzewem, które wyglądało, jakby się komuś kłaniało. Mieli jeszcze trochę czasu, zanim niebo zupełnie sczernieje, ale Stokrotka nie chciała już iść dalej, a z kolei szczenięta wolały zalec na ziemi po tym, jak przez cały dzień podróżowały.

Kawałek dalej Fuks i alfa znaleźli zacienione miejsce pod niskim drzewem z opadającymi gałązkami niczym małe ogonki. Fuks był nawet wdzięczny Stokrotce za to, że postanowiła się zatrzymać i rozbić obóz. Szczenięta na pewno są już wyczerpane. A ona dba o to, by zachowały jeszcze jakieś siły na jutro. Po raz kolejny poczuł przyjemne ciepło na myśl o tej dobrodusznej małej suczce i szczeniętach, którymi się opiekowała. Uczucie to jednak zniknęło, gdy odwrócił się z powrotem w stronę alfy.

Półwilk ziewnął, obnażając wielkie, ostre kły. Następnie wyciągnął przednią łapę i polizał siną bliznę.

— Jak do tego doszło? — zapytał Fuks, patrząc na zranione miejsce. — Dlaczego wdałeś się w walkę z psami bojowymi?

Alfa wyciągnął łapę w jego stronę i warknął.

— Dlaczego cię to interesuje? Lubisz słuchać o moich słabościach, o to ci chodzi?

— Oczywiście, że tego nie lubię! — jęknął Fuks, próbując opanować głos. Wyjrzał w stronę skalistego schronienia, gdzie Stokrotka i szczenięta rozbili obóz.

Jeśli mnie teraz usłyszą, będą wiedziały, że ktoś je oszukał. I nigdy mi tego nie wybaczą. Nie mogę sprowokować alfy — pomyślał i popatrzył na półwilka.

Po chwili przemówił ostrożnie:

— Chcę tylko zrozumieć, dlaczego aż tak bardzo ich nienawidzisz.

— Nie mam ochoty o tym rozmawiać — warknął alfa. — Zwłaszcza z tobą, psie z miasta! — powiedział i machnął szybko głową. — A dlaczego ty tak mocno w nie wierzysz? Przecież wszyscy wiedzą, że to urodzeni mordercy.

— Wierzę w naszą sforę i jej wpływ — powiedział mu Fuks. — I w to, że przy odpowiednim wsparciu nawet młode psy bojowe mogą nauczyć się dobra. Sam tylko spójrz, jak świetnie współpracują ze Stokrotką.

— Jestem pod wrażeniem, że tak wysoko cenisz sobie sforę — powiedział alfa, jednocześnie odprężając się. — Ale prawda jest taka, że psy się nie zmieniają. Sporo już widziałem i jestem o tym przekonany. Zresztą spójrz na siebie — jesteś samotnym psem, masz to we krwi.

Fuksowi zrobiło się chłodno i poczuł, że bezwiednie ściąga wargi. Wziął głęboki oddech i zwalczył odruch warknięcia na alfę.

Półwilk natomiast kontynuował wywód:

— Twoja natura zawsze weźmie nad tobą górę. Najpierw dołączyłeś do Sfory w Obrożach, potem do Dzikiej Sfory. Teraz wziąłeś na siebie niańczenie psów bojowych. Wątpię, żeby twoje oddanie trwało długo. Pewnego dnia po prostu obudzę się i dowiem, że opuściłeś sforę, pozostawiając swoje cenne szczenięta. A my będziemy musieli posprzątać po tobie bałagan. — Wpatrywał się w Fuksa, jakby chciał go wytrącić z równowagi.

Nie dam mu tej satysfakcji — pomyślał Fuks i odwrócił twarz, by ukryć zniesmaczenie.

Uznał w końcu, że próba dogadania się z półwilkiem nie ma sensu.

Alfa ziewnął ponownie.

— Twój problem, Fuksie, polega na tym, że...

TRACH!

Odgłos pękających gałęzi poderwał obydwa psy na równe nogi. Jeden i drugi zastrzygli nerwowo uszami i napięli mięśnie całego ciała. Nieopodal pobliskich sosen usłyszeli grzmotnięcie ciężkich łap, które wzbiły z ziemi tuman kurzu. Fuks obnażył kły i obserwował, jak między drzewami przesunęła się ciemna masa. Po wydawanych dźwiękach oraz po przebłyskach ruchów Fuks wywnioskował, że to musi być coś dużego. Powęszył przez chwilę i podchwycił wilgotny, stęchły zapach. Po chwili usłyszał kolejne łupnięcie i zobaczył, że to coś przesunęło na bok jeszcze więcej gałęzi, powodując deszcz sosnowych igieł. W końcu bestia wypadła spomiędzy drzew i ruszyła po kamienistym płaskowyżu.

Stworzenie to było wielokrotnie większe od jakiegokolwiek psa. Miało czarną i gęstą sierść, szeroki korpus, ale żadnego ogona, i głośno uderzało łapami o podłoże. Olbrzymią głowę pokrywała ta sama czarna, kędzierzawa sierść, wyrastały z niej również zaokrąglone uszy, a pośrodku widniały małe, wściekłe oczka i pysk ziemistego koloru.

Po ciele Fuksa rozeszła się fala strachu.

— Co się dzieje? — wydyszał ciężko.

Alfa zamarł w miejscu, a w oczach miał szaleństwo.

— To futrzasty olbrzym! One żyją w lasach i polują samotnie. Są znacznie silniejsze od najwaleczniejszych psów. Nawet wilki się ich boją!

Tak się jednak szczęśliwie złożyło, że bestia nie zauważyła Fuksa i alfy, tylko odwróciła się raptownie i pomknęła w stronę białej grani.

Oddech uwiązł Fuksowi w gardle na ten widok.

Stokrotka i szczenięta! — pomyślał w panice i odwrócił się do alfy.

— Wiem, że nie taki był plan, ale musimy obudzić Stokrotkę! Ona i szczeniaki znajdują się teraz w ogromnym niebezpieczeństwie!

Postąpił krok w stronę białych skał, ale alfa wyskoczył naprzód i zablokował mu przejście swoim wielkim, wilczym cielskiem.

— Nigdzie nie pójdziesz! — warknął.

Rozdział 17

— Co masz na myśli? O czym ty mówisz?

Fuks próbował przepchnąć się obok alfy, ale uderzenie łapy odtrąciło go na bok.

— Przecież musimy im jakoś pomóc! Nie rozumiesz? Co jest z tobą nie tak?

Przerażenie sprawiło, że serce waliło Fuksowi jak młotem. Nie było przecież ani chwili do stracenia!

Półwilk zaśmiał się okrutnie.

— Mój plan wypalił jeszcze lepiej, niż mogłem się tego spodziewać. I teraz nareszcie przekonamy się, ile tak naprawdę warte są te szczeniaki. Bardzo dobrze, niech stawią czoła temu wyzwaniu same.

— Nie, ja im.... — zaczął Fuks, ale alfa warknął tylko wściekle i słowa uwiązły psu w gardle.

— To nie była prośba, psie z miasta. Potraktuj to jako rozkaz — rzucił alfa i spojrzał ponad grzbietem Fuksa w stronę futrzastego olbrzyma pędzącego przez listowie. Oczy mu rozbłysły. — Dzięki temu przekonamy się, z jakiej gliny są ulepione — powiedział i popatrzył z powrotem na Fuksa. — A może obawiasz się, że mają jednak dziki charakterek?

Fuks otrząsnął się i spojrzał na alfę.

— Martwię się tym, czy w ogóle przeżyją. — Od dawna nie czuł się taki bezsilny. Czy naprawdę uratował te szczeniaki jedynie po to, żeby teraz oglądać, jak coś je miażdży?

Bestia szła ciężkimi krokami w stronę białej grani. Zanim jednak dotarła do miejsca wypoczynku suczki, nieduża twarz Stokrotki wychynęła z ukrycia. Patrzyła z przerażeniem na olbrzyma, który przystanął, obrócił głowę w tę i we w tę, po czym powąchał powietrze. Fuks dostrzegł długie, zakrzywione pazury przy każdej łapie.

Stokrotko, nie rzucaj mu wyzwania! — pomyślał Fuks, a jego oczy uniosły się do nieba. Który z Psich Duchów mógłby teraz ochronić Stokrotkę i szczenięta? Wysłał do nich mentalną prośbę: Psie Duchy! Psie Słońce oraz Psie Księżycu! Psy Rzeki i Psie Ziemio! Proszę, chrońcie moich przyjaciół. Błagam was!

Mruk nagle pojawił się u boku Stokrotki, warcząc na futrzastego olbrzyma.

— Cofnij się! — zarządziła Stokrotka, ale szczeniak zignorował ją i stanął u jej boku, a Liza i Zawijas schowali się za nimi.

Fuks obserwował całe zajście z daleka i błagał alfę:

— Musimy im jakoś pomóc! Nie możemy ich teraz zostawić na pastwę losu!

— Ależ możemy — warknął alfa, zerkając na Fuksa. — Przecież już ci to wyjaśniłem. Jest to część bardzo ważnego sprawdzianu dla tych małych dzikusów.

Gigakudłacz postawił kilka kroków naprzód i zatrzymał się. Opuścił głowę, obwąchał ziemię i zignorował zupełnie Mruka, który obszczekiwał go już swoim wysokim głosikiem.

Chwilę później, bez żadnego ostrzeżenia, bestia rzuciła się w stronę Stokrotki i szczeniąt. Psy uciekły i schowały się za duży głaz, a olbrzym zaryczał i podniósł się na tylnych łapach. Nawet Mruk odsunął mu się z drogi na ten widok i rzucił w stronę drzew.

Futrzasty olbrzym uniósł wielką łapę, ale nie rzucił się w pogoń za psami, tylko uderzył w gałęzie rozkołysanego drzewa, posyłając w powietrze burzę liści. Jego szpony zanurzyły się w czymś, co wyglądało jak drzewna narośl z żółtawą korą. Kiedy wyciągnął łapę lśniącą od bursztynowego płynu, wepchnął ją do pyska i westchnął przejmująco. Nagle chmara pszczół zakłębiła się obok jego głowy, na co potrząsnął tylko łbem i zastrzygł uszami. Zlizał z łap ostatnią kroplę napoju i ponownie uderzył drzewo, a pszczoły bzyczały wokół niego niczym oszalała chmura.

Fuksowi tak ulżyło, że aż zrobiło mu się słabo.

— Jednak nie interesują go psy — westchnął. — Sam zobacz, zignorował je. W tym drzewie musi być coś, co naprawdę lubi. I to tego czegoś szuka.

Alfa nie odpowiedział, oczy miał bowiem utkwione w olbrzymie.

Fuks zaczął się uspokajać. Nic im nie będzie. Wystarczy, że Stokrotka i szczenięta zachowają spokój...

Stokrotka, Liza i Zawijas chowali się za skałą, natomiast Mruk spróbował zajść futrzastego olbrzyma od tyłu.

Fuks zadrżał z przerażenia.

Co on najlepszego wyprawia?

— Mruku, wracaj! — krzyknęła do niego Stokrotka.

— Nie boję się go! — szczeknął Mruk i ruszył naprzód. — A jego rozmiar nie ma dla mnie znaczenia!

— Ten szczeniak jest wyjątkowo durny — warknął alfa.

Fuks spróbował zachować spokój.

— Proszę cię, alfo, musimy mu jakoś pomóc! To tylko młody psiak, który nie wie jeszcze, jak powinien postępować. Potrzebuje pomocy starszych psów w sforze — psów takich jak ty.

Alfa potrząsnął lekceważąco głową.

— Psy bojowe to niesforne kundle! Mówiłem ci to od samego początku. — Stał bez ruchu, nie pozwalając Fuksowi przejść. — Musimy poczekać i zobaczyć, co się stanie.

W tym samym czasie Stokrotka błagała Mruka, by się odsunął.

— W ten sposób tylko go rozwścieczysz! — ujadała.

— Pies nigdy nie ucieka przed wrogiem! — szczeknął Mruk.

— Mądry pies wie, kiedy należy uniknąć walki — ostrzegła do Stokrotka. — Nie wygrasz przecież z tak ogromnym stworzeniem. Żadne z nas nie da mu rady!

— Ona ma rację — szczeknęła Liza. — Sam popatrz, jaki on jest wielki! A ty go jeszcze złościsz coraz bardziej!

Futrzasty olbrzym jakby postanowił dowieść, że Stokrotka ma rację. Odwrócił się do Mruka i lśniącymi oczyma zmierzył szczeniaka.

Nie. Tylko nie to!

Fuks usiłował ruszyć naprzód w ich kierunku, ale alfa ponownie zablokował mu drogę.

Bestia cofnęła się kawałek, stojąc na tylnych łapach. Zamachnęła się, a powietrze przecięły jej szpony. Jedna łapa wciąż była ubrudzona bursztynowym płynem. Stworzenie odchyliło głowę do tyłu i ryknęło, odsłaniając czerwonawe wnętrze pyska, z którego wyrastały długie, żółte zębiska.

Olbrzym postawił głośno krok w stronę Mruka, który skulił się i wycofał w stronę Stokrotki i swojego rodzeństwa. Psy zostały w ten sposób zagonione w róg pomiędzy skałami.

Fuksowi było niedobrze ze strachu. Serce waliło mu mocno w klatce piersiowej.

— Alfo, proszę cię! Przecież my musimy mu pomóc! Nawet jeśli nie obchodzą cię szczenięta, zrób to dla Stokrotki! Zawsze była lojalną członkinią sfory. Przyjęła tę misję bez kręcenia nosem i starała się we wszystkim, co robiła dla ciebie i dla innych. Nie zasługuje na taki los! Nie możemy jej teraz opuścić!

Alfa poruszył uszami i napiął całe ciało, przypatrując się Stokrotce i szczeniętom, którzy kulili się spanikowani. Futrzasty olbrzym górował nad nimi, a następnie pochylił się i ogromna łapa spadła na nich jak grom. Stokrotka zawyła krótko i potoczyła się, ciągnąc za sobą szczeniaki. Gdy podnieśli się już po ataku na równe łapy, Fuks zobaczył krew na sierści Stokrotki w miejscu, gdzie szpon potwora przeciął jej skórę. Olbrzym ryknął ponownie, a Fuks był pewien, że słyszy w jego głosie radość.

Stokrotka rozglądała się desperacko i jej oczy spoczęły w końcu na Fuksie i alfie.

Fuks poczuł, jak jego żołądek kurczy się ze wstydu, i pchnął alfę. W jego ochrypłym głosie słychać było teraz wyraźną nutę desperacji.

— Jak zareaguje twoja sfora, kiedy wszyscy dowiedzą się, że pozwoliłeś umrzeć lojalnemu psu?

Ogon półwilka drgnął nagle.

W pobliżu białej grani Stokrotka zawyła z rozpaczy.

— Pomocy! Jesteśmy uwięzieni!

Cień zwątpienia przemknął po pysku alfy.

— W porządku, za mną.

Skoczył w stronę futrzastego olbrzyma, a Fuks pobiegł w ślad za nim.

Fuks zwolnił, gdy dobiegali już na miejsce. Trzymał się nisko, a po chwili potwór odwrócił się i wbił w niego spojrzenie. Stokrotka i szczenięta jęknęli z wdzięcznością, kuląc się i drżąc cały czas pod kamienną ścianą.

Alfa zrównał się z Fuksem. Spojrzenie miał łagodne, a do tego przyjął pozę, z której bił spokój. Oczy bestii zwęziły się w szparki, gdy patrzyła na przywódcę sfory. Alfa ani drgnął, jakby nie zamierzał ustąpić pola ani atakować. Fuks podziwiał inteligencję alfy. Półwilk dawał bowiem jasno do zrozumienia, że nie chce wszczynać walki, ale również, że nie ustąpi. Powoli, ale pewnym krokiem zaczął okrążać olbrzyma, aż w końcu stanął przed Stokrotką i szczeniętami, sygnalizując tym samym, że zamierza ich ochronić. Fuks podszedł i stanął obok.

Futrzasty olbrzym obserwował ich uważnie, ale nie ruszył w ich stronę. Fuks z kolei przemówił delikatnie:

— Stokrotko, na mój sygnał zacznij oddalać się od niego wzdłuż kamienistej ściany. To samo tyczy się szczeniąt, tylko stawiajcie małe kroki. Ale jeszcze nie teraz — ostrzegł, widząc, jak Zawijas panikuje i rusza biegiem z boku kamienia. Słysząc Fuksa, Zawijas natychmiast zamarł bez ruchu.

— Dopiero jak Fuks da nam sygnał — potwierdziła Stokrotka. Stojąca obok Liza skinęła głową ze zrozumieniem. Nawet Mruk siedział cicho.

— Omega i ja też cofniemy się powoli od bestii — powiedział alfa, nie odrywając oczu od olbrzyma. — Nie wykonujcie gwałtownych ruchów, które mogłyby go rozzłościć.

Fuks skinął głową.

— Daj nam tylko sygnał.

Futrzasty olbrzym w dalszym ciągu patrzył gdzieś pomiędzy alfę a Fuksa.

— Teraz! — pogonił ich alfa.

— Pamiętajcie, małe kroki! — jęknął Fuks, próbując nie podnosić głosu. Razem z alfą wycofali się od bestii. Stokrotka na sygnał ruszyła wzdłuż kamienistej ściany, a Liza i Zawijas poszli za nią. Mruk jednak nie ruszył się z miejsca. Wyglądało na to, że przyrósł do miejsca, w którym stał, a jego małe ciałko aż trzęsło się z napięcia.

Potwór patrzył na odwrót alfy i Fuksa. Zdawało się, że zapomniał już o reszcie psów przy skałach. Obniżył pysk i polizał łapę, zbierając do ostatniej kropli bursztynowy płyn. Chwilę później opadł na cztery łapy z głośnym łupnięciem. W końcu odwrócił się w stronę lasu i ruszył w jego stronę.

— Idzie sobie! — szepnął Fuks, a jego ciało zalała fala ulgi.

Alfa jednak nie zamierzał jeszcze świętować.

— Wszystko weźmie w łeb, jeśli temu twojemu psu bojowemu zachce się go zatrzymać...

Na te słowa Mruk wyszedł naprzód i zaszczekał:

— Wynoś się stąd! Nie masz najmniejszych szans z psami! Żaden wróg nie zwycięży nigdy prawdziwego wojownika!

Fuks ledwo mógł uwierzyć własnym uszom. Szczeniak ewidentnie wziął zachowanie olbrzyma za oznakę słabości.

— Mruku, nie! — jęknął, ale malec zignorował jego prośbę.

— A jak tu kiedyś wrócisz, to popamiętasz! — szczekał dalej Mruk.

— Milcz, szczeniaku! — warknął alfa.

Futrzasty olbrzym zatrzymał się w końcu i odwrócił, wbijając oczy w Mruka. Raz jeszcze stanął na tylnych łapach i wysunął szpony, a po chwili zanurkował w stronę szczenięcia z rykiem tak głośnym i tak bardzo przypominającym grzmienie burzy, że cały świat zdawał się trząść pod jego wpływem. Fuks rzucił się w stronę Mruka i szybko odciągnął szczeniaka od wielkiej bestii.

— Wynośmy się stąd! — zaszczekał, nie dbając już o to, czy jest głośno. — Biegnijmy do obozu, już!

— Tędy! — szczeknął alfa do Stokrotki. Następnie obiegł skały, a Stokrotka ruszyła biegiem za nim, oglądając się za siebie, by upewnić się, że Liza i Zawijas trzymają się blisko niej. Ruszyli między skałami i z powrotem do lasu, znikając pomiędzy pniami drzew w gęstym poszyciu leśnym.

Fuks został nieco w tyle i chwilami pchał, a chwilami ciągnął za sobą Mruka, który wolał zostać. Olbrzym opadł już na cztery łapy i ryknął ponownie. Z jego żółtych zębisk spływała ślina. Serce Fuksa stanęło ze strachu, gdy zbliżył się z Mrukiem do lasu. Łapy bestii uderzały o ziemię, zaraz ich dogoni! Po chwili jednak stworzenie zatrzymało się równie gwałtownie, jak wcześniej ruszyło za nimi. Fuks zaryzykował i obejrzał się za siebie, dzięki czemu ujrzał, jak bestia odwróciła się w bok, przystanęła i zaczęła węszyć.

Fuks wypuścił wreszcie Mruka, którego trzymał za kark, i opadł obok drzewa, a boki gwałtownie mu się podnosiły. W końcu wściekły odwrócił się do szczeniaka.

— Coś ty sobie myślał? Mogłeś zginąć przez takie zachowanie! No i co z resztą? Nie obchodzi cię, co się z nimi stanie?

Mruk jednak niczego nie żałował.

— Nie boję się, jak ktoś mnie tak próbuje zastraszyć! — warknął. — Przenigdy nie wolno uciekać!

Fuks zauważył, że głos Mruka stał się trochę niższy, a w jego oczach było coś bezwzględnego, czego dotąd tam nie widział. Z dnia na dzień coraz mniej przypominał szczeniaka.

— Mogliśmy przez ciebie wszyscy zginąć — próbował spokojniej wyjaśnić. Nie mógł wprost uwierzyć, że musi tłumaczyć coś podobnego. — Zachowałeś się bardzo lekkomyślnie. Nie powinno dawać się nikomu zastraszać, ale chęć wdawania się w walkę to czysta głupota. Tamten futrzasty olbrzym był większy od nas wszystkich razem wziętych! Musisz się czasem zastanowić, zanim rzucisz się do ataku. Czy Stokrotka niczego cię dzisiaj nie nauczyła? Myślisz, że jest dumna z tego, jak się zachowałeś?

Mruk wbił oczy w ziemię, miał bowiem na tyle przyzwoitości, by sprawiać wrażenie zawstydzonego. Fuks poczuł natychmiast, jak cały jego gniew gdzieś się ulatnia. Niby jak miał wyjaśnić temu młodemu psu, że alfa próbuje nim manipulować i to przez niego znaleźli się w tym niebezpieczeństwie?

Po chwili jednak opuścił głowę na trawę, zamknął oczy i zaczął się zastanawiać, czy alfa nie miał trochę racji.

Być może dla szczeniąt psów bojowych faktycznie nie było nadziei.

Rozdział 18

Dzień później, gdy Pies Słońce osiągnął najwyższy punkt na niebie, sfora zebrała się na łące nieopodal pochyłego wzgórza. Słodka woń sosen oraz bijące od ziemi ciepło krążyły w powietrzu, unosząc się na delikatnym wietrze. Fuks rzucił okiem na skały piętrzące się na krawędzi lasu. Wyobraził sobie Mruka, Lizę i Zawijasa, którzy drzemali akurat w głównej części jaskini, podczas gdy Strzała nad nimi czuwała. Wcześniej Fuks przysłuchiwał się, jak alfa instruował ją, że ma za zadanie „zająć się tymi paskudnymi psami bojowymi" i trzymać je z dala od Kichawy i Kręcioła, którzy odpoczywali w legowisku dla szczeniąt. Zgadzał się z tym, że Mruk zachował się naprawdę źle i że powinien dostać nauczkę za swoje zachowanie, ale skazywanie Lizy i Zawijasa na to, by ponieśli podobną karę, wydawało się mocno niesprawiedliwe.

Fuks skupił z powrotem uwagę na sforze i zobaczył, że Wiosna mówi coś po cichu do Werwy. Podsłuchał słowa „agresywne" oraz „niegodne zaufania", po czym ogon mu opadł. Stokrotka podeszła bliżej do niego, a po chwili Miki usiadł blisko i skinął mu głową, próbując okazać wsparcie.

Większość psów stanie po stronie alfy — pomyślał i dostrzegł, że Słodka go obserwuje.

Suczka odwróciła się, gdy tylko spomiędzy drzew wyłonił się alfa, zszedł powoli po stromiźnie w stronę zgromadzonych psów i zajął swoje miejsce pośrodku.

— Bez wątpienia wszyscy jesteście ciekawi wyniku testu — zaczął, patrząc wokół chłodno. — Niektórzy z was zapewne słyszeli już o incydencie z futrzastym olbrzymem.

Podszyty strachem szmer rozbrzmiał wśród zebranych.

— Naprawdę widzieliście jakiegoś futrzastego olbrzyma? — zapytała Wiosna. — To one faktycznie istnieją?

Luna zerwała się na równe łapy.

— Gdzie to było? — zapytała i posłała nerwowe spojrzenie w stronę skał, a potem w kierunku wejścia do jaskini.

— Daleko stąd — zapewnił ją alfa, po czym podrapał się za uchem, czekając, aż wszyscy ucichną. Gdy zapadła cisza, przemówił ponownie: — Napotkaliśmy tę bestię, gdy szukaliśmy Stokrotki i szczeniąt. Wyglądało na to, że stworzenie to karmiło się czymś rosnącym na drzewie.

— Te bestie zjadają drzewa? — zapytał Ognisty, a na jego ciemnym pysku odmalowało się zdziwienie. — Nie żywią się mięsem?

— Nie zamierzam teraz dyskutować na temat olbrzyma — warknął niecierpliwie alfa. — W każdym razie bestia była ogromna. Zbliżyła się do miejsca, gdzie Stokrotka ułożyła się do spoczynku ze szczeniętami. Ale to nie nimi była zainteresowana. Mam rację? — Alfa odwrócił się z tym pytaniem w stronę Stokrotki, która skinęła głową.

— To prawda. Z początku potwór nas zignorował. Zamierzał tylko najeść się z drzewa. Byliśmy bezpieczni, dopóki nie weszliśmy mu w drogę.

— I co się wtedy wydarzyło? — zapytał alfa.

Fuks spiął się cały. Alfa zachowywał się podle — jego pytania tylko sprawiały wrażenie niewinnych i niegroźnych, a tak naprawdę półwilk próbował tak pokierować Stokrotką, by powiedziała coś, co postawi szczeniaki w złym świetle. Raz jeszcze Fuks był pod wrażeniem tego, jak inteligentnym psem jest alfa, choć przecież jego taktyka doprowadzała go do szału. Zacisnął szczęki, by nie wybuchnąć z frustracji.

Stokrotka popatrzyła na Fuksa, oblizując się przy tym nerwowo.

— Nie musisz przecież spoglądać na omegę — warknął alfa, po czym szybko się opanował. Następnie rozejrzał się prędko, jakby chciał sprawdzić, czy ktoś zauważył, że poniosło go z gniewu. Wziął głęboki oddech i gdy podjął temat, głos miał już spokojny: — Po prostu opowiedz sforze, co się wydarzyło. Co było później?

Stokrotka opuściła spojrzenie i odezwała się ciszej, patrząc na własne łapy:

— Mruk zaczął szczekać, wzywając futrzastego olbrzyma do walki.

Zebrane wokół psy wydały z siebie zdziwione jęknięcia.

— Co za lekkomyślność — potwierdził alfa. — Głupie zachowanie, narażające innych członków sfory, na które mógł wpaść jedynie z natury podły pies.

— Zwyczajna podłość — zgodził się Maruda, kłaniając się przy tym poddańczo półwilkowi.

Fuks nie mógł znieść już dłużej tego wszystkiego.

— Albo odwaga — szczeknął. Wiedział, że Mruk zachował się lekkomyślnie, ale nie zamierzał dopuścić do tego, by szczenięta wygnano z powodu chwilowej pomyłki. Mruk i jego rodzeństwo potrzebowali jeszcze dużo czasu na naukę i tyle. — Z czasem szczenięta staną się cennym nabytkiem dla sfory i będą chroniły ją przed intruzami. Jestem pewien, że dostrzegacie ich potencjał.

Alfa warknął na niego.

— Walka w obronie własnej to jedna sprawa, ale one zwyczajnie dążyły do konfliktu. Jakby nie mogły się powstrzymać! Zwłaszcza ten podły Mruk. Szybko rośnie i trzeba przyznać, że ostatnimi czasy pokazuje rogi. Poza tym kto przy zdrowych zmysłach goniłby taką bestię, kiedy zagrożenie ewidentnie już minęło?

— Próbował ją gonić? — zawyła Wiosna.

Fuks zerknął na nią. Bruno, stojący obok Wiosny, otworzył szeroko oczy, choć na szczęście domyślił się, że nie powinien wyrażać głośno swojego zdumienia.

— Jesteś pewien, że bestia już odchodziła? — zapytała ostrożnie Bella. — Być może...

— Ona uciekała — szczeknął ostro alfa. Następnie rzucił okiem na Stokrotkę, a ta skinęła smutno głową.

— Czy teraz nareszcie rozumiecie? — ciągnął alfa. — Psom bojowym nie wolno ufać.

Fuks poczuł narastającą frustrację. Co za jawna niesprawiedliwość! Czy to możliwe, żeby alfa zamierzał wyrzucić szczenięta ze sfory tuż po tym, jak sam naraził je na niebezpieczeństwo? Spojrzał rozpaczliwie po zebranych dookoła psach, próbując domyślić się, które z nich było po jego stronie. Wiosna wyglądała na wściekłą, a uszy i ramiona Werwy opadły smutno, tylko czy to były złe, czy dobre oznaki? Każdy pies zdawał się być pogrążony we własnych myślach. Nawet wyraz twarzy Marty trudno było odczytać. Wyglądało to prawie tak, jakby jej oczy spoglądały w pustkę.

Alfa w końcu podniósł się z ziemi.

— Musimy się zastanowić, co zrobić z tymi przeklętymi podrzutkami. Przenosimy się gdzieś dalej i zostawiamy je w dziczy, czy może... skończymy to raz na zawsze? — zapytał, strzygąc wilczymi uszami.

Fuks poczuł, jak opada mu szczęka.

— Nie chcesz chyba... zabić szczeniaki? — szczeknął Miki.

Alfa był jednak spokojny i nie zachowywał się, jakby miało być mu głupio za ten pomysł.

— Biorę pod uwagę taką możliwość.

— Musielibyśmy zrobić to już wkrótce — stwierdziła Werwa. — Z dnia na dzień robią się coraz większe.

— Przecież to szczenięta! — szczeknął Fuks, a głos zaczął mu się łamać. — Jak w ogóle możecie brać pod uwagę rozwiązanie, w którym robimy im krzywdę?

— Nie dopuszczę do tego! — zawyła Marta, robiąc krok do przodu. Milczała, podczas gdy inne psy trajkotały, ale teraz jej spokojną, ciemną twarz wykrzywił grymas złości. — Odejdę ze sfory razem z nimi, jeśli będzie trzeba. I kłopot z głowy! Ale jeśli tylko spróbujecie je skrzywdzić, to będziecie mieli ze mną do czynienia!

Alfa odwrócił się, żeby na nią warknąć, a Miki natychmiast podszedł do niej i polizał ją, próbując uspokoić. Następnie odwrócił się do alfy i przemówił spokojnym tonem:

— Szczenięta nie chciały zrobić nikomu krzywdy. Dopilnujemy, żeby były grzeczne. Trzeba je tylko odpowiednio wytrenować.

— Jest już na to zdecydowanie za późno — szczeknął Ognisty. — Jedno z nich zaatakowało Kichawę. Mogła zginąć!

— To było tylko nieporozumienie — warknęła na niego Marta. Kilka psów wycofało się z obawy, że znajdą się na linii frontu tej kłótni. — Oni tylko walczyli ze sobą dla zabawy, nic więcej.

— A w tej drugiej sprawie chodziło jedynie o Mruka — burknęła Stokrotka. — Pozostała dwójka zachowuje się jak należy. Oboje słuchają poleceń.

Wtem odezwała się Luna:

— Zabijanie ich byłoby okrucieństwem. Po prostu zostawmy je tutaj.

Wiosna potrząsnęła swoimi długimi, kłapciatymi uszami.

— Nie, bo potem ruszą naszym śladem. Będą chciały się zemścić i w końcu nas dopadną!

Dlaczego szczenięta miałyby się mścić? — pomyślał Fuks, kręcąc z niedowierzaniem głową. Czy Wiosna naprawdę sądziła, że szczenięta są zdolne do czegoś takiego?

— To prawda — zgodził się Maruda strachliwym tonem. — Lepiej rozprawić się z problemem teraz, raz na zawsze.

— One nie są żadnym problemem! — zawył Fuks, czując, że nie może już siedzieć i słuchać bezczynnie. — To tylko szczenięta!

— Nie trzeba było ich tak oszukiwać — stwierdziła Marta wściekłym tonem. — To niewybaczalne!

Wściekłe wycie przerwało kłótnie sfory i psy co do jednego zamarły w ciszy, zaskoczone. Kawałek dalej stali Mruk, Liza i Zawijas.

Strzała stała za nimi i drżała.

— Usłyszały wasze szczekanie... I chciały wiedzieć, co się dzieje. Nie byłam w stanie ich powstrzymać.

Mruk wypuścił z siebie serię gniewnych szczeknięć:

— To przez ciebie ten olbrzym zapędził nas pod ścianę? — Patrzył na alfę. — Jak mogłeś coś takiego zrobić? A co, gdyby pożarł nas żywcem?

Alfa nawet nie drgnął, słysząc wściekłe ujadanie szczeniaka.

— Milcz, knypku! W razie gdybyś nie zauważył, to ja tutaj rządzę — odparował. — Futrzasty olbrzym nie był częścią mojego pierwotnego planu, ale przyznaję, że chętnie skorzystałem z okazji, by sprawdzić, jak psy bojowe zareagują w sytuacji zagrożenia. Chroniłem jedynie swoją sforę. Przyznaję, że odpowiedzialność za moje psy to ciężkie brzemię i robię wszystko, co możliwe, by zapewnić im bezpieczeństwo.

— Mruku — odezwał się Fuks, warcząc delikatnie. Choć nie zgadzał się ze sposobem działania półwilka, to jednak chciał jakoś załagodzić sytuację. — Z pewnością rozumiesz...

Jego słowa ucięło jednak piskliwe szczekanie innego psa.

— Ale że ty jesteś w to zamieszany? — Liza wpatrywała się prosto w Fuksa. — A my ci ufaliśmy!

Mały Zawijas wpatrywał się w Fuksa wielkimi, brązowymi oczyma, a jego krótki ogon zwieszony był między nogami. W przeciwieństwie do brata i siostry odezwał się tak cicho, że tylko Fuks słyszał jego słowa:

— Myślałem, że nas lubisz. I że jesteś naszym przyjacielem.

Żołądek Fuksa aż skręcił się z powodu wyrzutów sumienia.

— Bo jestem waszym przyjacielem. Nie chciałem, żeby to wszystko się stało. — Szukał odpowiednich słów, ale nie znalazł takich, które mogłyby usprawiedliwić jego postępowanie. Do tej pory nie czuł, że w jakiś sposób zdradza te młode pieski. Przez cały czas starał się robić to, co uważał za słuszne. A z drugiej strony faktycznie pomógł alfie w jego planie. I zawiódł szczenięta. Zrobił krok w ich stronę, patrząc kolejno na Mruka, Lizę i w końcu na Zawijasa. — Bardzo was przepraszam.

Zawijas odwrócił się do swojej siostry z jednego miotu.

— Trzeba przyznać, że koniec końców nas uratowali — powiedział. — No wiesz, Fuks i alfa, kiedy odciągnęli uwagę potwora. A jeszcze wcześniej Fuks i Miki zaopiekowali się nami, gdy byliśmy całkiem sami.

Liza spojrzała na brata i przechyliła głowę na bok, by przyjrzeć się Fuksowi uważnie.

— Wybaczamy ci, prawda, Zawijasie?

Zawijas odpowiedział, podbiegając do Fuksa, który nachylił się, by polizać malca po uszach. Miki wystąpił naprzód i przywołał do siebie Lizę, a reszta psów obserwowała ich bez słowa.

Uczucie ulgi rozlało się po ciele Fuksa. Szczenięta mu wybaczyły, a do tego zrobiły to przed całą sforą, okazując dojrzałość i to, że nadają się do życia w grupie. Fuks dojrzał cień zwątpienia na twarzy Belli, a Słodka uderzyła łapą ziemię w zamyśleniu.

Nareszcie ujrzały te szczenięta w zupełnie innym świetle. Zobaczyły ich delikatniejszą stronę — pomyślał.

Jedynie Mruk nie ruszył się z miejsca, trzymając się z dala od sfory. Fuks uniósł wzrok i napotkał jego spojrzenie.

— A co z tobą, Mruku? Przyjmiesz moje przeprosiny?

Zgódź się, proszę. Zrób, co trzeba, żebyśmy mogli zakończyć tę paskudną sytuację — prosił w myślach Fuks.

Szczeniak wyprostował się i wypiął pierś.

— Nigdy ci nie wybaczę! — szczeknął. — Moje rodzeństwo jest po prostu słabe, ale ja potrafię poznać wroga. Nie można ufać psom, które są inne — dzikie, mieszanej krwi, podstępne, bez dumy i honoru. Nie powinniśmy byli w ogóle z wami iść. — Po tych słowach odwrócił do Lizy i Zawijasa i warknął do nich:

— Wy dwoje! Idziemy stąd!

Liza zrobiła krok w stronę Mruka, ale się zawahała i odwróciła się z powrotem do Mikiego. Zawijas stał wciąż pewnie u boku Fuksa.

Mruk zawył:

— No dalej! Nie chcą nas tutaj, a poza tym pewnie i tak lepiej sobie poradzimy bez tej nędznej sfory. Znajdziemy naszych krewnych, to z nimi powinniśmy teraz być!

Wtem jakiś cień opadł na zebrane psy. Fuks odwrócił się i zobaczył duży, mroczny kształt u dołu rosnących nieopodal sosen. Na błyszczącym pysku lśniły ciemne oczy, a szczęki rozchyliły się, ukazując białe zębiska.

Głos, który usłyszeli, był brutalny.

— Nie musicie nas nawet szukać... Sami was znaleźliśmy.

Rozdział 19

Przedstawicielka psów bojowych uniosła pysk i spojrzała z góry na Dziką Sforę. Jej sierść lśniła, ciasno opinając naprężone, umięśnione ciało. Fuksowi zaschło w gardle, więc przełknął ślinę. Nazywano ją Kosą i była alfą tej brutalnej sfory. Pamiętał ją jeszcze z Psiego Ogrodu — jej wściekłe szczekanie i bezlitosne metody przywódcze. Stojąca niedaleko Bella pisnęła:

— To ona! Już raz jej uciekliśmy i pewnie wróciła, żeby nas dopaść. Na pewno chce zemsty!

— Nie sądzę, by to o nas jej chodziło — stwierdził Fuks, dotykając Zawijasa nosem w ochronnym geście. Przesunął szczeniaka za siebie, stając tym samym między Zawijasem a Kosą.

— O co chodzi? Co się dzieje? — zapytał Zawijas, próbując dojrzeć coś zza Fuksa.

— Nie ruszaj się teraz — mruknął do niego Fuks, patrząc wciąż na Kosę. Cokolwiek się teraz wydarzy, nie będzie to nic dobrego.

Długa trawa rozdzieliła się, gdy przeszła przez nią Kosa, a za nią pojawiło się więcej czarno-brązowych pysków. Wrogo nastawione psy utworzyły formację bojową na krawędzi rzędu sosen.

Są tu chyba wszystkie psy bojowe! — zdał sobie sprawę Fuks.

Strzała jako pierwsza wykrzyczała ostrzeżenie.

— Zostaliśmy zaatakowani!

Po tych słowach na łące wybuchła panika. Maruda zawył ze strachu, zaczął się cofać i wleciał na Brunona, z kolei ten wpadł na Werwę, która wyskoczyła w powietrze, szczekając szaleńczo. Jedynie Słodka przesunęła się na czoło sfory, chcąc bronić swoich. Fuks widział, jak boki jej ciała drżą z napięcia, aż wreszcie zawyła:

— Zajmijcie swoje pozycje!

Fuks cały się spiął. Psy bojowe ustawiły się równo za Kosą, po trzy w rzędzie, a ich spiczaste uszy sterczały niemal identycznie. Była to typowa dla nich sztuczka.

Wszyscy członkowie sfory spojrzeli na alfę i czekali na jego rozkaz. Alfa zawahał się lekko, jakby ten pokaz dyscypliny zaprezentowany przez podwładnych Kosy zbił go z tropu.

Bella wyskoczyła naprzód z wargami ściągniętymi w buntowniczym grymasie.

— Słyszeliście, co powiedziała! — szczeknęła. — Uformujcie linię, pozwólcie alfie i becie przejść i pilnujcie szczeniąt!

Serce Fuksa waliło jak młotem, gdy członkowie sfory zbili się w luźną grupę przed trzema szczeniętami. Brunona i Marudę dopadło jednak takie przerażenie, że nie słuchali. Kręcili się w miejscu chaotycznie i skowytali. Ich panika udzielała się innym i wkrótce Wiosna wierciła się niespokojnie, a Promyk drżała ze strachu tuż obok. Alfa przesuwał się w stronę Słodkiej, ale zamarł, gdy jego żółte oczy padły wreszcie na Kosę. Fuks dostrzegł błysk zagubienia na jego wilczym pysku.

Znowu spanikuje jak wcześniej, przy tej czarnej chmurze? — niedowierzał Fuks.

— Psy! Uformować grupę! — zagrzmiała Kosa swym potężnym głosem. Wroga sfora odpowiedziała natychmiast na jej zawołanie, minęła ją i wyszła z lasu na łąkę.

— Musimy bronić naszego obozu! — zawyła Bella, dzielnie utrzymując pozycję na czele sfory u boku Słodkiej.

— Nie damy się pokonać! — szczeknęła Słodka.

Fuks obserwował, jak psy bojowe maszerują przez łąkę w ich stronę. Ich szczupłe twarze były skierowane w jedną stronę, a pyski zamknięte. Pamiętał doskonale, jak zdyscyplinowane były te psy podczas ataku na Psi Ogród, kiedy to złapały Sforę w Obrożach, która nieświadomie podkradała ich pożywienie. A skoro mieli się teraz z nimi mierzyć na otwartym terenie, to Fuks wiedział, że jego sfora nie zyska nic na panikowaniu. Musieli przemyśleć swoją taktykę — i to szybko.

Alfa wyprostował się i popatrzył Fuksowi w oczy.

Jego zdaniem to ja jestem odpowiedzialny za tę sytuację, bo to ja sprowadziłem szczenięta do obozu. I to ja przekonałem Mikiego, by mi w tym pomógł...

— Sforo! Macie się uspokoić! — zarządził alfa swoim wilczym głosem. Wprawdzie w reakcji na te słowa Marta przemaszerowała ponad ciągle ujadającą Stokrotką, przez co wpadła na Lunę, ale koniec końców panika w oczach psów z Dzikiej Sfory zelżała nieco.

Fuks dojrzał, że Słodka zwraca się do Luny:

— Udajcie się czym prędzej do skał — mruknęła cicho. — Trzymaj Kichawę i Kręcioła w legowisku szczeniąt i nie pozwól im stamtąd wyjść, dopóki nie będzie po wszystkim. — Luna zerknęła na nią i prędko skinęła z wdzięcznością, a następnie popatrzyła na Ognistego i ruszyła w stronę wspomnianych skał.

Psy bojowe w dalszym ciągu się zbliżały, a kroki stawiały niespiesznie i miarowo, przez co przypominały zwarty mur pokryty czarno-brązową sierścią. Dzika Sfora nie ustępowała jeszcze ani na krok, ale Fuks doskonale zdawał sobie sprawę, że nie są na to przygotowani. Strzała schowała pysk w łapach i jęczała bezsilnie. Z kolei Bruno skowytał.

Ktoś najwyraźniej nasączył powietrze wokół obozu wonią strachu. Odór ten sprawiał, że Fuksowi aż zakręciło się w głowie.

Zawijas? Gdzie się podział Zawijas? — pomyślał nagle i poczuł, jak ściska mu się żołądek. W całym tym zamieszaniu i panice stracił z oczu szczenię! Rozejrzał się i nie znalazł żadnego z trójki maluchów.

— Sforo! — szczeknęła Kosa. — Rozprawcie się z tymi kundlami. I znajdźcie szczenięta!

Zanim ktokolwiek z Dzikiej Sfory zdążył się ruszyć, by ich powstrzymać, psy bojowe złamały szereg i okrążyły ich, zbijając psy ciaśniej w grupę.

— Odwróćcie się pyskami na zewnątrz! — szczeknęła Słodka. — I nie spuszczajcie z nich oczu!

Psy z Dzikiej Sfory cofały się, uderzając w siebie nawzajem w desperacji i próbując uniknąć kontaktu ze złowieszczymi agresorami. Fuks czuł, jak przyjaciele tłoczą się w pobliżu, a raz nawet ktoś ukąsił go przypadkowo — ktoś z jego własnej sfory, ktoś, kto nie zapanował nad emocjami.

— Działajcie z głową! — zawył alfa. — Albo sam wam porozdzieram gardła!

Nagle wroga grupa zamarła w formacji bojowej. Fuks rozglądał się wokół i próbował odetchnąć głęboko, a jednocześnie był w szoku, jak łatwo ich przeciwnicy zyskali przewagę nad Dziką Sforą. W końcu znalazł trójkę szczeniąt i poczuł chwilową ulgę.

Liza, Zawijas i Mruk stali blisko siebie pośrodku okręgu.

Fuks przecisnął się jak najbliżej do nich.

— Maluchy, jak się macie? — przekrzyczał z trudem rozpaczliwe jęki i wycie, a także okazjonalne szczekanie któregoś z psów bojowych.

Zawijas dotknął go pyskiem, a Liza się odezwała:

— W porządku, ale co się dzieje?

Mruk odsunął się, zerkając na Fuksa.

— Dzieje się mianowicie to, że nasza sfora wróciła, by zabrać nas ze sobą. Nareszcie możemy opuścić to straszliwe miejsce zamieszkane przez fałszywe, nieszczere psy.

Fuks skrzywił się, jakby go ktoś uderzył.

— Mruku...

Szczeniak jednak zignorował go zupełnie i spróbował przecisnąć się przez szeregi Dzikiej Sfory, by się z niej wydostać. Fuks rzucił się w jego kierunku i dogonił go akurat w chwili, gdy Mruk dotarł na krawędź grupy.

— Zostań! — polecił Fuks, blokując Mrukowi przejście dalej własnym ciałem. Wtem spojrzał w górę i poczuł, jak przebiega go chłodny dreszcz. Napotkał spojrzenie, które zdążył już poznać. Był to beta Kosy.

— Alfo, oni już tutaj są! — zawył. — Ten kundel sam ich do nas przyniósł.

— Świetna robota, Młocie! — szczeknęła Kosa. Nadal dominowała nad obiema sforami, stojąc na z góry upatrzonej pozycji przy sosnach.

— Jak sobie życzysz, Koso! — odpowiedział, a jego kwaśny oddech uderzył Fuksa w nozdrza. Fuks zwrócił uwagę, że z czasem Młot stał się jeszcze bardziej żylasty i muskularny, przez co wyglądał surowiej, niż kiedy spotkał go po raz pierwszy w Psim Ogrodzie. Z dala od jedzenia przygotowanego przez Długonogich pies ten zwyczajnie zgłodniał i schudł, ale to tylko sprawiło, że teraz należało się go bać jeszcze bardziej.

Kosa zbiegła na łąkę i marszcząc pysk, powiodła wzrokiem po Dzikiej Sforze.

— Wy żałosne kundle! Tak łatwo was sobie podporządkować. — Bruno i Strzała piszczeli ze strachu, podczas gdy alfa wrogiej sfory wciąż krążyła wokół nich.

Fuks zadrżał, gdy znalazła się bliżej niego. Poczuł, jak ktoś rusza się za jego plecami, a po chwili alfa wyrósł tuż obok. Półwilk wydawał się absolutnie spokojny, choć przecież jego sfora znajdowała się teraz na łasce psów bojowych. Jedynie Fuks dostrzegał szybkie ruchy jego klatki piersiowej i słyszał, jak ciężko oddycha.

Alfa stanął naprzeciw Kosy, gdy ta przechodziła blisko.

— Co tutaj robicie? — zapytał, a jego niski głos nie był ani poddańczy, ani agresywny.

Kosa postąpiła krok bliżej i zmierzyła spojrzeniem

alfę z góry na dół. Był od niej wyższy, ona natomiast szersza, a pod jej błyszczącą sierścią napinały się potężne mięśnie.

— Ukradliście nasze szczenięta — warknęła.

Fuks poczuł, że Mruk próbuje się wyrwać, ale przytrzymał go przy sobie, wspominając jednocześnie Psią Mamę, którą pochował.

Słyszałem, jak wołała o pomoc. A te psy ją zabiły — na samą myśl o tym w żołądku przewróciło mu się ze strachu. Co w takim razie psy bojowe zamierzają zrobić z jej szczeniętami?

Alfa wytrzymał groźne spojrzenie Kosy.

— Wcale ich nie ukradliśmy. Nasz omega znalazł je samotne i opuszczone. Przyprowadził je tutaj, żebyśmy się nimi zajęli. Uznał bowiem, że wasza sfora opuściła swój obóz już na dobre.

Kosa skierowała ciemne oczy na Fuksa.

— To ty! Włamałeś się już kiedyś do naszego obozu, ty brudny szczurze! Dlaczego zabrałeś szczenięta?

Nogi Fuksa zadrżały i musiał zebrać całą swoją odwagę, by wytrzymać jej spojrzenie.

— Nie zamierzałem przyczynić się do żadnego konfliktu. Szczenięta konały z głodu i chcieliśmy... To znaczy ja... chciałem po prostu im pomóc.

— Tego obozu wcale nikt nie opuścił! — szczeknęła Kosa. — Szczenięta powinny żyć ze swoją sforą. I wszystkie stąd zabiorę.

Ukrywany przed nią Mruk najwyraźniej się odprężył, jakby w sumie oczekiwał przez cały ten czas, że psy bojowe wrócą po niego. Wyskoczył w stronę Kosy.

— Jestem tutaj! — szczeknął piskliwie. — Melduję się na rozkaz.

Kosa skinęła głową z aprobatą. Fuks obserwował to, położywszy po sobie uszy. Czyżby Mruk naprawdę tylko czekał na taką okazję? I naprawdę niczego nie polubił w Fuksie ani w Dzikiej Sforze? Liczył, że gotowość Mruka będzie dla Kosy wystarczająca, ale też bał się, że nic z tego.

Mówiła o wszystkich szczeniakach. I zabierze wszystkie.

— A co z pozostałymi? — szczeknęła, potwierdzając tym samym jego obawy.

Głęboki jęk wyrwał się jednemu z psów w okręgu. Marta uniosła dużą, spokojną głowę.

— Alfo, nie możesz pozwolić na to, żeby porwała szczenięta! Przysięgaliśmy je chronić.

Półwilk odwrócił się do Marty, patrząc na nią nieustępliwie.

— Zrobię to, co słuszne dla sfory — odpowiedział, po czym zwrócił się do Kosy: — Szczenięta są twoje.

Marta szczeknęła wściekle.

— Jak możesz je oddać i to w dodatku właśnie *jej*? Przecież ona zrobi im krzywdę, naprawdę tego nie pojmujesz?

Fuks przysłuchiwał się tej wymianie zdań i poczuł odrobinę sympatii do alfy, co nie zdarzało mu się wcale często. Co innego miałby zrobić w tej sytuacji? Są otoczeni przez tak wiele psów bojowych, że nie ma żadnego pola do manewru czy postawienia się im.

Kosa zignorowała Martę i spojrzała na Fuksa.

— Masz szczęście, że przyszliśmy tu wyłącznie po szczenięta. W przeciwnym wypadku mogłabym chcieć wyrwać ci język, pchlarzu, za to, że oszukałeś mnie w moim własnym obozie! W sumie nadal mogę to zrobić, jeśli tylko znowu mi się jakoś narazisz — powiedziała i ostrzegawczo błysnęła białymi zębami. — Gdzie pozostała dwójka? Chcę mieć moje szczenięta z powrotem.

Fuks postawił uszy z ciekawości. Czy Kosa uważała się za ich Psią Mamę?

Alfa zwęził oczy w szparki.

— Skoro to są twoje szczenięta, to muszą iść z tobą.

Wśród psów z Dzikiej Sfory rozszedł się zgodny pomruk. Fuks przechylił głowę na bok i zaczął się zastanawiać. Skoro Kosa jest ich Psią Mamą, to kogo myśmy pochowali w tamtym ogrodzie?

— Tak, szczeniaki powinny być ze swoją Psią Mamą — przyznała Luna i odprężyła się wreszcie.

— To naturalna kolej rzeczy — zgodziła się Werwa. — Nie należy zabierać małych. Powinny rozwijać się pośród swoich.

Słodka obserwowała tę wymianę zdań przez przymrużone oczy.

— Nie mówiliście wcześniej, że ich Psia Mama nie żyje?

Tak, mówiliśmy — pomyślał Fuks. Spojrzeli na siebie z Mikim, potem Fuks przeniósł spojrzenie na szczenięta i na Kosę, a uszy położył płasko po sobie.

Wyglądało jednak na to, że większość grupy zamierza zgodzić się na wszystko, byle tylko zażegnać obecny kryzys. Nikt oprócz Fuksa, Belli i Słodkiej nie zamierzał zadawać żadnych pytań.

— Szczenięta faktycznie powinny towarzyszyć Psiej Mamie — zgodziła się szybko Wiosna.

— Tak, to będzie najlepsze rozwiązanie, jeśli pójdą ze swoimi — przyznał Bruno.

Fuksa kusiło, by wytknąć Kosie kłamstwo. Ale jaki byłby z tego pożytek? Większa część Dzikiej Sfory traktowała szczeniaki podejrzliwie nawet przed testem alfy, a z Mrukiem i tak się w sumie nie udało. Więc teraz, otoczeni przez bandę psów bojowych, mogli jedynie przystać na żądania swojego wroga.

Powietrze rozdarł w końcu ostry ton Kosy:

— Oddajcie mi szczenięta! Nie zamierzam dłużej czekać! — Okrążyła prędko psy stojące w okręgu i rzuciła się na Stokrotkę. Ta nie spodziewała się ataku, dlatego spróbowała jedynie odwrócić się i uciec, ale nie zdążyła zrobić tego w porę.

Kosa zacisnęła mocarne szczęki na karku Stokrotki. Mała suczka zamarła, a w oczach zagościło jej przerażenie, gdy alfa wrogiej sfory przyszpiliła ją do ziemi swoimi silnymi łapskami.

— Chcę odzyskać swoje szczenięta i to *natychmiast*! — szczeknęła Kosa. W końcu odwróciła się, by spojrzeć na Fuksa, a ten dojrzał białe znamię w kształcie kła tuż pod jej uchem. Przypomniał sobie martwego szczeniaka, którego pochowali z Mikim obok tamtej Psiej Mamy.

Tamto szczenię miało dokładnie takie samo znamię na sierści!

Stojący tuż obok Miki mruknął cicho:

— Tamto martwe szczenię... Wychodzi na to, że Kosa była jego Psią Mamą.

Fuks skinął głową. W końcu zrozumiał, o co może tutaj chodzić.

— Być może Kosa przeżyła coś złego, ale nadal ma silny instynkt macierzyński i czuje, że musi zaopiekować się szczeniakami i to jakimikolwiek. Najważniejsze tylko, żeby także pochodziły od psów bojowych.

Fuks wpatrywał się uparcie w ich przywódczynię. Czy naprawdę miał przed oczyma matkę noszącą żałobę? To z pewnością tłumaczyłoby jej bezwzględne zachowanie, zwłaszcza jeśli naprawdę była przekonana, że Dzika Sfora miała coś, czego sama pragnęła najmocniej na świecie. I gdyby nie wiedział, że jest przy tym doskonałą zabójczynią, to może nawet zrobiłoby mu się jej szkoda.

Skowyt Stokrotki wybił go z zamyślenia, kiedy szczęki Kosy zacisnęły się na jej karku jeszcze mocniej.

Alfa odwrócił się do własnej sfory.

— Wypuśćcie szczenięta! — rozkazał.

Kosa skinęła głową i jeden z psów bojowych odłączył się od kordonu otaczającego Dziką Sforę, robiąc tym samym przejście. Stojący wewnątrz grupy Bruno, Maruda i Strzała rozstąpili się, odsłaniając w ten sposób Lizę i Zawijasa.

— Szczeniaki, wracajcie do własnej sfory — polecił im alfa. Jego słowa były stanowcze, ale głos miał delikatny. Fuks miał nawet przez chwilę wrażenie, że dało się w nim słyszeć nutę żalu.

Liza minęła psy z Dzikiej Sfory i stanęła blisko Kosy. Głowę trzymała wyprostowaną, a jej krótki ogonek sterczał wysoko. Fuks pękał z dumy. W tak krótkim czasie suczka sporo urosła i dużo się nauczyła. W dodatku była dzielna i nieustraszona, co uczyniłoby z niej doskonałego członka ich sfory. Teraz jednak będzie wychowywana przez osobniki agresywne i dzikie. Nie będzie miała zatem wyboru i po prostu stanie się taka, jak obawiał się tego alfa.

Fuks był pewien, że szczenięta mogły być dobre.

Nawet Mruk...

Popatrzył na błyszczącą sierść szczeniaka, który podszedł do siostry i polizał ją po nosie. Odwzajemniła jego gest, po czym przeszukała spojrzeniem tłum psów. Odnalazła pysk Fuksa i mrugnęła do niego ze smutkiem.

Jedynie Zawijas został z tyłu. Nie chciał wracać do swojej starej sfory. Marta podeszła do niego bliżej i przytulił się do niej, skomląc.

— Nie chcę iść z nimi. Wolę zostać z tobą, Fuksem, Mikim i całą resztą.

Marta rozejrzała się i odezwała do Dzikich Psów:

— I wy *naprawdę* zamierzacie na to pozwolić? Jak możecie wydawać szczenięta tym agresorom?

— Chodź no tutaj, Rapier! — szczeknął Młot i chwilę później beta Kosy wystąpił naprzód razem z psem bojowym o masywnym pysku i o jasnobrązowej sierści. Dzikie Psy rozeszły się na boki, by zrobić im przejście. Wrogie psy bez słowa osaczyły Zawijasa i odcięły mu drogę ucieczki. Musiał za nimi pójść.

Marta odwróciła się, jęcząc smutno, i wycofała się z kręgu psów. Zignorowała psa bojowego, który stał na straży, i minęła go ze spuszczoną głową.

Muskularne psy zaprowadziły Zawijasa do jego rodzeństwa z jednego miotu. W końcu malec oparł się o Lizę, a uszy położył po sobie.

— Naprawdę musimy stąd odejść? — zaskomlał.

Mruk zganił go natychmiast:

— Powinniśmy żyć wśród psów takich jak my, walecznych i dzielnych wojowników, a nie w towarzystwie bandy złodziejaszków, która boi się na sam widok żałosnego futrzastego olbrzyma!

Uszy Kosy podniosły się i wroga alfa posłała Fuksowi ciekawskie spojrzenie. Reszta psów bojowych zaczęła warczeć, jak gdyby potwór mógł znajdować się gdzieś w pobliżu. Fuksa zdziwiło, że wcale nie wyglądały na zaniepokojone.

W końcu Kosa puściła kark Stokrotki. Suczka natychmiast uciekła do Belli, przy której trzęsła się dalej ze strachu.

— Przygotujcie się do wymarszu! — szczeknęła Kosa, a jej podwładni natychmiast się wyprężyli.

— Ale ja nie chcę stąd iść! — jęknęła Liza.

— Ja też nie — dodał Zawijas. — Miki, nie pozwól im nas zabierać!

Miki jednak spuścił głowę.

— Nigdy o was nie zapomnimy — mruknął żałosnym tonem.

Kosa spojrzała na niego z ukosa.

— Słuchaj no, puchata psinko, jeszcze jedno słowo i rozszarpię ci gardło!

Miki wzdrygnął się, a Fuks zaparł łapami u jego boku na wszelki wypadek, przygotowując się do walki.

Jeśli Kosa choćby tknie Mikiego, to będzie musiała najpierw zmierzyć się ze mną — nawet jeśli będzie to ostatnie, co zrobię w życiu!

Kosa uniosła pysk i powiodła wyzywającym spojrzeniem po ustawionych w kręgu psach. W końcu odwróciła się — ciało miała napięte, a trójkątne uszy czujnie postawione. Psy bojowe zaczęły kierować się z powrotem w stronę sosen. Kosa prowadziła, Młot zamykał pochód, a szczenięta tkwiły uwięzione gdzieś pośrodku grupy.

Fuks stał jak przyrośnięty do ziemi i patrzył, jak zabierane są szczeniaki.

Psie Lasu, ochroń te maleństwa. Są takie młode i niewinne, a ich sfora taka okrutna. Proszę, niech nie stanie się im nic złego.

Pies Słońce powoli zachodził ponad maszerującymi psami. Fuks spojrzał na puste, niebieskie niebo. Dziwiło go, że na świecie może być tak spokojnie, choć tu przecież panuje taki chaos. I wtedy przypomniała mu się burza, która przeraziła jego i jego rodzeństwo z jednego miotu, i jak wszyscy biegiem wrócili do Psiej Mamy. Wspomniał też potężne Psy Nieba. Czy nie mówiło się, że to najpotężniejsze ze wszystkich Psich Duchów?

Fuks pomodlił się ponownie.

Proszę was, potężne Psy Nieba, dbajcie o moich małych przyjaciół.

Zawijas wysunął się na krawędź Sfory Psów Bojowych i posłał Fuksowi ostatnie, smutne spojrzenie. Fuks przechylił głowę i zwiesił język z boku pyska.

Zmusił się, by pomerdać nawet ogonem. Miał nadzieję, że natchnie w ten sposób malucha odwagą i doda mu sił na długą drogę, która go czekała.

Bardzo się starał, by nie zawyć z żalu ani się nie odwrócić. Bo tak naprawdę serce Fuksa pękało teraz ze smutku.

Rozdział 20

Mgły zbierały się wokół nisko rosnących sosen i spływały powoli na łąkę, spowijając trawy szarawą pajęczyną. Światło Psa Księżyca przebijało przez ten jasny kożuch, ale gwiazdy były spod niego niewidoczne.

Fuks siedział pomiędzy sosnami, wpatrywał się bez wyrazu poza teren obozu i trząsł się jak osika. Wzbierał ostry wicher, a on nadal wypatrywał szczeniąt, które wciąż nie powracały. Kilka razy miał nawet wrażenie, że widzi ich cienie obok jeziora. Kątem oka dostrzegł też raz czy dwa ich czarne, połyskujące ciała. Przesłyszał się parokrotnie i był prawie pewien, że w pobliżu rozlega się ich podekscytowane szczekanie i słychać ich łapki, jak uderzają o ziemię.

Fuks westchnął i opadł na miękką trawę. O tej porze szczenięta były już zapewne daleko stąd i zakładały gdzieś obóz z innymi psami bojowymi. Zastanawiał się, czy to w ogóle możliwe, że przetrwają w szeregach takiej brutalnej sfory.

Nawet Mruk jest delikatniejszy niż sam podejrzewa, a choć Liza zdążyła się dużo nauczyć, to nadal jest bardzo młoda.

A do tego dochodzi malutki Zawijas...

W ich obozie było niecodziennie cicho, od kiedy opuściły go te trzy urwisy. Miki wyruszył na poszukiwania Marty i znalazł ją, jak przesiadywała przygnębiona przy legowisku szczeniąt. Ognisty poprowadził oddział myśliwych na polowanie, natomiast Wiosna, Strzała i Stokrotka ruszyły na kolejny patrol. Wszyscy zjedli wcześnie rano i prawie ze sobą nie rozmawiali, a jedzenie rozdano według rang, jak to w obozie Dzikiej Sfory. Następnie alfa wrócił do jaskini. Nikt nie wspominał o Wielkim Wyciu i Fuks nikomu tego nie mówił, ale ulżyło mu z tego powodu.

Jestem pewien, że to mistyczne przeżycie pomogłoby nam w odzyskaniu pewności siebie. Ale nie jestem gotów przechodzić przez to z tymi psami, jeszcze nie teraz. Nie po tym, jak pozwoliły psom bojowym zabrać szczenięta.

Fuks z goryczą przypomniał sobie chwilę, gdy w trakcie konfrontacji pośród Dzikiej Sfory zapanowała panika, podczas gdy psy bojowe zachowały zimną krew.

Zawiedliśmy te maluchy...

Poczuł zapach Słodkiej, jeszcze zanim ją zobaczył. Wspięła się na wzgórze porośnięte sosnami i stanęła u jego boku, owiana mgłą niczym duch. Fuks poczuł ukłucie w piersi, ale w sumie sam nie wiedział, jak zinterpretować to uczucie. Spojrzenie nadal miał wbite w lasy rosnące w oddali.

Słodka przysunęła się lekkim krokiem i kucnęła obok.

— Pewnie wkrótce znowu odejdziesz.

Było to bardziej stwierdzenie faktu niż pytanie, a Fuks nic nie odpowiedział. Mgła z wolna spływała z gałęzi sosen. Słodka odezwała się ponownie:

— Jak by na to nie patrzeć, jesteś przecież samotnym psem. Powtarzasz to, odkąd pamiętam, od czasu, gdy poznaliśmy się w tamtym mieście. Wydaje mi się, że lądujesz raz po raz w jakiejś sforze jedynie z poczucia obowiązku, jakbyś uważał, że jesteś coś winien innym psom. Ostatnio chodziło o Bellę i Sforę w Obrożach, a teraz o te szczenięta. A skoro już ich z nami nie ma... — W jej głosie zabrzmiało niewypowiedziane pragnienie. — Wiem, że tak naprawdę nie jest ci dobrze w naszej sforze. Nie będę na ciebie zła, jeśli znowu od nas odejdziesz. Tym razem obiecuję, że zrozumiem. I wybaczę ci.

Fuks zastrzygł uszami i poczuł, jak wzbiera w nim irytacja.

— Wybaczysz mi? — warknął. — Jakie to wspaniałomyślne, Słodka. I jakie hojne z twojej strony.

Odwrócił się do niej i spojrzał w jej jasne oczy, które lśniły w gęstniejącej mgle.

Jego słowa jakby odrzuciły Słodką.

— Nie chciałam cię w żaden sposób obrazić. Pomyślałam jedynie... Że pewnie już nie chcesz zostać ze sforą. Nie mam racji?

— A jakie to ma w ogóle znaczenie, co ja chcę? — odpowiedział Fuks. — Bardzo chciałem pomóc tamtym szczeniętom, ale teraz są już z tamtymi dzikusami. Nie chciałem ich oddawać, a jednak to zrobiłem. I co mi z tego przyszło?

Patrzył na Słodką, która mrugnęła i przybrała zranioną minę.

Fuks szczeknął sfrustrowany.

— Zrobiłem to dla dobra naszej sfory, ot co! Mimo że z całego serca pragnąłem postąpić inaczej. Sama widziałaś, jak brutalnie Kosa postąpiła ze Stokrotką. A te szczenięta są jeszcze takie maleńkie. Wiem, że Mruk zgrywa twardziela, a Liza jest odważna i pewna siebie, ale to mimo wszystko szczeniaki.

Posłał spojrzenie w mrok i zobaczył, jak od brzegu jeziora płynie w ich stronę kolejny kłąb mgły.

— Rozumiem, że możesz odczuwać smutek po ich stracie — mruknęła Słodka. — Ale alfa psów bojowych twierdziła, że jest ich Psią Mamą. Nie sądzisz chyba, że zrani własne szczeniaki?

Fuks zamilkł, przypominając sobie sztywne zwłoki

tamtej Psiej Mamy na ganku. Pomyślał również o tamtym szczeniaku z białym znamieniem w kształcie kła na karku.

Nawet jeśli nie są jej szczeniakami, to ewidentnie zamierzała się nimi zająć — powtarzał to sobie jak mantrę. Wiedział, że to powinien być dobry znak, a mimo wszystko coś w nim krzyczało, że coś poszło nie tak. Dlaczego w ogóle psy bojowe zostawiły wcześniej te szczenięta na pastwę losu? I czy ich Psia Mama naprawdę wcześniej zginęła?

— Słodka, sam nie wiem.

To wszystko, co mógł jej w tej chwili odpowiedzieć. Coś ścisnęło go w piersi i w gardle tak mocno, że nie wiedział, jak to wyjaśnić.

— Czyli faktycznie wkrótce odejdziesz? — naciskała Słodka. — Nie mam ci za złe. Po prostu... Wolałabym, żebyś tym razem dał mi znać, zanim znikniesz. Chciałabym móc się z tobą pożegnać.

Fuks odwrócił się do niej wściekły.

— A czy powiedziałem, że odchodzę?!

Wąski pysk Słodkiej był już niemal niewidoczny we mgle.

— Założyłam po prostu... że skoro szczeniąt już nie ma, to chyba nie masz innego powodu, żeby zostać, no nie?

— A czy to nie jest oczywiste? Zostanę, bo jestem teraz częścią tej sfory. Czy naprawdę nie dowiodłem wystarczająco swojej lojalności? Tak w ogóle to jestem w szoku, że ze mną rozmawiasz. Czy becie wypada gawędzić z omegą? Przyszłaś tu pod osłoną mgły, żeby żaden pies cię nie dojrzał?

Oczy Słodkiej rozszerzyły się z zaskoczenia.

— Nie bądź taki, Fuksie. Nie chciałam cię obrazić...

On jednak nie pozwolił jej dokończyć.

— A mimo to mnie obraziłaś, Słodka. Z twoich słów wynika, że praktycznie co wschód Psa Słońca zmieniam zdanie. I że nie potrafię nawiązać głębszej relacji z żadnym psem — powiedział i poruszył uszami do tyłu. Wyrzucał z siebie wszystkie pretensje pełen gniewu i frustracji. Raz jeszcze pomyślał o Mruku, Lizie i Zawijasie, a serce aż zakłuło go z bólu. — Czy nie okazałem już wystarczająco, że działam na korzyść naszej sfory? Nawet jeśli oznaczało to, że muszę pozwolić odejść szczeniakom? Przyszło mi to z wielkim trudem, ale ty oczywiście nawet tego nie zauważyłaś! A przy tym dzisiaj będę znowu spał w przeciągu tylko po to, żebyście ty i cała reszta psów mogli sobie przypomnieć, że stoję najniżej w hierarchii i znaczę dla was mniej niż nic. Choć wiem, że mógłbym przecież mieszkać inaczej i że nie muszę podlegać żadnym karom i kontroli, to zamierzam żyć w sforze, bo się zmieniłem.

— Wiem, że niełatwo być omegą — przyznała Słodka, a jej głos przypominał teraz łagodne, kojące skomlenie. — Ale zasady są ważne, to one sprawiają, że jesteśmy bezpieczni. Bez nich nie wiedzielibyśmy, co robić ani jak postępować w czasach kryzysu.

Fuks nie mógł uwierzyć w to, co słyszy. Westchnął ciężko.

— Czy naprawdę uważasz, że sfora funkcjonuje lepiej dzięki zasadom alfy? Wszystko oczywiście działa, jak należy, kiedy nikomu nie brakuje jedzenia i wszyscy robią, co im się każe. Ale zwróć uwagę na to, co się stało, gdy przyszły do nas psy bojowe. Przecież wszystko się wtedy posypało! Sfora sobie nie poradziła i to pomimo wszystkich tych bezcennych zasad.

— Wiedziałam! — szczeknęła Słodka głośniej, jakby nareszcie doczekała się czegoś, co mogło ją wytrącić z równowagi. — Byłam pewna, że prędzej czy później zwrócisz się przeciwko naszej sforze!

Fuks obrócił się do niej i ich spojrzenia się spotkały. Świat nagle ucichł i jedynie wieczorna bryza szumiała w nocnym powietrzu, unosząc mgłę niczym chmury pyłu. Fuksa przebiegła fala rozpaczy.

Muszę udowodnić Słodkiej raz na zawsze, że jestem wiernym członkiem tej sfory!

W jego głowie zaczął kiełkować pomysł. Rozglądał się. Wiatr wyrywał dziury w otaczającej ich mgle. Widział Wiosnę i Strzałę idące obok siebie i patrolujące okolice obozu.

Nie, one się nie nadają... — pomyślał.

W końcu dostrzegł Werwę, która truchtała w długiej trawie. Wracała akurat z polowania, a z jej pyska zwisało bezwładne ciałko fretki.

— Werwo! — szczeknął głośno.

Korpulentna łowczyni zmrużyła oczy, by dojrzeć go przez mgłę, po czym postawiła uszy.

— Omego, to ty mnie wołasz?

Postąpił o krok do przodu i stanął na krawędzi wzgórza.

— Omega, zwany też psem z miasta, wyzywa na pojedynek myśliwą Werwę! — szczeknął. Słodka podniosła się na wyprostowanych łapach, a na jej szczupłej twarzy wykwitło zaskoczenie.

Fuks wziął głęboki oddech.

— Przyjmujesz wyzwanie?

Werwa upuściła fretkę, a jej oczy błyszczały. Zesztywniała i odezwała się:

— Tak, przyjmuję!

Fuks przełknął zdenerwowanie. Chce się na mnie zemścić za wynik poprzedniego pojedynku — tego, w którym pokonałem ją dzięki oszustwu.

Kiedy już Fuks i Słodka zeszli ze wzgórza, na łące zebrała się połowa sfory.

Luna doglądała Kichawy i Kręcioła, a Ognisty stał na straży. Z mgły wyłaniały się kolejne znajome twarze: Miki, Bruno, Wiosna i Strzała. Nawet Marta podeszła nieco bliżej i przypominała teraz ciemną smugę spowitą całunem mgły.

Alfa wyszedł powoli z jaskini i stanął u jej wejścia. Nie odezwał się ani słowem, ale skinął głową w stronę Słodkiej.

Ucieszył się na myśl o walce — pomyślał Fuks. — Pewnie dlatego, że jego zdaniem nie mam szans na wygraną. Ale jeszcze się zdziwi.

Słodka postąpiła krok w stronę Fuksa i nachyliła się do jego ucha.

— Jesteś pewien, że chcesz to zrobić?

Fuks odwrócił się i spojrzał jej prosto w oczy.

— Owszem, *beto*. Jestem pewien.

Po jego słowach Słodka zwróciła się do wszystkich w sforze:

— Omega wyzwał Werwę na pojedynek, a Werwa przystała na jego propozycję. Jeżeli omega zwycięży, zajmie jej miejsce w hierarchii. Jeśli natomiast to Werwa zwycięży, wszystko pozostanie bez zmian — powiedziała i cofnęła się o krok. — Niech Psy Nieba spojrzą łaskawie na wasz pojedynek! — szczeknęła. — Wasza walka ma być uczciwa, a jej wynik zostanie pobłogosławiony przez Psie Duchy. A gdy pojedynek dobiegnie końca, wszyscy pozostaniemy przyjaciółmi w sforze. I będziemy tej sfory chronili! A teraz na mój sygnał... Walczcie!

Werwa rzuciła się natychmiast na Fuksa i wytrąciła go z równowagi, zanurzając zęby w jego tylnej nodze.

Zaskomlał i próbował się odsunąć, a suczka cofnęła się, warcząc. Ruszył w jej stronę, szczerząc zęby. Spróbował na nią skoczyć, ale Werwa była szybka i umknęła mu z drogi, po czym uderzyła go w grzbiet i zahaczyła o jego ramię, gryząc dotkliwie.

Fuks zawył i zrzucił ją z siebie na ziemię. Docisnął przeciwniczkę łapami do ziemi i spróbował ugryźć w odsłonięty brzuch, ale wyrwała mu się, przez co zahaczył ją tylko zębami i rozciął lekko bok. Umknęła we mgłę i na moment zniknęła mu z oczu. Fuks zamrugał ze zdziwienia.

Po chwili jej głos dobiegł go z tyłu.

— Nieźle kombinujesz, psie z miasta!

Rzucił się w jej kierunku, ale przeskoczyła pod nim i złapała jego udo przednimi łapami, po czym ukarała kolejnym ostrym draśnięciem. Zwarli się w walce i drapali pazurami, skomleli i gryźli.

Pozostali członkowie sfory zaczęli w końcu wyszczekiwać w ich kierunku rady.

— Atakuj brzuch! — zawołał Miki.

— Bierz go, Werwo! — zawył Maruda. — To tylko omega, nie ma z tobą szans!

W końcu Werwa odsunęła się od niego zdyszana.

— Dziabnę cię raz jeszcze i padniesz trupem, zobaczysz! — warknęła.

— Nie chwal dnia przed zachodem słońca — szczeknął Fuks. — Nie zapominaj, że jestem od ciebie dwa razy większy!

— A ja od ciebie dwukrotnie szybsza! — Werwa umknęła ponownie we mgłę i zniknęła mu z oczu. Fuks warknął i zmrużył oczy. Widział jedynie zarys jej sylwetki.

— Zaraz się przekonamy! — rzucił Fuks i zebrał wszystkie swoje siły.

Muszę wygrać tę walkę! — pomyślał. — Nie mogę już być omegą. Muszę wszystkim pokazać, że potrafię być dobrym członkiem sfory!

Raz jeszcze skoczył na Werwę, markując atak na jej kudłaty ogon. W ostatnim momencie odwrócił się i z rozchylonymi szczękami rzucił się do szyi przeciwniczki. Werwa odskoczyła z piskiem i ruszyła w stronę tylnej nogi Fuksa, zanurzając kły w jego ciele.

Fuks poczuł przeszywający ból i zawył, a krew popłynęła obficie z jego rany. Poczuł, jak lepi mu się do sierści. Werwa nie zamierzała puścić chwytu, a inne psy szczekały podekscytowane, czując unoszący się w powietrzu zapach krwi.

Mgła unosząca się nad łąką zdawała się zalegać stopniowo na umyśle Fuksa, oblepiać mu oczy i zaślepiać go powoli. Poczuł, jak krew buzuje mu w skroniach i zagłusza rozlegający się wokół hałas. Z bólu kręciło mu się już w głowie i Fuks potknął się w końcu, a po chwili zrobiło mu się niedobrze.

— Dość! — zawył alfa. Półwilk wystąpił na środek, a wokół niego wirowały drobinki mgły. — Walka jest już skończona. Werwie udało się obronić.

Natychmiast po tych słowach puściła Fuksa i odsunęła się. Noga bolała go potężnie, jeszcze mocniej niż przy ugryzieniu, ale przynajmniej odzyskiwał panowanie nad swoim żołądkiem. Chwilę później Fuks pochylił głowę, by zatamować krew wypływającą z rany.

— Wszystko w porządku? — zapytał Miki.

— Mocno boli? — martwiła się Bella, podchodząc bliżej.

— Nic mi nie będzie — odpowiedział, przytulając ogon do boku ciała. Wolałby, żeby zostawili go teraz w spokoju. Alfa odchodził już z powrotem do swojego legowiska i Fuks miał nadzieję, że reszta psów zrobi to samo.

Werwa podeszła do niego z luźno zwieszonym ogonem.

— Jesteśmy teraz kwita — powiedziała i polizała go przyjacielsko. Cała wrogość, jaka panowała niedawno między nimi, teraz jakby zupełnie wyparowała.

Fuks pokuśtykał obok wszystkich ze zwieszoną głową. Poczucie upokorzenia było gorsze od bólu z ran. Znacznie gorsze.

Słodka skoczyła za nim.

— Omego, chcę z tobą porozmawiać — zawołała. Machała przy tym ogonem, a jej oczy lśniły niczym maleńkie Psy Księżyce.

Fuks nie przystanął, ale dogoniła go bez trudu.

— Dlaczego próbujesz ze mną rozmawiać? — mruknął. — Przecież nadal jestem omegą.

— Właśnie dlatego — odpowiedziała. — Próbowałeś awansować zgodnie z zasadami panującymi w sforze. I choć ci się nie udało, to nie opuszczasz swojej pozycji. Nie rozumiesz? Dla mnie to dużo bardziej wiarygodne potwierdzenie twojej lojalności, niż gdybyś zwyciężył. Naprawdę jesteś lojalnym członkiem naszej sfory!

Polizała go po uchu i poczuł, że robi mu się cieplej na sercu. Potem pomyślał o szczeniętach przebywających gdzieś w mroku, o nieprzejednanej twarzy alfy i o kpiącym uśmieszku Marudy. Wiatr przeleciał nad łąką, zdmuchując z jego ciała uczucie gorąca po walce i Fuks poczuł, że robi mu się zimno. Później w nocy będzie jeszcze zimniej, jako że jedyny ze sfory nie spał w ciepłej jaskini, tylko samotnie na zewnątrz, w miejscu zarezerwowanym dla omegi.

Pokuśtykał w kierunku legowiska, ignorując Słodką, która przystanęła za nim. Zamrugał, czując pulsujący ból w nodze, ale nie zwolnił. Drżąc, dotarł wreszcie do wejścia jaskini. Przystanął i obejrzał się. Nie było śladu po Słodkiej, jakby zupełnie rozpłynęła się w kłębach białej mgły.

Był już zupełnie sam.

Rozdział 21

Kolejnego ranka Fuks wyszedł na odmienioną już łąkę. Mgła się rozproszyła, a wiatr ustał. Pies Słońce świecił jasno na bezchmurnym niebie. Powietrze było czyste i pachniało ziemią. Owady brzęczały w długiej trawie i krążyły nad małymi różowymi kwiatami, które wyrastały w większych kępkach.

Fuks ostrożnie rozciągnął tylne łapy. Nadal czuł ból w miejscu, gdzie Werwa zatopiła zęby, a poranne zbieranie nasiąkniętego wodą mchu dla alfy i Słodkiej nie poprawiło sprawy. Mimo to najgorszy ból zniknął przez noc niczym... mgła. Fuks poszedł w stronę rzeki, gdzie napił się łapczywie, aż w końcu usiadł w cieniu drzewa na krawędzi lasu i patrzył, jak promienie słońca tańczą po powierzchni wody. Obserwował z cienia Słodką, Wiosnę i Strzałę wychodzące z jaskini i ruszające przez łąkę.

W końcu usłyszał, jak czyjeś ciężkie kroki zbliżają się do niego z głębi lasu. Fuks podniósł się, odwrócił i jego oczom ukazał się Bruno.

— Jak się dzisiaj czujesz? — zapytał stary, masywny pies.

— Nic mi nie jest — powiedział Fuks, próbując nie myśleć o szczeniętach. Zniknęły na dobre i musiał się z tym pogodzić.

— Alfa zwołał spotkanie — dodał Bruno. — Wybierasz się?

Fuks usłyszał świergot ptaków siedzących na gałęziach i odwrócił się w ich stronę. Bardzo go kusiło, żeby pochodzić po lesie, po prostu ruszyć ścieżką wzdłuż rzeki i pójść, gdzie go oczy poniosą.

Tak wyglądało moje poprzednie życie — upomniał się. Kiedy jeszcze byłem samotnym psem i cieszyłem się wolnością...

Otrząsnął się i poszedł za Brunonem z powrotem na łąkę. Większość psów była już na miejscu. Wszyscy ustawili się w okręgu wokół alfy i Słodkiej, która stała u jego boku. Suczka odnotowała obecność Fuksa i skinęła mu lekko głową, gdy razem z Brunonem dołączyli do reszty sfory.

Alfa zaczął przemawiać.

— Musimy być lepiej zorganizowani — stwierdził. — Nasze spotkanie z psami bojowymi przebiegło żałośnie. Żadne z was nie wykazało się dyscypliną czy odwagą, za wyjątkiem bety — zerknął na Słodką — oraz Belli, która w odpowiednim czasie wydawała rozsądne rozkazy.

Uszy Belli uniosły się, gdy usłyszała komplement z ust przywódcy sfory.

Fuks zamienił się w obserwatora. Wyznanie alfy oznaczało, iż jest bliski przyznania, że zawiódł w obliczu wroga. Spojrzenie Fuksa natychmiast powędrowało w kierunku przedniej łapy półwilka i jego blizny.

Alfa kontynuował wywód:

— Beta rozkazała członkom sfory zająć pozycje bojowe, ale zamiast taktycznych manewrów woleliście uskuteczniać panikę i chaos.

Bruno opuścił głowę z poczuciem winy. Strzała przesuwała nieśmiało łapami i jęknęła cicho.

Uszy alfy zadrżały.

— Nie chcę tego teraz roztrząsać, ale musicie wiedzieć, że na przyszłość musimy być bardziej zdyscyplinowani i szybciej reagować na różne zagrożenia. Chcę, by wojownicy przesuwali się na front grupy, a obrońcy na tył. Koniec z dezercją i porażkami na służbie!

— Sfora jest teraz znacznie większa niż kiedyś — zauważyła Słodka. — Większości z was przydałby się jakiś trening.

Alfa skinął głową.

— To dobry pomysł. Musimy wymyślić jakiś lepszy system ostrzegania oraz tworzenia formacji bojowych. Możesz się tym zająć.

Słodka odwzajemniła ukłon.

— Musimy omówić jeszcze jedną sprawę — powiedział półwilk, podnosząc się i prostując. — Psy bojowe były już w tym obozie, a zatem wiedzą, gdzie nas szukać. Teraz chcieli tylko odebrać swoje szczenięta. Następnym razem możemy nie mieć tyle szczęścia.

— Co sugerujesz, alfo? — zapytała Luna.

— Powinniśmy opuścić to miejsce.

— Opuścić? — szczeknęła Wiosna. — Ale przecież dopiero co tutaj przyszliśmy!

— Ten obóz jest naprawdę idealny — dodała Bella. — Popatrz tylko, jak dobrze się tutaj zaaklimatyzowaliśmy. Zwierzyny jest sporo, a jaskinia zapewnia nam niezbędną ochronę przed wiatrem i deszczem.

— I dokąd mielibyśmy się udać? — zapytała Promyk cienkim głosem.

— Z powrotem do starego obozu — powiedział alfa. — Czarna chmura już zniknęła. Powinno być tam bezpiecznie.

W całej sforze podniosły się krzyki i szczekanie.

— Ale to przecież tak daleko! — jęknęła Promyk. — Podróż tutaj była strasznie trudna!

— Nie możemy tak ciągle łazić — zgodził się Maruda. — Przydałoby się wreszcie jakieś stałe miejsce.

— Stary obóz jest położony znacznie bliżej Psiego Ogrodu — zauważył Miki. — Być może wcale nie jest tam bezpieczniej.

— Łatwiej będzie nam się tam bronić — powiedział alfa. — Tutaj na łące jesteśmy podani jak na tacy. Praktycznie każdy może nas szpiegować z tamtego wzgórza. Łatwo też podkraść się i wziąć nas z zaskoczenia...

— Nie, jeśli rozmieścimy wartowników przy sosnach — stwierdziła Bella.

Stokrotka zadrżała na te słowa.

— Tylko że każdy pies, którego tam umieścimy, będzie zupełnie sam, bo reszta zostanie w dolinie. To zbyt niebezpieczne — dodała i zerknęła na sosny. — Jeśli taki pies podniesie alarm, to zginie jako pierwszy!

Maruda i Promyk zaskomleli, a Strzała szczeknęła, przyznając im rację.

— Uspokójcie się! — warknął alfa, uderzając niecierpliwie łapą w ziemię. Wszystkie psy umilkły, a on odezwał się ponownie cicho: — Tutaj jest naprawdę niebezpiecznie i wszyscy doskonale o tym wiemy. Nasz dawny obóz byłoby znacznie łatwiej obronić, nawet jeśli znajduje się bliżej obozu psów bojowych. Ale jest też inna możliwość — powiedział i urwał, po czym upewnił się, że wszystkie psy dobrze go słyszą. — Moglibyśmy również pójść w drugą stronę, poza białe skały.

Fuks dostrzegł, że kilka psów spina się na samą myśl o podróży w tamte rejony. Nawet Słodka wyglądała na zaskoczoną, gdy odwróciła się w stronę alfy i wbiła w niego wzrok.

— A co z futrzastym olbrzymem? — zaskomlał Bruno.

— Koniec końców nie okazał się żadnym zagrożeniem — powiedział alfa. — Zaatakował jedynie dlatego, że sprowokował go tamten szczeniak.

— No tak, ale tam mogą żyć też inne osobniki — zauważyła Luna. — Całe mnóstwo nawet! Liczne sfory!

— Olbrzymy nie łączą się w sfory, przynajmniej z tego, co wiem. Działają pojedynczo. — Alfa wskazał nosem na Fuksa, gdy wypowiadał te słowa.

Fuks wiedział, co takiego sugeruje półwilk.

Niezależnie od tego, co mu się wydaje, jestem teraz częścią sfory.

Fuks przypomniał sobie białą grań. Był to teren trudny do zdobycia: suchy, kamienisty i bezlitosny. Pomyślał o małych psach takich jak Maruda czy Promyk i o tym, że ponowna wędrówka będzie dla nich mordęgą. A dla Kichawy i Kręcioła będzie jeszcze trudniej. Z drugiej strony być może alfa miał trochę racji. Prawdopodobnie psy bojowe nie odejdą tak daleko od swojego obozu, zwłaszcza że ich masywne ciała nie nadawały się do wspinania po skałkach.

— Nie mieliśmy czasu, żeby przyjrzeć się terenom za białą granią — przyznał Fuks. — Było tam bardzo sucho i zapewne nie znajdziemy szybko nowego miejsca na obóz. Ale być może alfa ma rację. Nie sądzę, żeby mieszkały tam jakieś inne psy. Stokrotko, ty tam byłaś najdłużej, co o tym myślisz?

Wszystkie oczy zwróciły się w kierunku małej suczki, jednak zanim zdążyła cokolwiek odpowiedzieć, Promyk zaszczekała głośno. Cała sfora podążyła za jej wzrokiem i spojrzała w stronę sosen na wzgórzu.

— Ktoś nadchodzi! — szczeknęła. Jej ciało zesztywniało i podniosła uszy. — Czuję ich zapach.

— Czy to jakieś psy? — Oczy Fuksa próbowały dojrzeć coś na wzgórzu i wkrótce stwierdził, że Promyk miała rację. Coś faktycznie poruszało się z tamtej strony. Żołądek skurczył mu się na sam widok i postąpił krok do przodu, a spojrzenie utkwił na srebrzystej trawie u stóp drzew. Dojrzał tam małą, ciemną sylwetkę — zbyt małą, by mogło chodzić o dorosłego psa — i natychmiast się rozluźnił. Musiała to być jakaś zwierzyna.

— Tak, to jakiś pies! — szczeknęła Promyk. — Ale tylko jeden...

Miki stanął na skraju kręgu psów i zbliżył się do sosen.

— To szczenię! — szczeknął.

Cała sfora obserwowała z fascynacją, jak niewielki pies wypada w końcu z kępy długiej trawy i pędzi po wzgórzu, potykając się co chwila.

W końcu dojrzeli. To była Liza!

Serce Fuksa załomotało w piersi, gdy mała suczka przybiegła wreszcie do obozu. Fuks nadal wpatrywał się w linię drzew. Gdzie podziało się jej rodzeństwo? I dlaczego Liza przybiegła sama?

— Jest ranna! — zawołała Marta.

Duża suczka miała rację. Fuks patrzył z przerażeniem, jak Liza podbiega do nich, chwiejąc się. Jej sierść poznaczona była wieloma ranami, a metaliczna woń krwi pomieszała się z jej mlecznym, szczenięcym zapachem. Przebiegła ostatni kawałek na drżących łapach i wpadła na Mikiego, który zaczął lizać ją delikatnie. Marta i Fuks podbiegli do nich od razu.

Alfa obserwował całe to zajście jasnymi oczyma. Po chwili przemówił z zaskakującą łagodnością, zwracając się do Lizy:

— Co ci się stało?

Dysząc ciężko, Liza odsunęła się od witających ją czule Marty, Mikiego i Fuksa. Pokuśtykała w stronę alfy, a choć jej ciało było poznaczone ranami, to zwróciła się do półwilka odważnym tonem.

— To sprawka Kosy! — szczeknęła. — Zaatakowała nas, jak wracaliśmy do starego obozu. Powtarzała w kółko: „Tak naprawdę nie jesteście moimi szczeniętami!" — powiedziała i aż jej zaparło dech w piersi. Przez chwilę próbowała złapać oddech, a jej ciało drżało. Wyglądało na to, że rozpaczliwie chce im coś powiedzieć, zwalczyć wyczerpanie organizmu i wyrzucić z siebie słowa. — I w końcu go zabiła! — zawyła. — Zabiła Zawijasa.

Fuks zbladł. Przez chwilę miał wrażenie, że Pies Słońce zniknął, a cały świat pogrążył się w mroku i lodowatym zimnie. Ledwo słyszał głos Lizy, niczego jednak nie dostrzegał.

W końcu poczuł, że jego twarz odzyskuje kolory, i otworzył oczy. Słodka lizała go po pysku.

— Fuksie, wszystko w porządku?

Skinął powoli głową.

— Chcesz powiedzieć, że psy bojowe zabiły twojego brata z miotu? — zapytał alfa.

— Tak — jęknęła Liza. — A konkretnie Kosa. Zamierzała zabić również Mruka, ale ją ubłagał. Obiecał, że będzie przykładnym podwładnym i zapracuje na pozycję w sforze. Oraz że będzie przydatny. W końcu mu uwierzyła. Nie wyglądał nawet, jakby mu było szkoda Zawijasa.

Alfa opuścił głowę, ale nadal wyraźnie górował nad suczką.

— To jak się stamtąd wydostałaś?

Liza uniosła łebek w górę i popatrzyła na niego szeroko otwartymi oczyma.

— W końcu Kosa dopadła mnie i zaczęła gryźć i drapać. Po chwili powietrze zrobiło się białe. W jednej chwili Kosa mnie atakowała, a w drugiej już czułam się, jakbym była niewidzialna! Biel zasnuła wszystko wokół i zdołałam jakoś uciec. Sama nie wiem, co to było.

— Mgła — wyjaśnił alfa.

Fuks doskonale pamiętał mgłę osiadającą na ziemi. Odruchowo popatrzył w górę, gdzie świecił Pies Słońce, ale nad jego głową nie było ani jednej chmurki. Patrzył w niebo jeszcze przez chwilę i rozmyślał.

Dziękuję wam, Psy Nieba... Wysłuchałyście moich próśb i zesłałyście mgłę.

Liza przełknęła głośno.

— Słyszałam, jak za mną biegną. Były wściekłe, że zdołałam uciec. Natarłam się liśćmi i ziemią, by ukryć swój zapach, tak jak nauczył nas Miki — dodała i posłała czarno-białemu psu pełne wdzięczności spojrzenie, a ten zrobił krok w jej stronę.

— Byłaś bardzo dzielna — powiedział jej.

— Jesteście moją sforą — odpowiedziała, po czym odwróciła się do Fuksa, a następnie do alfy. — Od zawsze nią byliście. Nie należę do nich. Nie jestem psem bojowym. To jest jedyne miejsce, w którym chcę być, i zrobię wszystko, co trzeba, by się dopasować.

Fuks poczuł, jak w piersi robi mu się ciepło od dumy. Liza była naprawdę niezwykłym szczeniakiem, lojalnym i niezłomnym.

— Pozwolisz jej z nami zostać, alfo, prawda?

Półwilk obserwował Lizę przez jakiś czas, po czym spojrzał na Fuksa.

— Ty naprawdę wierzysz w to szczenię, co?

— Jestem przekonany, że będzie cennym członkiem naszej sfory — przyznał Fuks. — Nikogo nie zrani.

A pewnego dnia być może jej odwaga i pasja nas ocalą. Niczego nie ryzykujemy, pozwalając jej zostać. — Przechylił głowę i wytrzymał spojrzenie alfy. — Wydaje mi się, że ty też to widzisz. Prawda?

Fuks chciał błagać alfę, by ten pozwolił Lizie zostać — mógł szczekać, wyć i próbować go nawet jakoś przymusić — ale zamiast tego zapanował nad sobą. Wiedział, że musi pozwolić alfie podjąć decyzję samemu.

Obawiam się, że jego nienawiść do mnie jest na tyle silna, że może wygnać ją tylko po to, by zrobić mi na złość — pomyślał.

Fuks rozejrzał się po otaczających go psach. Na ich pyskach dostrzegł jedynie czułość, gdy tak obserwowali Lizę. O wszystkim miał jednak zadecydować alfa.

Ich przywódca uniósł w końcu pysk i zapatrzył się na rosnące w oddali sosny. W końcu odwrócił spojrzenie w drugą stronę, poza jaskinię i las, w kierunku białej grani.

Gdy wreszcie alfa się odezwał, w jego głosie dało się poznać, że podjął decyzję i że jest ona nieodwołalna.

— Musimy już iść, nie mamy wyboru. Psy bojowe będą szukać Lizy. Wyruszamy jeszcze dziś.

— Mogę z wami zostać? — pisnęła cicho Liza, a jej krótki ogon merdał z nadzieją.

— Możesz — powiedział alfa. — Przekonamy się jeszcze, czy omega miał co do ciebie rację. Nasza sfora potrzebuje lojalnych wojowników, psów dzielnych i silnych. Na razie odpoczywaj i oczyść rany. Musimy wyruszyć, jeszcze zanim Pies Słońce spotka na swojej drodze wody jeziora.

Bruno i Promyk wymienili porozumiewawcze spojrzenia, a Maruda zadrżał. Fuks wiedział, że psy czeka trudna podróż, ale nie mógł już nic na to poradzić — alfa podjął decyzję. Marta i Miki odprowadzili Lizę na bok, a reszta sfory rozpierzchła się, by odpocząć przed czekającą ich długą podróżą i pożegnać się z kojarzącą im się ze spokojem łąką, którą przez krótki czas nazywali swoim domem.

Fuks poczuł, jak po jego ciele rozlewa się uczucie ulgi. Liza jednak mogła z nimi zostać.

Zrobię, co w mojej mocy, by to szczenię było bezpieczne — obiecał samemu sobie. — *Nawet jeśli miałoby mnie to zabić.*

Jedynie on i alfa zostali na łące. W końcu Fuks odwrócił się do półwilka.

— Dziękuję. Ona z pewnością cię nie zawiedzie. Ja zresztą też.

Żółte oczy alfy były nieprzeniknione.

— Życie z psem bojowym w naszych szeregach z pewnością nie będzie łatwe. Poza tym Kosa jej nie odpuści.

— Będziemy mieli nad nią znaczną przewagę, jeśli tylko ruszymy od razu — zauważył Fuks. — A poza tym mamy też taką zaletę, że bardzo się od siebie różnimy. Psy w obrożach, dzikie, duże i małe. Każdy jest inny. A psy bojowe wszystkie myślą w podobny sposób i potrafią jedynie słuchać rozkazów.

Alfa rozciągnął przednie łapy i popatrzył na swoją bliznę.

— To cała wiedza, jakiej potrzebują.

Fuks otrząsnął się z nieprzyjemnego wrażenia.

— Sporo im brakuje. A my jesteśmy doświadczeni w wielu sprawach. Razem jesteśmy też od nich mądrzejsi. Mamy wiedzę i spryt, a właśnie tego potrzeba, by przetrwać.

— Obyś miał rację, psie z miasta — powiedział alfa. — Ponieważ od tej pory gdziekolwiek się nie udamy, będziemy musieli być o krok przed nimi.

Fuks pomyślał o Psach Nieba, które sprowadziły mgłę.

— Psie Duchy będą po naszej stronie, jestem tego pewien. Na pewno będziemy potrzebowali ich pomocy w czekającej nas podróży. Świat zmienił się po odejściu Długonogich. Być może z czasem wszystko wróci do normalności, a Długonodzy powrócą. A może nastąpi kolejne Wielkie Warczenie i jeszcze bardziej zmieni ziemię. Ale to, co możemy teraz zrobić, to jedynie próbować przetrwać.

Fuks i alfa wpatrywali się w horyzont. Przeszli już długą drogę, by tu dojść, a teraz czekała ich kolejna podróż. Ale przynajmniej sfora nadal była w komplecie. I do tego powróciła do nich Liza. Wyglądało też na to, że alfa zaakceptował wreszcie Fuksa.

Był to niezły początek.

Już wkrótce ukaże się czwarty tom „Sfory” — *Przerwana wędrówka*.

Dodatkowych szczegółów i informacji na temat bieżących wydań dowiecie się z naszego Facebooka i strony internetowej:

www.nowabasn.com

Na serię

SFORA

składają się:

WYDANE PO POLSKU:

Opuszczone miasto (tom I)

Ukryty wróg (tom II)

W ciemność (tom III) **(właśnie czytasz)**

KOLEJNE W SERII:

Przerwana wędrówka (tom IV)

The Endless Lake (tom V)

Storm of Dogs (tom VI)

DALSZE SERIE:

The Gathering Darkness (6 tomów)

Nowele (4 tomy)

Jeśli spodobały ci się przygody Fuksa i spółki, koniecznie sięgnij po inną serię Erin Hunter — „Wojownicy” — opowiadającą o walecznych kotach.

Polecamy superedycje „Wojowników”:

Zachęcamy również do sięgnięcia po mangi: